백두산
대폭발
2

나남
nanam

로재성

경기도 연천 출신. 성균관대학교 국문학과 졸업. 한국문화예술진흥원에서 18년을 근무하다 관료주의에 염증을 느껴 퇴직하고 소설 창작에 전념. 6·25 전쟁사가. 2010년 대체 역사소설《스탈린의 편지》를 발간하며 소설가로 데뷔.

나남창작선 104

백두산 대폭발 2

2012년 4월 20일 발행
2012년 4월 20일 1쇄

지은이_ 盧在星
발행자_ 趙相浩
발행처_ (주) 나남
주소_ 413-756 경기도 파주시 교하읍
　　　 출판도시 518-4
전화_ (031) 955-4601 (代)
FAX_ (031) 955-4555
등록_ 제 1-71호(1979.5.12)
홈페이지_ http://www.nanam.net
전자우편_ post@nanam.net

ISBN 978-89-300-0604-0
ISBN 978-89-300-0572-2(세트)
책값은 뒤표지에 있습니다.

로재성 장편소설

백두산
대폭발

2

나남
nanam

로재성 장편소설

백두산 대폭발 2

차 례

등장인물 • 7

대폭발 • 9
탈출로를 봉쇄하라 • 31
죽음의 레이스와 도박판 • 48
핵재앙 • 58
생존투쟁 • 85
휴전선 개방 • 117
소양강댐 붕괴 • 145
정치범이 김정은 별장을 점령하다 • 173
서울테러 • 195
파멸 • 216
마지막 도전 • 236
에필로그 • 258

용어해설 • 269
부록_지진의 진도와 규모 • 272
　　　_원자력 관련자료

등장인물

오수지 〈한성일보〉의 열혈기자. 백두개발 황우반 회장의 약혼녀. 기자생활 마지막의 특종을 잡기 위해 화산학자 임영민의 죽음 뒤에 숨겨진 비밀을 밝히는 위험한 임무를 수행한다.

임 준 연극배우. 화산학자 임영민의 아들. 아버지의 죽음 뒤에 숨겨진 미스터리를 풀기 위해 오수지와 함께 목숨을 건 모험을 감행한다.

황우반 다산그룹 창업주 황백호의 아들. 백두개발 대표. 아버지에 대한 복수심으로 아버지가 세운 다산그룹을 무너뜨리고 한국인 수만 명을 죽이려는 계략을 꾸민다.

임영민 한국의 대표적인 백두산 화산 전문가. 백두산 폭발설을 주장하다 의문의 죽임을 당한다.

이수근 북한의 백두산 지진관측소 부소장. 임영민을 살해했다는 혐의를 받고 쫓겨 다닌다.

이영근 영변 핵단지 핵물리학자. 이수근의 동생. 핵시설 근무하다 피폭된 희생자로 북한 핵시설의 위험성을 알리고자 한다.

박주연 국가정보원 대북정보팀장. 백두산 근처에서 의문의 살인 사건이 연달아 일어나자 미스터리를 풀기 위해 뛰어든다.

김태일 국제익스트림스포츠협회장. 황우반의 이종사촌 동생. 백두산이 폭발하면 쏟아지는 화산쇄설물 속에서 목숨을 건 경주를 벌이는 데스카니발을 계획한다.

김민수 탈북자를 돕는 우익단체 회원.

최 현 인민군 10군단 대좌출신 정치범 수용소 재소자. 백두산 폭발 후 재소자들을 이끌고 탈출해 포태별장을 점령하고 그들을 지휘한다.

린리치 북한 나선특구에 대규모 투자를 하는 홍콩 재벌 궈자오칭의 여비서. 중국 비밀공작원과 북한 외교관 신분을 가진 홍콩의 마타하리.

강호길 국정원 대북정보팀 선임정보관. 박주연과 함께 의문의 살인 사건을 해결하기 위해 보하이로 투입된다.

유상석 조선족 가이드. 백두개발 임시직원.

대폭발

2월 15일 오후 4시를 기해 러시아 비상사태부는 블라디보스토크 일대에 재난경고를 발했다. 기상관측위성 '테라'가 백두산의 지열이 급상승하고 화산가스의 대량방출을 감지함에 따라 취한 조처였다. 백두산이 폭발하면 화산재와 방사능 낙진의 피해가 예상되므로 주민들의 행동요령을 저녁 6시 지역방송을 통해 발표하기로 했다.

정수장 담장 옆에 세워진 회색 승합차 안에서 강호길은, 쏭지앙쩐 민박집에서 조사활동을 벌이던 정보관 차원식의 전화를 받고 탄성을 질렀다.

"빙고! 팀장님, 이 사진 좀 보십시오. 킬러 안창선이 들락거리는 사이트를 샅샅이 뒤지다가 놈의 고등학교 동창카페에서 찾아낸 겁니다."

박주연은 강호길 스마트폰 화면에 나타난 단체사진을 내려다보았다. 삼성에서 개발한 플렉시블 디스플레이를 장착한 최신 폰이었다. 폰 안에 두루마리처럼 감겨 있던 화면이 펼쳐지면서 7인치 컬러화면이 나타났는데, 일명 '두루마리 폰'이라 불렸다.
 '청와대 외교안보수석 백선규 출판기념회'라는 플래카드가 참석자들 머리 위에 걸려 있었다.
 박주연의 눈이 휘둥그레졌다. 그의 머리에 전깃불이 켜졌다.
 "뒷줄 왼쪽 끝에서 네 번째 인물 좀 보십시오. 키 큰 자가 바로 안창선입니다. 날짜가 작년 9월입니다."
 "백선규가 이번 총선에 출마하지?"
 "네. 곧 옷을 벗고 출마할 겁니다."
 "지역구는?"
 "경기도 안산입니다."
 "그래서 남북정상회담 카드에 집착한 거군."
 "자기도 살고 대통령도 사는 거죠."
 "백선규 고향이 안산인가?"
 "네. 안산서 고등학교를 나왔죠. 안창선도 같은 학교 출신인데, 12년 후뱁니다."
 "띠동갑이군."
 "구린내가 진동하는군요."
 "그래, 안창선은 백선규의 심복일 거야."
 박주연은 이를 바드득 갈았다. 이런 개자식이 대통령의 측근이라니. 어쩜, 안창선이라는 킬러는 백선규에 의해 고용되었을 것이다. 백선규가 정상회담으로 총선판세를 뒤집기 전에 백두산 폭발 같은 북한위기설을 떠들고 다니며 김을 빼는 사람들을 죽였을지도 모른다.
 백선규는 지난 대선 때 상대후보의 약점을 찾아내기 위해 전직 정보기관 공작원들을 여러 명 고용해 흑색선전으로 승리에 결정적 역할을 한 인물이었다. 이런 공신들이 막바지에 대통령의 얼굴에 먹칠을 하고 마는 것은 한국정치의 오랜 병폐였다.
"우리가 파악한 정보를 서울본부에 보내줘. 원장님이 알아야 할 사안이야."

통일부장관 권혁수는 핫라인을 통해 장성택과 통화하고 있었다.
"백두산이 폭발하면 대지진이 발생할 가능성이 크다고 하는데, 영변핵단지를 가동중단해야 한다고 봅니다."
"그건 당신들이 간섭할 사안이 아니오. 영변핵단지는 안전한 곳이니 염려 마시오."
"가동을 중단한다면 현금을 지원할 용의가 있소."
"그래요? 얼마나?"
"우리는 조금 전에 당신들의 전쟁도발계획서도 입수했소. 당신들의 남침계획을 속속들이 알고 있으니 섣부른 짓은 하지 마시오. 핵단지 가동중단과 도발중지를 조건으로 3억 달러를 지원할 용의가 있소."
장성택은 너털웃음을 터뜨렸다.
"3억 달러라니. 우릴 코흘리개로 보는 거요? 우리 공화국은 핵무기를 수십 기 보유한 강성대국이오. 차라리 핵무기를 사시오. 핵무기 때문에 남조선은 늘 불안에 떠는데 그게 낫지 않겠소?"
"얼마에 팔겠소?"
"아주 싸게 팔겠소. 한 발당 30억 달러. 우선 10발만 팔지."
상대는 그를 농락하고 있었다. 권혁수는 성난 목소리로 외쳤다.
"300억 달러? 말도 안 돼. 당신이야말로 지금 농담하는 거요?"
"난 농담 따위 하지 않소. 잘들 논의해 보고 연락주시오."
전화가 달칵 끊기자 권혁수는 화가 치밀었다. 국정원장의 헛소리 때문에 장성택에게 농락을 당했다고 생각했다. 대통령이 여당 내 반대파의 좌장인 김원중을 계파 안배 차원에서 국정원장에 앉힌 게 실수였다.

오후 4시 20분. 대북정보관 강호길이 비화통신장치가 달린 스마트폰으로 소리쳤다. 그의 폰은 날마다 전화번호가 바뀌는 기종이었다.
"뭐야, 백두개발 직원들이 그 트럭에 다이너마이트를 싣고 있다고? 블랙요원들 몇 명을 더 동원해서 다이너마이트를 설치할 때 제압해 버려."
전화를 끊은 강호길이 박주연에게 말했다.
"백두개발 창고에서 발파용 다이너마이트를 꺼내 싣고 있습니다. 당장 고속도로에 설치하려는 모양입니다."
"재난 위험성이 큰 이 도시의 출구를 막으려는 거군. 정말 잔인한 놈들이야. 중국 공안에게 발각되면 한국인은 치명적인 오명을 뒤집어써. 비밀공작이니까, 그놈들 제압할 때 무기를 쓰게 해. 놈들의 폭탄을 동영상에 담아 황우반을 협박해도 좋아. 그놈들을 제압할 수 있겠지?"
"베테랑 요원들이니 문제없을 겁니다."
"알았네. 어디 간단하게 한잔하고 눈 좀 붙이자고. 백파살롱으로 가자구. 양주 2병은 따야지."
꼭두새벽부터 전쟁계획을 입수하려고 잠을 못자 두 사람의 눈은 충혈돼 있었다. 강호길은 축하파티를 하기에 너무 이른 것이 아닌가 생각하며 불안한 마음을 다독거렸다.

김원중 국정원장은 외교안보수석 비서관 백선규의 집무실에 노크를 하고 들어갔다. 외교안보수석은 장관급이라 집무실도 크고 화려했다.

서류를 읽던 백선규가 자리에서 일어섰다.

"원장님, 연락도 없이 이 누추한 곳에 웬일이십니까?"

김원중은 소파에 앉자마자 서류봉투에서 사진 몇 장을 꺼내 펼쳤다. 백선규가 어리둥절한 표정을 지었다.

"웬 사진입니까?"

"5일 전 백 수석이 중국에서 장성택을 만나고 나오는 사진이잖소?"

"지금 무슨 말씀을?"

국정원장은 느물거리는 백선규가 밉살맞기 그지없었다. 그의 목소리는 부아가 잔뜩 실려 있었다.

"백 수석은 그날 밤 11시부터 40분간 장성택과 밀담을 나누고 이튿날 귀국했소. 우리 국정원에게까지 비밀에 부쳐가며 무슨 얘기가 오간 겁니까?"

백선규는 부드러운 미소를 지으며 대꾸했다.

"남북정상회담 개최와 관련하여 대통령 각하의 편지를 전했을 뿐입니다."

"그게 무슨 내용입니까? 자세히 말해주시오."

"더 이상은 말씀드릴 수 없습니다."

김원중은 쏘아붙였다.

"야당은 총선에서 표를 얻기 위해 정상회담을 구걸했다고 맹비난합니다."

"당치도 않습니다."

"백 수석과 권혁수 통일부 장관 머리에서 나온 거 아닙니까? 왜 그런 중대한 카드를 총선 직전에 쓰는 겁니까?"

안보수석의 표정이 심각해졌다.

"김 원장은 대체 어느 편입니까? 이번 총선에서 여당이 대패하면 대통령과 정부여당은 아무 일도 할 수 없게 되는데, 그럼 손 놓고 가만 있으라는 겁니까? 정상회담으로 대통령과 여당이 살 수만 있다면 좋은 일 아닙니까?"

"북측에 뭘 준다고 약속했소?"

"그런 약속한 적 없습니다. 정 알고 싶으면 각하께 직접 여쭤보시오. 좌우간 남북정상회담으로 여야의 지지율은 뒤바뀌었어요."

김원중은 상대를 매섭게 노려보더니 차가운 목소리로 말했다.

"하지만 알아두시오. 남북관계에서 얄팍한 수를 쓸 생각은 접으시오. 선거를 이기려고 무리수를 두다가 결딴날 수 있소. 근데, 백 수석. 조심하셔야겠소이다."

그는 사진 한 장을 탁자 위에 꺼내 놓았다. 백선규의 출판기념회 사진이었다. 사진을 내려다보던 백선규의 얼굴이 창백해졌고 아래턱이 떨리고 있었다. 사진 속의 한 인물의 얼굴에 빨간 동그라미가 쳐졌다. 그는 킬러 안창선이었다. 국정원장은 문을 탕 닫으며 사라졌다.

백선규는 비서에게 소리쳤다.

"당장 통일부 장관실 연결해."

오후 4시 30분. 보하이 시 메인스타디움에서 2천 3백 명의 선수와 2만 5천 명의 관중이 참석한 가운데 제 8회 동계아시안게임 폐막식이 열렸다.

오수지는 임준과 스키점프장으로 걸어갔다. 산비탈 위에 지어진 스키점프장은 경사면에 세 개의 점프대가 있었고 1만 명 정도를 수용하는 관람석이 설치돼 있었다. 점프대는 높다란 스키점핑 타워 양옆에 매달려 있었고 산기슭에 있는 스타디움에서 점핑타워까지는 모노레일로 올라갔다. 점핑타워에서 엘리베이터를 타고 210m 높이의 원형전망대까지 올라갔다.

별안간 백두산의 영상이 괴물처럼 움직이며 그녀의 망막을 채우고 고함을 지르는 것 같았다. 거센 바람소리는 괴물의 발소리처럼 고막을 때렸다. 괴물은 거대한 열기구처럼 하늘 가득히 몸체를 부풀리며 주둥이로 뜨거운 불덩이를 뿜어댔다. 잠시 이상한 환영이 그녀를 붙들다가 놓아주었다.

오늘만 지나면 백두산도 마지막이다. 다행히 백두산은 진정되는 모양이다.

오수지는 폐막식이 열리는 스타디움을 쳐다보았다. 오전에는 원전 폭발 루머로 엄청난 혼란이 일어났지만 사태가 진정되어 스타디움 안은 관중들로 꽉 채워졌다. 한국인들이 많이 도시를 빠져나갔지만 아직 1만 명 이상은 남았을 것이다.

관광객들이 많이 빠져나가자 전망대엔 손님이 거의 없었다. 매일 수백 명씩 몰려와 백두산을 쳐다보던 익스트림 스포츠협회 회원들도 폐막식을 보겠다고 전망대를 빠져나갔다.

오수지는 전망대 유리창을 통해 백두산의 원경을 볼 때마다 눈을 비벼야 했다. 오늘따라 백두산의 모습이 초점을 못 맞춘 카메라 사진처럼 흐릿하게 보였다. 처음엔 너무 피곤해 눈에 이상이 왔다고 생각했다.

하지만 나중에야 알았다.

백두산이 미진(微塵)의 진동으로 겹쳐 보이는 것이었다.

그것은 백두산 폭발의 신호탄이었다.

보하이 시에 살아 숨 쉬는 수만 명의 사람 중에 이를 심각하게 여긴 사람은 거의 없었다.

오수지 역시 별 생각 없이 임준과 카페에 앉아 커피를 마시며 TV로 폐막식을 시청하고 있었다.

화려한 불꽃놀이로 시작한 폐막식은 중국 소수민족들의 군무로 이어졌다. 피날레 무대는 스타디움 허공에 거대한 규모로 펼쳐진 백두산과 새파란 천지의 모습이었다.

오수지가 말했다.

"저건 말도 안 돼. 왜 저런 장면을 보여주는 걸까?"

스키를 착용한 수백 명의 남녀가 허공에서 줄에 매달려 춤을 추는데 3D안경을 쓴 관람객 눈에는 입체적인 활강장면으로 실감나게 보이게 만들었다.

임준이 말했다.

"저들은 백두산이 중국 것이라고 전 세계에 과시하고 있는 거지. 장백 공정의 극치야."

"한국은 현실적으로 백두산에 땅 한 평 갖지 못한 서러움을 겪는군."

참가국 선수단들이 스타디움 그라운드로 들어가 나라별로 줄지어 섰다. 종합우승을 한 한국과 개최국 중국의 선수단이 TV카메라의 집중조명을 받고 있었다. 차기 개최국인 일본대표가 대회기를 전달받고 있었다.

오수지가 임준에게 말했다.

"조금 전에 임영민 교수가 북한에 납치됐을 가능성이 있다는 기사를 송고했어. 내일자 신문에 보도될 거야."

"고마워. 오늘아침에 한국 영사관에 전화를 걸었는데 콧방귀도 안

꿔데. 마치 장난전화 취급을 하니, 원."

"중국 공안당국에 찾아가서 아버지 납치사건을 수사해 달라고 요청해."

"그들이야 얼다오바이허 병원에 있는 시신이 진짜라고 우기겠지."

"그들을 자꾸 압박해야 네가 중국에 더 머물면서 아버지를 찾을 수 있어."

오수지는 지난 일주일간 임준과 생사를 넘나드는 여러 사건을 겪으며 그가 강인한 정신력의 소유자임을 알게 되었다.

각국 선수단이 퇴장하기 시작했다.

임준이 그녀를 쳐다보며 진지한 어조로 말했다.

"오 기자, 고맙다. 네 도움이 아니었다면 난 이미 저세상 사람이 되었고 아버지 행방도 못 밝혀냈을 거야."

"이제부터 너의 전쟁은 시작되었어. 아버지를 찾으려면 단단히 각오해야 할 거야. 여긴 인권이 보장되는 곳이 아니니까."

그때 오수지의 스마트폰이 울렸다.

보하이 시 공안국장이었다.

"오수지 기자, 간밤에 보하이 시내에서 살인사건 현장에 있었더군."

"무슨 증거로 그런 소릴 해요?"

"발뺌해도 소용없소. 노래방 감시카메라에 똑똑히 찍혔으니까."

"……."

"지금 당장 공안국으로 출두하시오. 아, 그리고 임준, 그 사람 연락됩니까? 같이 나와야 하는데."

"알았어요. 지금 당장은 안 돼요. 취재도 해야 하고… 오늘 밤 10시에 가죠."

순간, 전망대가 큰 파도를 탄 배처럼 휘청거렸고 어디선가 엄청난 굉음이 터졌다. TV 화면을 보니 메인스타디움 그라운드에서 춤을 추던 소수민족 무용단원들이 스타디움 바닥에 나뒹굴었다.

오후 4시 58분. 엄청난 지진이었다.

"뭐야. 드디어 올 것이 온 건가. 굉장하군!"

오수지가 외쳤다. 온몸에 전율이 퍼져나갔다.

임준이 떨리는 목소리로 말했다.

"저걸 봐!"

임준과 오수지는 전망대 유리창을 통해 백두산을 바라보았다.

백두산 머리에서 거대한 연기가 치솟고 있었다. 하늘을 향해 날아오르는 거대한 대붕(大鵬)처럼 꿈틀거렸다.

하늘과 땅을 가를 듯한 굉음이 터져나왔다. 대지 전체가 발작적으로 마구 흔들거렸다. 백두산 봉우리가 풍선처럼 부풀어 오르더니 마구 요동쳤다.

전망대가 뒤흔들리며 의자와 탁자들이 흔들렸다. 그들을 향해 있는 백두산의 북쪽 사면(斜面) 일부가 서서히 붕괴하기 시작했다.

산봉우리가 허물어지면서 거대한 암석들이 경사면을 타고 돌진하며 보하이 시를 향해 달려왔다. 엄청난 굉음이 계속 터졌는데, 그것은 천지 지하의 마그마방 덮개가 열리고 지옥의 불이 혓바닥을 내미는 것이었다.

"오, 아마겟돈! 마침내, 백두산이 터지고 말았어!"

오수지의 목소리가 떨렸다.

백두산의 천지에서 거대한 불기둥과 화산재 기둥이 치솟아 올랐다.

임준이 소리쳤다.

"정말 장관(壯觀)이군! 이 도시에서 가장 높은 곳에서 백두산 폭발을 보게 되다니. 이제 어떻게 해야 하지?"

땅속에서 쏟아져 나온 화산암인 부석과 화산재가 용솟음치면서 하늘 정점을 향해 로켓처럼 뻗어 올라갔다.

땅이 흔들리고 화산번개가 하얀 섬광으로 하늘을 갈랐다.

TV 화면도 휘청거렸다. 수만 명의 선수와 관람객들이 자리에서 일어나 출입구 쪽으로 몰리면서 아수라장이 되었다.

엄청난 산사태였다.

무너진 백두산의 암체들이 거대한 해일처럼 보하이 시를 향해 쏜살같이 달려왔다. 최초의 장애물은 메인스타디움과 시청 건물이 될 것 같았다. TV 화면에서는 혼비백산한 관중들의 비명이 처절하게 흘러나왔다.

하늘로 치솟는 직경 4km의 거대한 화산재 기둥은 점점 커졌다. 1분 만에 성층권까지 치솟는다는 분출물은 로켓보다 더 빨리 하늘 복판을 찌르고 올라갔다. '분연주'라고 불리는 것이었다.

메인스타디움의 폐막식은 중단되었고 TV 화면은 백두산의 분출장면을 비췄다. 개막식을 중계하던 CCTV 메인 앵커는 영문을 몰라 우물쭈물했다.

메인스타디움 중앙으로 헬기 두 대가 날아가 귀빈석 위에 떴다.

하늘 꼭대기까지 치솟은 거대한 분연주 기둥이 버섯처럼 퍼져나가며 지상을 향해 퍼지기 시작했다. 마치 원자폭탄의 버섯구름처럼 순식간에 온 세상을 점령했다. 하늘이 온통 잿빛 구름에 덮여 빛을 가려 버렸다. 화산재인 뜨거운 열운(熱雲)이 하늘을 덮어나갔다.

임준이 외쳤다.

"화산재 기둥이 붕괴하기 시작했어! 이제 엄청난 일이 일어날 거야!"

벌써 스타디움의 헬기는 귀빈들을 태우고 있었다.

CCTV 메인 앵커는 장백산이 폭발했다고 목청껏 외쳐댔다.

오수지는 전망대 반대편 창에서 보하이 시내를 내려다보았다.

거리는 대혼란이었다. 도로를 달리던 차량들이 뒤엉켜 있었다. 서로 부딪히거나 뒤집혀 있었다. 도로 곳곳에서는 맨홀뚜껑이 하늘높이 포탄처럼 치솟았고 도시 가스관이 터져 불기둥들이 치솟았다.

오수지가 소리쳤다.

"가스관들이 터졌어!"

고속으로 달려온 거대한 산사태의 암석들이 메인스타디움과 시청 건물에 부딪히자 스타디움의 남쪽 면이 종잇장처럼 구겨졌고 15층의 시청 건물은 휘청거리다 단번에 주저앉았다. 운행중인 자기부상열차가 고가철도와 함께 붕괴되면서 지상에 떨어져 데굴데굴 굴러갔다.

암석의 군단은 흙먼지를 구름처럼 일으키며 도시 한복판을 휩쓸고 북쪽을 향해 달려갔다.

화구로부터 분화되는 물질을 화산분출물이라고 부르고, 액체상태로 나오는 것을 용암, 고체상태로 나오는 것을 화성쇄설물, 기체상태로 나오는 것을 화산가스라고 부른다.

화산폭발 때문에 화산재와 연기, 암석 등이 뒤섞여 잿빛의 열운을 폭발하듯 발생하며 산비탈을 달리는 것을 화쇄류(火碎流)라고 한다. 이는 섭씨 700~800도의 고온으로 시속 100㎞ 이상의 속도로 달리면서 모든 산림과 건축물을 남김없이 파괴한다.

엄청난 양의 화쇄류 구름이 산사태처럼 얕은 곳을 향해 고속으로 쇄도하고 있었다. 뜨거운 반죽 같은 액체의 벼락이 뒤따랐다. 마그마와 흙, 바위, 물이 뒤섞여 건물과 사람들을 단숨에 덮쳤다.

고막을 찌르는 굉음은 계속해서 울려나왔다. 땅은 지진으로 계속 흔들거렸다.

거대한 분연주 기둥은 끝도 없이 하늘로 치솟았다. 사방천지는 온통 암흑으로 뒤덮였고 고층건물들의 유리창들이 깨져나가고 거리 곳곳에서 불덩어리가 치솟았다.

암석군단은 예외 없이 점핑타워와 부딪혔고 전망대는 사정없이 휘청거렸다.

전망대 전체에 전기가 나갔고 TV 화면은 사라졌다.

화쇄류가 천지에 고인 물과 뒤섞인 거대한 액체덩어리가 백두산 사면을 타고 쏟아져 내렸다. 장백폭포 골짜기를 통해 거대한 홍수가 몰려왔다.

임준이 오수지에게 외쳤다.

"뜨거운 마그마와 차가운 천지물이 만나 대폭발이 일어났어. 대지진이 뒤따랐지. 저 엄청난 물이 마그마와 뒤섞여 쏟아져 내리고 있어. 화산 이류(泥流)라고 하지. 저건 아무도 막지 못해."

물과 용암이 뒤섞여 걸쭉한 레미콘 반죽 같은 이류가 거대한 해일처럼 고도 2,700m 내외의 백두산 봉우리들을 가볍게 뛰어넘어 낮은 곳을 향해 맹렬한 속도로 달리며 거대한 원시림을 한 방향으로 쓰러뜨렸다. 뜨거운 이류는 산비탈에 쌓인 엄청난 눈을 순식간에 녹이면서 점점 몸체를 괴물처럼 부풀리며 쏟아져 내려갔다.

유독가스와 뜨거운 증기열로 충만한 화쇄류는 벌써 보하이 시를 휩쓸기 시작했다.

대로를 달리는 차량들과 혼비백산 상태에 빠져 달아나는 무수한 사람들을 삼켜 버렸다. 달아나던 행인들은 산 채로 화장당하는 꼴이었다.

도시 전체가 화염에 휩싸였다.

화쇄류는 뭐든 불태웠고 무너뜨렸다.

쇳물처럼 뜨거운 화산 이류가 뒤따르며 건물들을 무너뜨렸고 4차선 고가도로를 붕괴시켰다.

큰 건물들에서 불이 치솟았고 하늘에서는 불덩어리가 계속 날아다녔다. 선수촌과 각종 경기장은 이류의 공세에 쉽게 무너져 넓은 뻘밭으로 변했다.

백두산은 계속해서 뜨거운 화쇄류를 퍼 올렸고 산의 사면은 온통 회색 열운으로 뒤덮였다.

오수지는 임준과 큼직한 유리창을 통해 지상 최대의 파노라마를 구경하고 있었다. 그녀는 천지창조가 이럴까 상상했다.

지옥의 문이 열렸다. 땅속 지옥의 분노가 지상으로 분출해 인간들을 심판하는 듯했다.

하늘은 거대한 연기와 화산재로 가득 덮여 있었고 땅에는 펄펄 끓는 화쇄류와 이류가 지상의 모든 것을 삼켜버렸다.

거대한 화산재 구름이 바람을 타고 서쪽으로 달아나고 있었다. 화산재는 열여섯 시간이면 일본열도까지 날아갈 것이다.

전망대는 하늘에 매달린 풍선처럼 흔들거렸다.

하얀 부석들이 날아와 전망대 유리창에 부딪혔다. 어떤 것은 구슬만 했고 어떤 것은 야구공만 했다.

와장창! 곡사포처럼 날아온 커다란 화산암괴가 유리창을 파괴했다. 보하이 시 거리에는 거품이 끓어오르는 부석들이 우박처럼 낙하해 두껍게 쌓였다. 오수지는 임준의 손을 잡고 바닥에서 뒹굴었다.

황우반은 메인스타디움 VIP석에서 국제올림픽위원회(IOC) 위원장과 시진핑 국가주석 옆에 앉아 폐막식을 구경하다 백두산이 폭발하는 광경을 보았다. 천지에서 거대한 분연주가 솟구치고 높다란 산봉우리들이 무너져 내리고 화산재와 열운이 하늘을 가득 덮는 참상에 경악하지 않을 수 없었다. 메인스타디움은 관람객들이 지르는 비명으로 아수라장이었다.

한동안 넋을 잃었던 황우반은 우선은 살아야겠다고 생각했다. 직감적으로 하늘은 위험하다고 판단했다.

뒷자리 줄에 겨울스포츠의 아이콘인 김연아가 벌떡 일어나 경악하는 모습을 보았다. 동계올림픽 피겨종목 2연패에 성공한 그녀는 올해부터 한국 피겨선수단 사령탑을 맡아 남녀 피겨 금메달로 아시안게임 우승을 이끌어낸 일등공신이었다.

황우반이 평소 친분이 있는 그녀에게 소리쳤다.

"빨리 피신해야 합니다. 펄펄 끓는 물이 곧 들이닥칠 겁니다. 내게 특수차량이 있으니 얼른 갑시다."

그녀는 난처한 표정을 지었다.

"우리 선수들이 맞은편 관람석에 있어요. 그들을 데려가야 해요."

그녀는 객석통로를 통해 맞은편 관람석을 향해 움직이고 있었다.

"시간이 없어요. 그러다간 다 죽습니다. 그냥 가야합니다."

"저 혼자 갈 순 없어요. 그들을 데리고 갈게요."

황우반은 한숨을 쉬며 손가락으로 한곳을 가리켰다.

"그럼 저기 중간에 있는 7번 출입구 계단을 통해 지하 1층 주차장에 내려오세요. 5분정도밖에 시간이 없어요. 제가 차를 몰고 그리로 가겠습니다."

김연아는 맞은편 관람석으로 달려갔다. 황우반은 VIP용 비상구로 뛰쳐나갔다. 뒤를 돌아다보았을 때 경기장에 배치된 중국군 헬기 한 대가 벌써 날아와 VIP석 위에 낮게 뜬 채 거센 하강풍을 일으키며 시진핑 주석과 IOC 위원장을 태웠다.

　황우반은 그때 백두산 사면을 해일처럼 내닫는 산사태를 보았다. 쏜살같이 비상구 계단을 내려왔지만 관람석 아래 공간에는 도망치는 사람들로 가득했다. 그는 메인스타디움의 모든 구조를 손금 보듯 훤히 꿰고 있었다. 지하창고로 내려가는 비상계단을 찾았다. 관람객들은 지하 2, 3층에 있는 주차장을 향해 달리고 있었다.

　거대한 산사태의 암석들이 스타디움 남쪽을 덮치며 관람석 외벽을 무너뜨리자 비명소리가 난무했다.

　바닥에 뒹굴다가 일어난 황우반은 지하창고 계단을 달렸다. 지하창고 앞에 조선족 직원이 아는 척을 했다. 그가 소리쳤다.

　"당장 문을 열게!"

　"뭐가 필요하십니까?"

　"설상차를 꺼내려고 해!"

　"네?"

　"늘 내가 끌던 차 있잖은가."

　그는 운 좋게도 며칠 전 폭설이 내리던 날 메인스타디움 마무리 공사 때문에 이곳 창고에다 설상차를 넣어두었다. 직원이 창고 문을 열자 그는 같이 따라 들어갔다. 창고 안에는 메인스타디움에서 쓰는 각종 장비들이 가득 차 있었다. 황우반은 창고 입구에 세워둔 차량의 문을 열고 올라갔다. 설상차는 지프처럼 생긴 차량에 거대한 무한궤도가 달려 있었다.

　자동차광인 그는 재작년 서울에 있는 자동차 회사에 특별 주문해 설상차를 만들었는데, 미군지프 험비만큼 크고 견고한 차체에 거대한 무한궤도를 달았다. 마력수가 장갑차와 비슷해 경사도 50도 정도의 언덕도 쉽게 오르고 움푹 파인 구렁텅이도 거침없이 통과하면서 최고

80㎞의 속도를 냈다. 눈이 많은 백두산에서 그의 아버지를 위해 선물한 비상용 특수차량이었다. 붉은색으로 도색된 차량을 황우반은 '적토마'라고 불렀다.

엄청난 화산 이류가 스타디움 안에 쏟아져 들어왔다. 스타디움을 가득 덮었던 2천 3백 명의 선수와 2만 5천 명의 관람객 중 절반 이상이 뜨거운 이류에 휩쓸려 사라져 버렸다.

황우반은 적토마를 몰아 지하 1층 주차장으로 나왔고 7번 출입통로로 달려갔다. 주차장 지상통로를 통해 뜨거운 갈색 이류가 폭포처럼 쏟아져 들어왔다. 상황이 급박했지만 김연아 코치는 나타나지 않았다. 이미 주차장에는 화산 이류가 무릎 높이까지 차오르고 있었다. 주차장에서 자기 차를 찾던 관람객들이 비명을 지르며 뜨거운 이류 속에 쓰러졌다.

황우반은 7번 출입통로의 계단 앞에 차를 바짝 붙였다.

그는 백두개발의 통제본부로 전화를 걸었다. 한국인 관리직원이 전화를 받았다.

"왜 관중을 피난시키는 안내방송이 안 나가는 건가? 지금 경기장 안에 피난처는 북쪽 관람석 아래 2층 복도뿐이네. 관중들이 그리로 피난할 수 있도록 여러 언어로 방송하라고 해!"

우선은 경기장 내라도 피난해야 한다. 하지만 그건 차선책일 뿐이다. 백두산 암설류와 화쇄류가 스타디움 전체를 쓸어버릴 수도 있다.

그러는 사이 김연아 코치가 여자선수들을 데리고 계단으로 내려오며 손을 흔들었다. 황우반이 차량 문을 열며 소리쳤다.

"빨리 타세요!"

선수들이 설상차에 탔다. 짐짝처럼 마구 구겨 넣어 12명이나 태웠다. 김연아 코치가 공포에 사로잡힌 눈빛으로 울먹였다.

"그라운드에 내려가 있던 선수들이 다 사라져 버렸어요. 관람석에 있던 여자선수들만 데려왔어요."

황우반이 단호하게 말했다.

"우리도 살아날지 장담 못합니다. 죄우간 하는 데까지는 해봐야죠."

황우반은 차를 움직여 지상으로 오르는 통로를 찾고 있었다. 이제야 대피 안내방송이 스피커로 나오기 시작했다.

"저기 우리 선수가 있어요!"

누군가가 소리쳤다. 뒤늦게 나타난 어린 여자선수 하나가 계단 아래서 손을 흔들었지만 황우반은 무시하기로 했다.

"안 돼요! 제발 태우고 가요!!"

여자선수들이 안타까움에 울음을 터뜨렸다.

황우반은 창문을 열고 살려 달라고 애원하는 여자선수에게 소리쳤다.

"3번이나 4번 출구로 가! 지상 2층 복도로 가라구! 거기는 안전할 거야!"

이미 주차장에는 밀려들어온 화산 이류가 허리 높이까지 차 있었다. 뜨거운 이류는 승용차들을 덮었고 차를 타고 도망치려는 사람들을 삼켜 버렸다. 작은 경차 하나가 적토마의 앞길을 막았다. 캐터필러가 달린 적토마는 경차 지붕을 마구 타고 넘더니 주차장 입구에 이르는 경사로에 접어들었다.

적토마는 이류들이 밀물처럼 쏟아져 내려오는 경사로를 맹렬한 굉음을 지르며 미친 듯이 올라갔다. 화산재와 물의 혼합물인 잿빛의 끈적거리는 이류는 캐터필러를 덮고 운전석의 창틀까지 차오르고 있었다. 이류가 차의 엔진을 멈추게 할 수 있다는 것을 알지만 이판사판이었다. 황우반은 액셀러레이터를 있는 힘껏 밟았다. 차는 격렬하게 요동치며 이류를 거슬러 올라갔다. 차 안의 사람들은 공포에 질려 있었다.

10여 분간의 사투 끝에 겨우 주차장을 빠져나왔다. 지상에 나오자 거대한 이류가 이미 휩쓸고 간 거리는 아수라장이었다. 끈적끈적한 회색 진흙탕이 거리를 덮었고 허공에는 잿빛 화산재가 폭설처럼 쏟아졌고 하늘은 어두컴컴했다. 백두산 천지에서는 분연주가 계속 치솟았고 화쇄류의 2차 공격이 시작되고 있었다.

황우반은 적토마가 없었으면 자신과 선수들은 다 죽었으리라 생각했다. 메인스타디움에서 차를 타고 빠져나온 사람은 자신의 차뿐이라 짐작했다. 아마도 한국 선수단원들 대다수는 살아나지 못했으리라.

그는 장백산 화산관측소의 보고서를 자주 봐 화산분화의 전 과정을 익히 알고 있었다. 잠시 고민에 잠겼다. 어디로 도망쳐야 할까.

그는 스키점프장을 향해 달렸다. 그가 소유한 백두개발에서 설계하고 건설한 가장 견고한 건물은 스키점프장과 정수장이었다. 그 옆 산기슭에 지하벙커를 파 거대한 관제센터와 대피시설을 만들어 놓았다. 거기에는 그의 비상집무실이 있었다. 강화콘크리트로 지어진 강력한 진지였다. 그래, 거기면 살 수 있을 거야.

백두산 데스 카니발 추진위원장 김태일은 방송용 헬기를 타고 있었다. 소용돌이치는 회전날개의 소음 때문에 머리에 쓴 헤드셋의 립마이크에 대고 소리를 질렀다.

"선수들이 지금 잘 달리고 있어요. 경기용 카메라를 좀더 바짝 들이대. 개별 선수들 동작을 좀더 클로즈업하라구!"

그는 헬기 뒷좌석에 있는 카메라맨에게 연신 주문을 해댔다. 백두 호텔 최상층에 있는 방송본부의 중계 캐스터가 흥분한 목소리로 소리쳤다.

"가장 늦게 출발한 9번 선수는 스노모빌 세계선수권을 3연패한 러시아의 프리마코프 선수입니다. 그는 산사태처럼 쏟아지는 화쇄류를 후방 300m에 두고 출발해 연신 고공점프와 회전묘기를 선보이고 있습니다. 지금 시청자 여러분은 세계 최초로 백두산 폭발현장에서 열리는 스노모빌 레이스를 유튜브에서 실시간으로 보고 계십니다. 동계 아시안게임 폐막식 시간에 맞춰 이번 대회는 시작되고 있습니다. 해설자께서는 어떻게 생각하십니까?"

백두산 산록을 타고 화쇄류가 거대한 구름을 일으키며 쏜살처럼 내려갔고 스노모빌들이 거대한 파도를 타는 서핑보드처럼 하얀 설원 위를 날았다. 알록달록한 옷을 입은 선수들이 굉음을 일으키는 스노모빌에 매달려 질주하고 있었다.

해설자가 말받이 했다.

"우연치고는 대단한 우연이죠. 동계 아시안게임이 끝나자마자 데스 카니발이 이어지는 건 세계인들에겐 축복이죠. 역시 러시아와 미국선수들이 대담한 묘기를 선보이는군요. 저런 저런, 넘버 4번을 달고 있는 일본의 스즈키 선수가 언덕에서 고공점프를 시도하다 모빌이 뒤집히는 바람에 화쇄류에 휩쓸려 버렸습니다."

"자칫 단 한 번의 실수는 곧 죽음이죠. 한순간의 방심도 허용 않는 무서운 경기가 바로 이 레이스의 치명적 매력이죠."

"이 경기의 베팅은 경기 개시 10분 후까지 할 수 있습니다. 경기 시작 3분 만에 벌써 베팅액이 4억 9천만 달러를 돌파했습니다. 유튜브 조회수가 무려 1억 3천만입니다. …"

이날 오후 2시에 백두개발 직원용 숙소에 들어간 12명의 스노모빌 선수들은 입소 3시간도 되지 않아 백두산이 터졌다는 사실을 알았다.

백두산 중턱의 여러 지점에 나가 있는 관측요원들이 긴급통보를 해온 것이다.

오 마이 갓! 김태일은 환호성을 지르며 숙소 마당에 대기중인 헬기에 뛰어올라 하늘로 날아올랐다. 경기 진행요원들이 스노모빌을 스타트라인에 갖다 놓자마자 선수들이 경기복과 보호장구를 갖추고 달려 나갔다.

그동안 진짜 열릴까 반신반의했던 죽음의 레이스가 마침내 열리게 된 것이다. 화산폭발 직후 5분 만에 출발준비를 마쳤고 대회중계에 들어갔다. 그동안 수없이 연습해온 대로 한 치의 오차도 없이 진행됐다.

2만 명이 넘는 익스트림 스포츠협회 회원들은 보하이 시 각 건물 상층부에서 폭발광경을 관람하거나 겨울스포츠 장비를 타고 다른 코스에서 죽음의 레이스를 벌이고 있었다. 아마추어들은 스노모빌이나 스노보드, 스키를 타고 시합을 벌였다. 시합만 관람하는 회원들은 백두산 곳곳에서 일어나는 대폭발의 장면과 도시의 참상을 실시간으로 인터넷에 올리고 있었다.

세계 최정상급 죽음의 레이스가 벌어지는 코스는 너비가 4m밖에 되지 않는 도로로 백두산의 화재를 감시하고 간벌(間伐)을 하는 임도(林道)였다. 김태일은 45㎞의 난코스를 달리다보면 많은 사망자가 나오리라고 예상했다. 많이 죽을수록 세계는 환호할 것이고 베팅액은 높아지고 사상최고의 잔혹한 레이스가 될 것이다. 이 얼마나 멋진 일인가. 얼마나 위대한 일인가.

중계 캐스터가 소리쳤다.

"강력한 우승후보 프리마코프 선수가 연속점프를 시도하다가 화쇄류에 휩쓸리고 있습니다. 허우적거리며 울부짖는 모습이 잔혹합니다. 아, 이건 도저히 눈뜨고 못 보겠군요. 그는 산 채로 불타 버렸습니다. 마치 포락지형(炮烙之刑)을 참관하는 것 같네요. 펄펄 끓는 기름 가마솥 위에 불에 달군 쇠기둥을 걸쳐 놓고 그 위를 맨발로 걸어가게 하는 그 끔찍한 형벌 말입니다."

 방송 헬기는 선수들 머리 위 50m 위에서 저공비행하면서 선수들의 움직임을 추적했다. 선수들은 새까맣게 백두산을 불태우며 질주하는 화쇄류의 끝자락과 거의 맞붙어 목숨을 걸고 맹렬하게 질주하며 허공에서 춤을 췄다. 김태일의 눈에는 사람을 죽이려는 화쇄류와 이를 비웃는 선수들이 서로를 조롱하는 것 같았다. 김태일은 보기만 해도 오금이 저려왔다.

 캐스터가 소리쳤다.

 "유튜브 조회수가 급증하고 있습니다. 세계인 2억 명 이상이 우리의 중계를 지켜보고 있습니다. 베팅 금액이 6억 7천만 달러를 돌파했습니다. 저런 저런, 독일인 아이히만 선수가 넘어졌습니다. 티타늄 합금 무한궤도에 로켓엔진을 장착한 밀로셰비치의 점프는 확실히 높고 공중회전은 안정적입니다. 단연 돋보입니다. …"

 미국 선수 밀로셰비치의 로켓엔진이 가공할 불을 뿜어대면서 허공에서 춤을 추고 있었다. 그는 언덕을 만날 때마다 마치 매처럼 날아올라 하늘을 휘젓고 있었다. 김태일은 맹렬하게 분출물을 쏟아내는 백두산은 지금 위대한 창조를 하고 있다고 생각했다. 엄청난 변신을 하면서 세계인들을 열광시키고 있었다. 그는 립마이크에 대고 우악스럽게 소리 질렀다.

 "카메라! 선수들 동작 놓치지 마! 더 클로즈업하라구! 현장감을 살리란 말이야. 캐스터는 목소리에 좀더 감정을 실으라구! 시청자들에게 베팅을 하라고 설득해!"

탈출로를 봉쇄하라

　박주연과 룸살롱에서 술을 마시던 강호길은 머리가 아파 바람을 쐬러 바깥에 나왔다가 백두산 폭발을 목격했다. 땅이 발작적으로 요동치자 주변 건물들이 흔들거리다가 폭삭 무너졌다. 그는 땅바닥에서 뒹굴었다. 그가 빠져나온 건물이 주저앉았는데도 순간 그의 뇌리를 스친 것은 고속도로였다. 룸살롱에 있는 5명의 동료보다는 이 도시에 갇힌 수만 명을 먼저 구해야겠다는 일념이었다.
　그는 도로에 주저앉아 자신의 승용차를 보았다. 건물잔해에 맞아 깡통처럼 우그러졌다. 눈앞에 낡은 1인용 스노모빌 하나가 넘어져 있었고 중국여인이 쓰러져 신음하고 있었다. 그는 모빌을 일으켜 세워 올라탄 뒤 꽂혀 있는 키로 시동을 걸었다. 여인이 고개를 쳐들며 중국어로 욕설을 퍼부었다.
　먹자골목 안의 작은 건물들은 거의 무너졌고 사람들이 갈팡질팡 뛰어다녔다. 길이 막혀 후진과 우회를 몇 번 반복한 끝에 대로로 빠져나왔다. 대로 주변도 사정은 마찬가지였다. 큰 건물들도 많이 무너져 있었고 가스관이 폭발하고 화재가 일어났다.

그는 스마트폰으로 황우반의 폭탄트럭을 감시하던 블랙공작원에게 전화를 걸었다. 상대방은 받지 않았다. 스노모빌의 속력을 높여 창바이 스키리조트 근방에 있는 고속도로 입구를 향해 달려갔다. 백두산의 암설류가 시청과 메인스타디움을 부수고 화쇄류의 거대한 구름이 산록을 타고 미친 듯이 몰려오는 모습을 보았다.

스키리조트 쪽에서 스노보드와 스키를 탄 수백 명의 한국인 청년들이 환성을 지르며 거리를 질주하고 있었다. 2인용 스노모빌을 탄 여러 남녀들이 고속도로를 향해 달려갔다.

휴대폰을 받았다. 전화를 걸었던 공작관이었다.

"강 선배, 큰일 났습니다."

"어찌 됐나?"

"폭탄트럭을 쫓던 우리 승용차가 지진으로 전복돼 요원 두 명이 죽고 저도 중상을 입어 꼼짝 못합니다."

부상자는 고통으로 숨을 헐떡거렸다.

"놈들은?"

"폭탄트럭이 가드레일을 들이받고 현재는 도로 위에 멈춰 서 있습니다."

"거기가 어디야?"

"스키리조트에서 고속도로로 들어가는 진입로입니다."

"조금만 참고 기다려. 지금 곧 달려갈 테니."

"저는 이미 틀렸어요. 신경 쓰지 마시고 당장 트럭을 쫓아가세요."

"폭탄트럭에 대해 설명해 봐."

젊은 공작관은 숨을 헐떡이며 말했다.

"흰색 유개(有蓋)트럭, 5톤짜리에요. 트럭 안에 다이너마이트가 가득 실렸어요. … 차량 뒷면에 한자로 백두개발이라고 써 있어요. … 강

선배, 제 식구들에게 잘 좀 얘기해 주세요. …"

강호길이 다급하게 말했다.

"안 돼. 쓸데없는 소리 말고 조금만 참아. 내가 곧 갈 거야. 절대 죽어서는 안 돼!"

"저한테 오지 말고 당장 트럭을 쫓아가세요! 많은 사람들 살려야 해요."

강호길은 스노모빌의 속도를 높였다. 스키리조트 입구 앞에서 차량의 홍수와 마주쳤다. 도시에서 빠져나가려는 수많은 차량들이 도시 고속도로 진입로에서 뒤엉킨 채 미친 듯이 경적을 울려댔다. 많은 사람들이 차를 버리고 달아나고 있었다. 차량 지붕에 매단 스키를 풀어 타고 달아나는 사람도 수두룩했다. 일대는 고함과 비명이 난무했다.

그의 스노모빌은 좁은 갓길을 통해 진입로를 헤집고 들어갔다. 진입로 중간에 5톤짜리 흰색 유개트럭이 보였다. 트럭이 고속도로 톨게이트로 서서히 들어서고 있었다. 차량 뒷면에 '백두개발'이라는 파란 상호가 뚜렷했다.

강호길은 상관인 박주연에게 전화를 걸었다. 신호가 한참 간 후에 박주연의 희미한 목소리가 들려왔다.

"팀장님, 어딥니까?"

"난 살았어. 무너진 건물잔해에 몸이 끼어 있네. 자네는?"

"황우반이 보낸 폭탄트럭을 뒤쫓고 있어요."

"잘했어. 어떻게든 놈들을 막아. 부탁하네."

"여기 일 마치고 즉시 달려가겠습니다."

"난 걱정 마. 작전이나 꼭 성공시켜."

"나중을 대비해서 놈들의 동영상을 보내드리죠."

강호길은 폭탄트럭을 뒤쫓으며 스마트폰으로 찍은 동영상을 박주연에게 보냈다. 스노모빌이 트럭 옆에 붙었다. 사내 둘이 차 안에 타고 있었다. 저런 못된 짓을 태연하게 수행하다니, 인간성이 말살된 놈들이었다.

강호길은 어떻게 처리할까 골몰했다. 백두산 쪽에서 화쇄류의 구름이 산사태처럼 몰려왔다. 시간이 촉박했다. 저놈들이 차안에 실은 건 다이너마이트였다. 그는 주머니에서 소음기가 달린 22구경 자동권총을 뽑았다. 두 놈을 죽이고 트럭을 직접 몰고 멀리 달아나야 한다. 그 길밖에 없었다.

그는 스노모빌에서 발을 세워 일어섰다. 왼손으로 핸들을 쥐고 있어 엉덩이가 뒤로 빠져 사격자세가 불량했다. 트럭의 열린 운전석 창문을 통해 운전수의 얼굴이 보였다. 운전수는 산록에서 달려오는 화쇄류 구름을 쳐다보며 불안해하는 표정이었다. 엉클어진 머리, 뾰족한 턱, 휑한 두 눈. 조수석의 사내도 상체를 앞으로 숙이고 같은 방향을 쳐다보고 있었다.

트럭이 톨게이트로 들어가며 차가 밀려 정차했다. 두 사내의 얼굴이 강호길 앞에 드러났다. 겁에 질린 두 사내는 그의 존재를 모르고 있었다. 두 발의 속사로 두 놈을 동시에 날려버려야 한다. 지금이 기회였다. 강호길은 순식간에 두 발을 쏘았고 조수석에 앉은 사내가 이마에 맞고 앞으로 꼬꾸라졌다. 운전수는 어깨에 총을 맞고 비명을 질렀다. 제기랄! 실패였다.

트럭이 다시 출발했다. 스노체인이 달린 트럭은 톨게이트를 지나 눈 덮인 고속도로를 미친 듯 달렸다. 그는 트럭을 뒤쫓아 갔다. 천지에서 올라오는 거대한 분연주가 사방으로 붕괴하고 있었다. 하늘이 칠흑처럼 어두워지고 있었다. 거대한 화쇄류 폭풍이 도시를 휩쓸고 있었다.

강호길은 트럭 위에 올라타 운전수를 빨리 제압해야겠다고 작심했다. 그는 트럭의 왼편에 붙으려고 안간힘을 썼으나 운전수는 그걸 알고 1차선의 가드레일에 딱 붙어 스노모빌의 진입을 허용치 않았다.

강호길은 별수 없이 트럭의 오른쪽으로 붙었다. 조수석 창문을 총으로 깨고 들어갈 작정이었다. 2차선에는 승용차들이 달리고 있었다. 두 차선 사이의 틈으로 진입하려 했으나 트럭이 오른쪽으로 붙었다. 운전수가 백미러를 보고 있는 것이다.

갑자기 하늘에서 거대한 바위들이 마구 떨어졌다. 바위에 맞은 차량들이 장난감처럼 튀어 올랐다. 강호길은 놀란 눈으로 하늘을 쳐다보았다. 크고 작은 암괴들이 쏟아지고 있었다.

위험을 감지한 그는 스노모빌의 속력을 늦춰 트럭 뒤에 붙었다. 그는 얼른 속력을 낮췄다. 트럭과 거리가 점점 멀어지자 뒤차들이 빵빵 경적을 울렸다.

그는 입을 벌린 채 반 넋을 잃고 하늘을 바라보았다. 하늘에서 소형차만 한 화산암괴 하나가 트럭 위에 정통으로 떨어졌다. 시뻘건 화염과 굉음을 일으키며 트럭이 폭발했다. 수백 m 상공까지 치솟는 어마어마한 불길이었다. 주변에 달리던 숱한 차량들이 불길 속으로 사라졌다.

강호길의 몸이 허공으로 붕 뜨더니 도로 위에 내팽개쳐졌다. 땅이 다시 발작적으로 흔들리자 도로 위를 뒹굴었다. 도로 전체는 난장판이었다.

퇴로를 차단당한 도시는 아수라장이었다. 고속도로 진입로로 차량들은 계속 몰려들었다. 강호길의 작전은 실패하고 황우반의 계략은 성공한 것이다. 총탄 한 발의 빗나감 때문에 수만 명이 죽게 됐다. 강호길은 절망했다.

얼마나 시간이 흘렀는지 모른다. 갑자기 전망대 실내에 전깃불이 켜졌다.

낯익은 사람이 보였다. 백두개발 임시직원인 유상석이 출입문으로 나타나 소리를 질렀다.

그가 임준과 오수지를 보고 반가워했다.

"이렇게 살아 있다니 다행입니다. 정말 백두산이 터지고 말았어요. 도시 전체가 지옥이에요. 전기가 끊겨 비상전력을 가동시켰어요. 이 건물 옆에 있는 정수장 지하에는 자가발전시설이 있는데, 이곳과 연결돼 있어요."

임준이 가이드 출신인 유상석에게 말했다.

"여긴 어떻게? 근데 이 전망대는 안전합니까?"

"이곳은 제가 잘 알지요. 여기 공사에 제 친구 녀석이 간여했었거든요. 30㎜ 특수 강화유리로 만들어졌죠. 뼈대는 특수강으로 시공을 했대요. 진도 8의 지진에도 견딜 수 있게 설계되었답니다."

"하지만 이처럼 거대한 폭발에 견딜 건물은 거의 없을 겁니다."

"그래도 지상보다는 나아요. 전망대 아래 비상공간도 있어요."

"예? 비상공간이요? 거기가 어딥니까?"

"점프도약대 출발점인데, 선수들이 대기하는 공간입니다. 점핑타워 안에 있어요. 타워 자체가 두꺼운 철근과 강화콘크리트로 덮여 있어 아주 견고합니다. 그 안에 들어가면 어떤 재난도 견디어낼 겁니다. 친구 말로는 웬만한 포격에도 끄떡없다고 합디다."

하늘에 화산재가 가득했다. 전망대의 거대한 유리창은 화산재로 덮여버렸다. 극장의 막이 가려지듯 그들의 시야는 완전히 가려져 버렸다.

하늘에서 포탄처럼 날아온 화산암괴가 유상석의 말을 비웃듯 전망대 중앙을 때리자 우지끈하며 유리창이 깨지는 소리와 함께 전망대 전체가 흔들거렸다.

그들은 다시 바닥에 쓰러져 뒹굴었다.

오수지는 하늘과 땅의 중간에 갇혀 연옥의 형틀에 매인 것 같은 느낌에 사로잡혔다. 땅을 흔드는 지진과 굉음은 계속되었다.

임준은 비틀거리며 일어나며 오수지의 손을 잡아당겼다. 깨진 유리창 사이로 찬바람과 화산재들이 날아 들어왔다. 화산재와 가스를 마시자 목이 아프고 눈에서 눈물이 쏟아졌고 기침이 나와 숨을 쉬기가 어려웠다. 그런 와중에도 오수지는 기를 쓰며 일어나 사진과 동영상을 찍었다.

정치범수용소에 갇힌 라순옥은 이런 재앙은 난생처음 겪었다. 그녀는 탄광 일을 나가기 전에 집 뒷마당에서 땔감을 모으고 있었다. 그때 대포소리보다 더 큰 날카로운 굉음에 간이 철렁 내려앉는 듯했다. 땅이 격렬하게 요동치며 그녀를 내동댕이쳤다. 집이 단번에 무너지며 그녀를 덮쳤다. 그녀는 흙먼지를 뒤집어쓴 채 겨우 허우적거리며 집 밖으로 빠져나왔다.

주변의 집들이 모래처럼 무너지며 사람들의 비명이 난무했다. 그녀는 북쪽 하늘 높이 치솟은 거대한 분연주 기둥이 하늘 가득히 퍼져 나가는 광경을 올려다보았다. 문득 그녀의 뇌리에 히로시마와 나가사키에 떨어진 원자폭탄 폭발 사진이 떠올랐다. 분연주 기둥이 원자폭탄의 버섯구름과 흡사했다.

근처 집들은 죄다 무너졌고 3반 농장의 창고건물이 폭삭 주저앉았다. 농장 옆 분주소(파출소) 건물도 무너져 보안원들이 살려달라고 외쳐댔다. 수용소 중앙에 있는 3층짜리 관리소 건물은 잿더미가 되었고 삼수천을 끼고 있는 보위부 건물이 무너지자 구류장에 갇혔던 죄수들이 밖으로 뛰쳐나오고 있었다. 수용소 안에 다닥다닥 붙어 있던 수천 채의 집들이 다 무너져 흙먼지 구름을 일으키고 있었다.

라순옥은 전쟁이 터진 것으로 알았다. 미국놈들이 원자폭탄을 터뜨렸나? 백만 평이 넘는 광대한 수용소가 단번에 쑥대밭이 되었기 때문이었다. 하늘에서 하얀 가루들이 눈송이처럼 떨어졌다.

사람 주먹만 한 부석들이 우박처럼 쏟아져 내렸다. 숱한 수형자들이 무너진 집에서 빠져나와 갈팡질팡 헤매고 있었다. 얼굴에 화산재가 덮이자 흡사 가면을 쓴 것 같았고 힘겹게 달아나는 모습이 가엾었다.

그 많던 지도원, 보안원, 보위원들이 보이지 않았다. 땅이 다시 요동치고 있었다. 하늘에는 뜨거운 잿빛구름의 장막이 펼쳐졌고 어둠이 몰려왔다.

참 이상하다. 원자폭탄이 터졌는데 나는 어떻게 아직 살아 있을까? 원자폭탄이 터졌는데 왜 불안하기는커녕 호기심으로 가슴이 뛸까?

누군가 그녀의 어깨를 잡아끌었다. 김책공업대학 교수출신인 박민우였다. 그는 3년 전 남한 드라마를 USB로 동료교수들에게 전파했다는 이유로 수용소로 잡혀왔는데 같은 탄광에서 일을 했다. 우울증에 걸려 자살까지 몇 번 시도했던 그가 환하게 웃고 있었다.

"라 동무 아니오? 어서 달아납시다. 여긴 위험하니 산으로 올라갑시다."

넝마옷을 입은 말라깽이 중년사내는 뭐가 그리 신나는지 함박웃음을 물고 있었다.

라순옥이 물었다.

"도대체 지금 무슨 일이 난 겁니까? 어디서 전쟁이 났어요?"

사내는 그녀의 손을 힘껏 잡고 흔들며 활기차게 말했다.

"백두산이 터진 게요, 백두산이! 그래서 대지진이 났소."

"백두산이 터졌다구요? 화산폭발?"

"그래요. 하늘에서 함박눈처럼 떨어지는 것은 화산재요. 이제 세상은 바뀌고 말았소. 우리도 살아날 길이 생겼소. 하늘이 우릴 돕는 거요."

박민우는 근처에서 우왕좌왕하던 사람들에게 백두산이 터졌으니 높은 곳으로 피신하라고 소리쳤다.

그녀는 한 가지 사실을 알게 되었다. 재소자들이 사는 집들은 대부분 흙집이어서 집이 무너져도 크게 다칠 일은 없었다.

하지만 분주소(파출소), 보안서(경찰서), 보위부(비밀정보기관), 관리일꾼 마을의 건물들은 벽돌집이라 대지진에 무너지자 안에 있던 사람들은 크게 다친 듯했다. 그래서 온갖 포악한 짓을 해대던 지배자들 모습이 보이지 않았던 것이다.

수용소 외곽을 막아 세운 기나긴 철조망과 허공에 치솟은 감시초소들도 무너져 버렸다. 철조망 지뢰밭에서 지뢰 터지는 소리가 폭죽소리처럼 들려왔다. 무너진 철조망을 타고 수많은 재소자들이 달아나고 있었다.

박민우는 발을 멈추고 라순옥에게 말했다.

"확성기 방송이라도 해야 할 것 같소. 잘못하면 여기 사는 사람들 다 죽어요!"

"확성기는 관리소에 있는데, 관리소는 쑥대밭이 됐어요."

"그럼, 할 수 없지. 어떻게든 하는 데까진 해봐야지."

박민우는 관리소 앞 작은 공터에 이르자 모여 있던 재소자들에게 큰 소리로 외쳐 말했다.

"여러분. 지금 백두산이 터졌습니다. 난 김책공업대학에서 지질학을 가르쳤던 사람입니다. 화산폭발이 무언지는 잘 압니다. 여기서 백두산까지는 불과 70㎞입니다. 화산이 터져 저 큰 구름덩어리가 생겼고 대지진이 일어난 겁니다. 당장 산으로 올라가야 합니다."

재소자 한 명이 물었다.

"철조망이 무너졌는데, 바깥으로 도망쳐야지, 왜 산으로 오르는 거요?"

"천지물과 용암이 뒤섞여 뜨거운 액체가 만들어지는데, 그게 압록강을 타고 쓰나미처럼 이곳을 덮칠 겁니다. 그 액체는 끈적끈적하고 쇳물만큼 뜨겁습니다. 거기에 휩쓸리면 다 죽어요. 어서 이웃에 알려 사람들을 대피시켜야 합니다. 적어도 20분 안에 산으로 도망쳐야 합니다."

여진(餘震)이 계속되며 땅을 흔들어댔다.

하늘은 점점 어두워졌고 하얀 화산재가 허공을 가득 채우며 땅을 뒤덮고 있었다.

라순옥은 외쳤다.

"아는 사람들에게 빨리 알리고 산으로 올라갑시다! 우선은 살아야 해요."

박민우가 소리쳤다.

"사람들을 데리고 탄광 계단으로 올라가세요."

사람들은 뿔뿔이 흩어졌다. 라순옥은 이웃들에게 달려갔다. 백두산 머리 위에서 시커먼 분연주가 점점 솟구치며 커지고 있었다. 무시무시한 괴물을 보는 듯했다.

오후 5시 2분전. 〈한성일보〉 사회부장 정홍일은 신문사 편집국에서 광화문 거리를 내다보고 있었다. 갑자기 건물 전체가 요동쳤다. 그는 서 있던 창문가에서 바닥으로 내동댕이쳐졌다. 편집국에서 비명이 터져나오고 서가와 책상들이 뒤집어졌다. 바닥에 여러 자료들과 신문뭉치들이 흩어졌다. 화분 수십 개가 깨져 꽃과 흙이 흩어졌다. 누군가가 "지진이다!"라고 외쳤다.

전깃불이 나갔다. 요동은 수분간이나 이어졌다. 정홍일은 비틀거리며 일어났다. 여기저기 유리창 파편들이 널려 있었다. 3년 전에 신문사가 입주한 25층의 건물은 지어진 지 30년 된 낡은 건물인데, 외벽 유리창들이 와장창 깨지며 도로로 쏟아졌다.

정홍일은 바깥을 내다보았다. 신문사 건물 앞 대로에 유리창 잔해에 맞아 쓰러진 행인들이 피를 흘리며 누워 있었다. 놀라운 광경을 보았다. 정부종합청사가 9·11 테러를 당한 뉴욕의 쌍둥이 건물처럼 무너져 있었고 거대한 먼지구름이 중천을 덮었다. 맞은편 역사박물관도 마찬가지였다. 이순신 장군 동상이 옆으로 쓰러져 있었다. 광화문 현판은 온데간데 보이지 않고 서까래는 흙먼지를 내며 무너지고 있었다.

갑자기 시간이 멈춘 듯했다. 땅의 요동이 끝나자 거리는 정지된 동영상 같았다. 누군가 소리쳤다.

"건물이 무너질지 몰라! 어서 밖으로 나갑시다!"

문화부장이 달려와 그의 손을 잡아끌었다.

"어이, 정 부장. 빨리 피하자구. 무너지기 전에 도망쳐야 해."

"엘리베이터는 위험해. 비상계단을 이용해!"

편집국에 있던 기자들이 복도를 통해 비상구로 달려가고 있었다.

정홍일도 뒤를 따라갔다.

17층 계단을 뛰어내려와 세종로 거리에 섰다. 길거리를 가득 메웠던 차량들이 차선을 이탈해 서로 부딪히며 뒤엉켰다. 차에서 빠져나오려는 승객들이 비명과 욕설을 퍼붓고 있었다. 사람들은 공포에 질린 표정으로 갈팡질팡 헤매고 있었다.

종로 일대의 중천에는 검은 연기가 가득했다. 종로 1가, 2가의 낡은 빌딩들이 반파, 완파된 채 불타고 있었다. 〈동아일보〉 옛 사옥은 단번에 무너져 내렸고 서울시 의회도 폭삭 가라앉았다.

지하철 1호선 출구에서 수많은 사람들이 뛰쳐나오고 있었다. 지하철에서도 큰 사고가 났다고 판단한 정홍일은 지하도로 내려가려고 했으나 올라오는 사람들에 밀려 발을 내딛을 수 없었다. 그가 아무나 붙잡고 물었다.

"무슨 일이 일어난 겁니까?"

"지하철이 무너지려고 해요!"

그는 지하철 승객들을 겨우 비집고 지하철 계단을 뛰어 내려갔다.

불 꺼진 지하도는 아수라장이었다. 여자들의 비명소리가 가득했다.

역무원 한 사람이 비상용 플래시로 지하도 곳곳을 비췄다. 천장 곳곳이 무너져 내려 을씨년스러운 몰골을 드러냈다.

탈출구를 찾지 못한 사람들이 소리를 지르며 이리저리 뛰고 있었다. 가동되지 않는 개찰구를 뛰어넘으며 욕지거리를 퍼부었다.

그는 역무원을 잡고 말을 걸었다.

"지하철이 어떻게 된 겁니까?"

"내가 묻고 싶은 말이오. 도대체 무슨 일이 난 겁니까?"

"지진이 난 것 같아요. 전동차는 어떻게 됐습니까?"

"시청역 못 미친 곳에서 멈춰 버렸소. 사람들 수백 명이 전동차에서 뛰어내려 걸어왔지만 많은 사람들이 차안에 갇혀 있어요. 대지진이라면 정말 큰일이군요. 1호선은 내진설계가 안 돼 있는데…."

"전동차가 다니는 통로는 괜찮은가요?"

"전깃불이 나가 암흑천지요. 상황을 모르겠어요."

정홍일은 고개를 흔들며 지하철 계단을 뛰어올라 다시 거리로 나갔다.

그는 시청 앞으로 걸어갔다. 덕수궁의 담장과 대한문이 일부 무너져 내렸다. 석조전 서관 기둥들이 주저앉았다. 시청광장 잔디밭 위에 숱한 부상자들이 드러누워 소리를 질렀다. 광장 일대의 도로에는 많은 자동차들이 뒤엉켜 혼란을 부추기고 있었다.

정홍일의 눈에는 그래도 심각한 대지진은 아닌 것으로 비쳤다. 다만 지진방재대책이 전혀 되어 있지 않은 대한민국의 현실이 암담한 것이다. 수백만 시민이 사용하는 지하철에 내진설계도 하지 않다니. 서울에 난데없이 지진이 왜 일어났는가 싶었다.

그 순간 오수지의 얼굴이 떠올랐다. 그래. 백두산이 폭발한 거야.

그는 회사를 향해 달렸다. 빨리 편집국으로 올라가 오수지와 통화하려고 숨을 헐떡거리며 질주했다.

핵물리학자 이영근은 잠을 자다가 무시무시한 굉음에 소스라쳐 일어났고 자신이 갇힌 보위부 구류장이 무너진 것을 알았다. 땅이 격렬하게 요동치며 철근 건물을 단번에 무너뜨린 것이었다. 구류장의 쇠창살을 잡고 있는 힘껏 버텼다. 그가 갇힌 3층의 구류장이 땅바닥 2m 허공 위에 비스듬히 떠있었다. 건물 아래층들은 폭삭 주저앉았다. 여진이 계속되고 있었다. 건물잔해 밑에 깔린 사람들의 신음소리가 들려왔다.

이영근은 휘어진 철장을 빠져나와 땅바닥으로 뛰어내렸다. 지난

20일간 혹독한 고문을 받았고 기나긴 진술서를 써야 했다.

그는 곧 평양으로 호송돼 다시 심문을 받는다는 말은 들었다. 그러나 며칠 전부터는 감감 무소식이었다. 마음을 편하게 먹고 죽음을 기다렸다. 방사능이 만든 간암세포가 어서 온몸에 퍼져나가 숨을 끊어주기를 바랐다.

건물잔해를 빠져나와 보위부 마당으로 휘청거리며 걸어갔다. 아수라장이 된 보위부에는 몇몇 경비병들이 갈팡질팡 뛰어다니고 있었다.

무너진 담장을 넘어 큰 길로 걸어갔다. 어둑어둑한 영변 일대를 둘러보았다. 수많은 건물들이 허물어졌다. 건물잔해 때문에 길을 걷기가 어려웠다. 허옇게 얼어붙은 구룡강 너머에 있는 영변 핵단지에서 거대한 연기 기둥이 치솟아 오르고 있었다. 눈을 찌푸린 채 자세히 보려고 했지만 거리가 너무 멀었다. 그가 갇혔던 보위부는 영변읍내에 있는데, 영변 핵단지와는 8㎞ 정도 떨어진 곳이었다.

그는 형님 이수근의 예언대로 백두산이 폭발했고 대지진이 일어났다는 사실을 알았다. 형님은 이영근이 작성한 영변 핵단지 관련자료들을 가지고 중국으로 가버렸다.

원하는 곳으로 무사히 갔는지 궁금했다. 형님이 그 자료를 남조선이나 미국에 전달해 영변 핵발전소의 가동이 중단되기를 바랐으나, 그런 소망은 이뤄지지 못했다.

형님의 망명기도가 좌절된 것일까.

영변읍내의 큰 건물들이 무너져버렸다. 건물잔해에서 빠져나온 사람들이 소리를 지르고 뛰어다니고 있었다. 그들은 왜 난리판이 되었는지 몰랐다. 영변에 있는 다른 누구도 백두산이 폭발했는지 모를 것이다. 심문하던 보위부원도 그를 비웃었다.

"뭐, 백두산이 폭발하면 영변 핵시설이 무너진다고? 이 간나 새끼,

미쳤구나. 소가 웃다가 꾸레미(부리망)가 째지겠구나. 너 과학자 맞아? 백두산이 여기서 얼마나 먼데 지진이 일어난다구? 네가 만든 자료, 남조선 새끼들이 사줄 것 같니? 그놈들도 콧방귀만 뀔 거다."

이영근은 자신의 육신은 죽고 영혼만이 살아난 느낌이었다. 핵단지가 무너졌다면 살아난 것이 반갑지가 않았다. 난리판 속을 조용히 구경하며 걷고 걸었다. 어디로 가야 할까.

핵단지가 있는 분강지구를 향해 걸었다. 형님과 만난 사건 때문에 보위대에 잡히는 바람에 핵단지의 철조망을 빠져나올 수 있었다. 자신이 잡혀가던 날, 울부짖던 아내와 아이들의 모습이 떠올랐다. 눈시울이 뜨거워졌다.

그는 분강지구 내 연구사 단지에 있는 자신의 아파트를 찾아갈 작정이었다.

혹시 식구들이 강제수용소로 끌려가지는 않았을까. 한겨울에 쫓겨나 거리를 헤매지는 않을까.

자신이 영변 핵시설의 비밀을 외부로 반출시킨 범죄를 저질렀다 해도 아직 판결이 나지는 않았다. 아내와 아이들이 아파트에 있으리라고 믿었다. 아파트가 무너지지는 않았을까. 무너져 식구들이 다치지는 않았을까. 그들을 어떻게든 살려내야 했다. 얼마 남지 않은 나의 삶은 오로지 그들을 위해 바쳐야 했다.

이영근은 분강지구로 다가갈수록 걱정으로 숨도 못 쉴 지경이었다.

분강지구는 구룡강으로 3면이 둘러싸여 있었다. 연구단지로 들어가는 구룡강 초소가 눈에 보였다.

분강지구는 인민무력부 직속 제64연대가 경비를 책임지고 있었다. 3천 명 규모의 병력들이 외곽경계와 출입인원을 통제하고 있었다.

분강지구와 외곽을 분리하는 전기철조망이 무너져버렸다. 그는 어느 곳으로 들어갈까 하고 주변을 살펴보기 시작했다. 하늘에서 눈발이 흩날리기 시작했다.

　세상은 제자리에 있지 못했다. 북한의 전쟁계획 입수에 성공한 박주연은 보하이 시내 백파 룸살롱에서 선양지부의 젊은 요원들과 폭탄주를 마시며 자축연을 열다가 대지진을 만났다. 술집 전체가 단번에 무너지며 건물잔해에 깔리고 말았다.
　발버둥 쳤지만 빠져나갈 수가 없었다. 젊은 공작관 둘은 쓰러지는 기둥에 맞아 즉사하고 말았다. 둘은 온데간데없이 사라졌다. 그는 이대로 죽는구나 하는 절망감에 몸부림쳤다. 주저앉은 천장과 기둥 사이에 끼어 옴짝달싹 못하고 있었다.
　수많은 사람들의 비명소리와 신음소리를 듣고 있었다. 뜨거운 화산 이류가 건물잔해 밑으로 빠져나가는 소리를 듣고 있었다. 화산폭발로 세상이 단번에 생지옥이 됐음을 알았다.
　젠장, 백두산이 터진다는 사실을 알고 그걸 알리며 수만 명의 사람을 살린 사람이 정작 화산에 깔려죽는다니 …. 박주연은 건물잔해에 끼여 살아난 것만도 운이 좋다고 생각했다. 그는 누군가가 그의 이름을 부르는 환청을 들었다. 잔해 속에서 엎드려 있던 그는 신호음이 울리는 스마트폰을 겨우 귀에 갖다 댔다. 김원중 국정원장이었다.
　"백두산이 터졌는데, 잘 있나?"
　"네. 잘 있습니다."
　죽기 직전입니다.
　"자네가 있는 건물은 룸살롱 아닌가? 대낮에 거길 출입하는가?"
　"공작거점입니다."

"자네가 큰일을 했어. 귀중한 전술정보와 자네가 잡은 괴한 덕에 여러 모로 도움이 됐어."

"고맙습니다."

대체 어디다 써먹었다는 얘긴가.

"백두산이 터지는 바람에 동북아에 큰 혼란이 생길 걸세. 좀더 거기 머물면서 북한과 중국의 정보를 수집하도록 하게. 자넨 잘할 것으로 본다."

"예. 최선을 다하겠습니다."

죽을 노릇이군.

"자네가 돌아오면 내가 술 한잔 사겠네."

늘 같은 말이야. 한 번도 산 적이 없어.

"고맙습니다."

박주연은 전화를 마치고 한숨을 쉬었다. 다리 하나 옴짝달싹할 수 없었다. 지금 형편으로는 살아날 자신조차 없었다. 국정원장이 그의 위치를 파악하는 건 그의 오른 팔뚝 피부에 위치추적용 마이크로 칩이 이식돼 있기 때문이었다. 한국의 무궁화 위성은 그의 몸에서 나오는 에너지를 이용해 위치를 추적하고 있었다. 고급정보를 가진 정보책임자가 매수되는 것을 막기 위한 조처였다.

죽음의 레이스와 도박판

 백두산 임도를 스노모빌들이 미친 듯이 내닫고 있었다. 화쇄류에 이어 거대한 화산 이류가 산비탈의 거대한 눈더미를 녹이고 몸집을 불리면서 폭포수처럼 그들을 맹렬히 쫓아갔다.
 데스 카니발 추진위원장 김태일이 탄 중계헬기는 죽음의 레이스를 추적하고 있었다. 중계 캐스터의 목소리가 높아졌다.
 "레이스의 후반에 들어서자 선수들 절반 이상이 죽음의 늪으로 사라져 버렸습니다. 삼가 명복을 빕니다. 한국의 다크호스 손태봉 선수와 강력한 우승후보 미국의 밀로셰비치 선수가 나란히 달리고 있습니다. 밀로셰비치는 이미 2회전 점프를 두 차례 성공시켜 압도적인 점수로 선두를 달리고 있습니다. 그에게 걸린 베팅액도 압도적입니다.
 세계시민 여러분, 지금 하늘은 성층권까지 올라간 거대한 분연주가 붕괴하고 있고, 지상은 화쇄류와 화산 홍수가 생지옥을 만들고 있습니다. … 레이스 초반에 최고 점수를 기록하던 러시아 프리마코프 선수는 유명을 달리했고, 밀로셰비치 선수가 고공점프 16회, 공중회전 9회로 최고점을 기록하고 있습니다. 최종 결승점이 눈앞에 보입니다. 밀로셰비치의 우승은 확정적입니다. …"

김태일은 유튜브 조회수가 3억 5천만을 넘어서고 도박사이트의 최종 베팅액이 21억 3천만 달러로 집계되자 까무러칠 만큼 놀랐다. 유튜브 사상 최고 조회수를 기록중이었다.

방송본부 모니터로 백두산의 폭발과 숱한 재앙의 동영상, 1만여 회원들이 엑스게임의 스릴을 즐기고 죽음의 수렁에 빠지는 장면들이 모여들었다. 이 동영상 자료들은 편집이 되어 유튜브로 생중계됐다.

전 세계는 죽음의 레이스에 열광하고 있었다. 이미 뉴스를 통해 대회는 잘 알려졌고 경기가 열리기를 갈망해온 숱한 사람들이 엄청난 도박판에 가세하고 그 결과가 어떻게 나타날지 주목하고 있었다.

세계 최초로 열리는 화산스포츠 대회의 위력은 상상을 초월했다. 세계의 언론들은 광인들의 축제에 비난의 화살을 퍼부었지만 세계인들은 이에 아랑곳 않고 열광했다.

세계 최강 밀로셰비치 선수가 결승점을 300m 앞두고 공중으로 치솟아 올랐다. 로켓엔진은 시뻘건 불꽃을 허공에다 뿌리고 있었다. 피날레를 장식하기 위해 공중 2회전을 시도하다 전복되고 화쇄류에 휩쓸려 버렸다.

"오 마이 갓!! 막판에 대이변이 일어났습니다! 지난 수년간 살아 있는 전설로 군림해온 밀로셰비치가 방금 지상에서 사라졌습니다. 마지막 회전점프는 하지 않아도 되는 동작이었지만, 그는 익스트림 스포츠 애호가들을 위해 자신의 극한 기량을 보여주려다 장렬히 산화하고 말았습니다. 우리는 결코 이 스포츠 영웅을 잊지 못할 겁니다. 대회 전에 그와 인터뷰한 동영상을 경기종료 직후 보내드리겠습니다. 그는 화산스포츠의 창립대회에 참가해 목숨을 잃은 익스트림 스포츠의 신화적 인물입니다. …"

12명의 선수 중 5명만 완주했다. 한국의 손태봉 선수는 경쟁자들을 물리치고 최고점수로 결승점을 끊었으나 승자의 환희를 맛보지 못하고 피난길을 달렸다.

방송캐스터가 이어 말했다,

"경기는 종료되었지만 우승자 손태봉 선수가 최후까지 살아남을지는 아무도 모릅니다. 그는 꽁지에 불이 붙은 듯 앞만 보고 달리고 있습니다. 만약 그가 숨진다면 상금 1천만 달러는 가족들이 받게 될 겁니다. 세계 최초로 시도되는 화산폭발 현장에서의 데스 레이스! 인류 모험사의 새 장을 여는 역사적 순간입니다. 지금부터 새로운 죽음의 레이스 제 2 라운드가 시작되겠습니다."

헬기는 백두산 서편으로 날아가 압록강 협곡지대로 들어갔다. 압록강이 시작되는 서쪽 산록의 금강대협곡이었다.

거대한 협곡지대로 화산 이류가 몸집을 부풀리며 폭포수처럼 쏟아져 내려갔다. 소용돌이치는 물거품과 뜨거운 수증기를 일으키는 이류가 계곡을 가득 채울 때 카누경기가 시작될 예정이었다.

김태일이 경기 관계자에게 립마이크에 대고 소리쳤다.

"언제쯤 출발할 것인가?"

"3분 후에는 가능할 것 같습니다."

"선수들 컨디션은?"

"아주 좋습니다."

"중계화면은 괜찮은가?"

"화질이 아주 좋습니다."

"좋아, 수고했네."

대회관계자가 카운트다운을 세고 있었다.

방송캐스터가 중계를 이어갔다.

"뜨거운 화산 이류가 협곡으로 홍수처럼 쏟아지고 있습니다. 방열복을 입은 18명의 선수들이 출발을 기다리고 있습니다. 티타늄 합금으로 특수제작된 카누를 타고 압록강 급류를 타고 70㎞나 달려가는 죽음의 레이스가 펼쳐집니다. 카누가 뒤집히는 순간 선수는 화석으로 변하고 맙니다. 레이스 우승자의 상금은 1천만 달러이고 시청자 여러분은 경기시작 후 20분간 베팅을 할 수 있습니다. …"

김태일은 환희에 차 있었다.

그는 이 경기를 통해 백두산 화산폭발이 일으키는 끔찍한 재앙에 인간이 도전한다는 위대한 스포츠 정신을 전파하고 있었다.

세상은 그의 것이었다. 히말라야 등정, 남북극과 달나라 탐험으로 이어져온 인류의 모험적 도전은 백두산이라는 지상최대의 화산폭발 현장 레이스로 이어졌다. 그는 자신의 이름이 인류모험사의 정점에 올랐다고 생각했다.

폭발 후 1시간 30분이 흘렀다. 찬바람이 쏟아져 들어왔다. 전망대 북쪽과 서쪽 유리창이 크게 부서졌다. 전망대가 이미 한쪽으로 기울고 있었다.

오수지는 찬바람이 소리치며 들이치는 구멍 밖으로 다시 백두산을 보았다. 거대한 분연주 기둥은 여전히 하늘로 솟구치고 분수처럼 사방천지에 화산재를 퍼부어댔다.

보하이 시 전체는 화염에 휩싸였다. 거리를 걷던 행인들은 화쇄류에 휩쓸려 산 채로 화장을 당해 순식간에 보도 위에 뼈만 남아 버렸다.

전망대에서 살아남은 사람들은 한자리에 모였다. 카페와 식당, 매점에서 일하는 종업원 11명과 전망대 안내원 다섯에 임준과 오수지를 포함해 손님이 여덟으로 총 24명이었다.

유상석이 전망대 지배인에게 말했다.

"이 건물에 비상식량과 식수는 얼마나 있소?"

"식당 창고에 어느 정도 비축돼 있습니다."

"정확히 파악해 봅시다. 여기서 얼마나 머물지 모르지만 최대한 아껴야 할 겁니다. 지상은 불지옥이라 상당기간은 땅에 발을 딛지 못할 테니까."

TV가 다시 살아났다. CCTV에서는 폐막식 때 찍은 백두산 분출장면을 반복해 보여주면서 폐막식에 참석한 귀빈들이 헬기를 타고 달아나는 장면을 방영했다.

유상석이 채널을 CNN으로 돌리자 여성앵커가 나와 백두산이 폭발해 엄청난 화산재가 쏟아지고 있으며 압록강과 두만강이 화산 이류에 의해 범람하고 있다고 말했다. 평안북도 영변에 있는 핵시설 단지가 무너졌을 가능성이 커 압록강 하류일대에 거주하는 중국인들에게 대피령을 내렸다고 덧붙였다.

한국의 KBS와 일본의 NHK도 온통 백두산 폭발소식으로 도배되고 있었다. 백두산에서 쏟아져 나온 거대한 화쇄류가 무시무시한 속도로 산악지대를 뛰어넘고 대지를 질주해 북쪽으로는 얼다오바이허, 북서쪽으로는 쏭지앙허어, 남쪽으로는 혜산, 동쪽으로는 무산, 140㎞나 떨어진 동해안 청진까지 불바다로 만들어 놓았다는 긴급뉴스가 터져나오고 있었다. 화산재가 북서풍을 타고 한국의 동해안과 일본의 북부지역을 뒤덮을 것이라며 떠들었다.

임준이 유상석에게 말했다.

"아무래도 전망대는 너무 면적이 크고 높아 위험합니다. 화산재가 쏟아져 들어오고 있고 유리창과 철골이 상당히 부서져 추락할 가능성이 있어요. 점핑타워 안에 있는 선수대기실로 옮기는 것이 좋을 듯합니다."

"내 생각에도 그렇소. 식량과 식수, 필요한 물품들을 그리로 옮깁시다. 여긴 높이가 210m이고 대기실은 95m인데, 엘리베이터가 작동 안 되니까 비상계단으로 날라야 합니다."

"모두 힘을 합쳐 나르면 그다지 오래 걸리진 않을 겁니다."

"백두산은 지금도 폭발합니까?"

"아직 계속 폭발하고 있습니다."

"점핑타워 안에서 통신은 됩니까?"

"위성 스마트폰은 됩니다."

오수지가 침울한 표정으로 임준에게 말했다.

"끝까지 안 터졌으면 했는데 … 이제 백두산이 민족혼이 담긴 성산이란 말은 옛말이야. 화산재와 용암으로 덮여 상당기간 접근도 못할 거야."

"우리는 마지막 증언자가 되겠군."

"만약 살아 나간다면 그러겠지."

"우린 살아날 수 있을까?"

보하이 시 전체가 불바다였고 거리는 사람들의 비명으로 가득 찼다. 가장 피해가 큰 곳은 폐막식이 열리던 메인스타디움이었다. 화산재와 화산 이류를 뒤집어쓴 수많은 시체들이 운동장과 관객석 곳곳에 널려 있었다. 하얀 부석들이 가득히 쌓이고 있었다.

그 순간 하늘에서 날아온 커다란 화산암괴가 전망대를 내리쳤다. 유리창이 와장창 깨지며 크게 뒤틀렸다. 부서진 외벽 밖으로 튕겨나가는 사람들의 비명소리가 난무했다. 전망대 가구들이 하늘로 마구 날아갔다.

임준은 오수지를 껴안고 바닥에서 미친 듯이 뒹굴었다. 탁자에 머리를 맞은 그녀는 반쯤 정신을 잃고 있었다.

전망대가 절반쯤 날아가고 나머지는 뒤틀어진 채 점핑타워에 매달렸다. 전망대 바닥이 크게 기울어진 채 휘청거렸다.

전망대와 타워 출입구를 잇는 연결부위에 커다란 구멍이 뚫렸고 거기서 찬바람과 화산재가 쏟아져 들어왔다. 불 꺼진 전망대 안은 캄캄했다.

임준은 오수지의 허리를 한손으로 안고 출입구를 향해 기어갔다. 비상계단 입구가 눈앞에 보였다.

바닥구멍 가장자리에 여종업원 한 사람이 매달려 살려달라고 울부짖었다. 임준은 오수지의 허리를 잡아당기며 타워 출입구로 안간힘을 다해 기어갔다. 그가 중국인 여종업원에게 영어로 고함을 질렀다.

"조금만 버텨요. 내가 살려줄 테니까, 더 버텨요!"

우선 오수지부터 안전한 곳으로 옮기고 중국 아가씨를 살려야 했다. 임준은 비상계단 난간을 겨우 손으로 잡았다.

기운이 빠진 여종업원이 손을 놓고 허공으로 날아가 버렸다.

절반쯤 남은 전망대도 빈 깡통처럼 우그러지며 허공에 부서진 잔해를 날리고 있었다. 임준과 오수지는 비상계단 안으로 몸을 던졌다. 몇 초만 늦었더라면 그들은 허공으로 날아갔을 것이다.

지구가 몽땅 무너진 듯 화산번개의 빛줄기가 하늘을 갈랐고 무시무시한 굉음이 천지에 가득했다.

황우반은 스키점프장 앞에 있는 지하벙커에 그의 설상차를 집어넣고 한숨을 몰아쉬었다. 40분의 사투 끝에 지옥의 중심부를 겨우 빠져나왔다. 그는 김연아 코치와 여자선수들을 데리고 비상집무실에 들어갔다.

백두개발 소속의 직원들 대여섯 명이 그리로 대피해 있다가 반갑게 맞이했다. 황우반이 김연아 코치 일행에게 말했다.

"이 작은 공간이 이 도시에서 가장 안전한 공간입니다. 지금 세상은 쑥대밭인데 이만하면 운이 좋은 겁니다. 일단은 한시름 놓은 듯하니 마음 가라앉히고 좀 쉬세요. 메인스타디움에도 피난할 장소가 많으니 다른 선수들도 피신했을 겁니다. 너무 걱정 마세요."

그들을 안심시키기 위한 말이었다. 선수들은 대다수 죽었을 것이다.

"우리가 이곳에 언제까지 있을지 아무도 모릅니다. 백두산 폭발이 그치면 구조될 겁니다. 서로 도우며 반드시 살아남읍시다."

이곳은 보하이 시 주요시설을 통제하고 관리하는 황우반의 작전본부였다. 그는 오수지에게 전화를 몇 차례 걸었으나 받지 않았다. 의도적으로 자신을 멀리하고 있음이 분명했다. 속이 부글부글 끓었다.

결국은 백두산이 폭발하리라던 그녀의 말이 맞았다. 그녀는 백두산 폭발위험을 알리려고 팔방으로 뛰어다니며 기사를 썼고 온갖 위험을 감수했다. 그녀와 함께 돌아다닌 임준을 백두산 동굴에 가뒀는데, 지금쯤은 죽었을 것이다. 대체 그녀는 지금 어디서 무얼 하고 있는 걸까.

그녀에게 음성메시지를 남겼다.

"왜 이렇게 연락이 안 되는 거야? 난리통에 혹시 잘못된 건 아니겠지. 이거 하나 알아 둬. 백두산이 폭발하고 이 도시가 전부 불바다가 되고 탈출구가 보이지 않을 때 지금 내가 알려주는 곳으로 당장 피해. 아마 당분간은 지내는 데 지장이 없을 거야. 그곳은…."

그녀가 목숨을 위협받는 상황이라면 자신이 보낸 정보를 이용할지도 모른다고 짐작했다.

도시 전체가 생지옥이었다. 폭발 가능성이 낮았는데도 폭발 쪽에 풀베팅한 자신의 선택은 옳았다. 하늘은 자신의 편이었다. 꿈은 이뤄졌다. 이젠 됐어. 살아나가기만 하면 모든 건 내 뜻대로 되는 거야.

백두개발의 건설본부장인 이갑수가 황우반에게 다가와 말했다.

"장백산과학원에서는 오늘 일어난 대지진이 리히터 규모 7.9로 측정했습니다. 화산폭발에 수반된 지진으로는 역사 이래 최대 규모라고 말합니다."

"서울은 어떤가?"

"방금 서울본사와 통화했습니다. 진도 7의 지진이 닥쳐 시내 낡은 건물들이 많이 붕괴됐답니다. 내진설계가 안 된 건물들이겠죠."

"진도 7? 진도도 일본이 쓰는 거랑 한국 거는 다르잖아."

"우리나라는 미국의 수정 메르칼리 진도 계급을 사용합니다. 12등급으로 나뉘는데 진도 7은 사람이 서 있기가 곤란하고 자동차 운전중에 지진을 느끼고 담장이 무너지거나 적재물이 무너지는 정도입니다."

"그 정도 지진에 건물이 무너져? 한심하군. 이곳 시설 피해상황은 어떤가?"

"스키점프장 전망대가 다 무너져 버렸습니다. 백두호텔은 불타고 있습니다. 투숙객들은 폐막식에 구경 가서 호텔은 거의 비어 있는 상태입니다."

"비상용 발전기는?"

"발전기는 정수장 지하층에 있는데, 경유가 서른 드럼뿐입니다."

"최대한 아껴 써야겠군."

"얼다오바이허로 빠지는 고속도로 초입 길이 꽉 막힌 모양입니다. 거기서 알 수 없는 폭탄폭발이 일어나 도로가 붕괴됐다고 합니다. 군부대 폭탄트럭이 이동중에 사고를 당한 것 같습니다. 난민들 탈출이 막혀 인명피해가 심각합니다."

"탈출구가 전혀 없는 건 아니지 않는가?"

"한국인 청년 수백 명이 스키나 스노모빌을 타고 원시림을 빠져나갔습니다. 하지만 이젠 이 도시는 완전 고립됐습니다. 차라리 안전한 곳에 숨어 화산폭발이 그치기를 기다리는 게 최선일 겁니다."

"도시에 살아남은 사람들은 대략 몇 명일까?"

"1만 명도 살아남지 못했을 겁니다."

황우반은 관제센터에 있는 수십 대의 CCTV로 일대를 바라보았다.

수많은 관중들이 환호하던 메인스타디움은 반파된 채 화산 이류에 덮여 형체조차 알아볼 수 없었다. 백두호텔은 불길에 휩싸여 있었다. 도시의 고층건물들은 무너지거나 불타고 있었다. 거리는 시체들로 뒤덮였다.

만약 아버지가 살아 계신다면 당신이 피땀 흘리며 개발한 도시가 순식간에 쑥대밭이 되었다는 사실에 크게 좌절했으리라.

황우반은 아버지의 실패에 환호했다. 이 도시는 아들의 계략에 빠져 수만 명이 목숨을 잃는 곳이 되지 않았는가. 탈출로가 없는 이 도시는 초토화 직전이었다. 마침내 아버지를 내 앞에 무릎 꿇리고 칼로 목을 쳤다. 아버지는 이제야 죽었다. 평생의 갈망이 이뤄졌다.

죽음의 레이스와 도박판 57

핵 재앙

　라순옥은 산중턱 탄광 자재창고 앞에서 놀란 눈으로 발아래 수용소 벌판을 내려다보고 있었다. 펄펄 끓는 진흙탕인 화산 이류가 압록강에서 삼수천을 타고 들어와 수용소 전체를 쓰나미처럼 덮치고 있었다. 화산이 터진 지 40분이 지난 후였다.
　5년 전 중국에서 일본 동부 해안지대에 쓰나미가 몰려오는 광경을 TV로 시청한 적이 있는데, 화산 이류는 그때처럼 지상의 모든 것을 순식간에 쓸어 버렸다. 용암처럼 뜨거운 물질이란 게 더 끔찍스러웠다.
　수많은 건물의 잔해들이 남쪽 골짜기를 향해 빗질하듯 휩쓸려갔다. 수용소 전체가 단번에 사라지고 숱한 사람들이 흔적도 없이 매몰되었다. 화산재와 부석이 허공을 가득히 채우며 지상에 떨어지고 있었다.
　라순옥은 옆집에 사는 병든 명희 엄마를 업고 그 집 아이들을 데리고 산으로 도망쳐 올라왔다. 그녀는 지난 6개월간 정들었던 이웃들이 순식간에 사라지는 것을 두 눈으로 목격하자 절로 몸서리가 쳐졌고 눈물이 쏟아졌다.
　화산재를 흠뻑 뒤집어쓴 박민우가 콜록거리면서 말했다.

"그렇게 산으로 도망치라고 했건만 … 그나마 산으로 올라온 사람이 300명은 넘는 것 같소. 하지만 철조망이 무너지자 밖으로 달아난 사람들이 수천 명은 될 텐데. 이류에 휩쓸려 흔적도 없이 사라져 버렸소."

라순옥이 대꾸했다.

"집이 무너지자 로인(노인)들과 아이들은 빠져나오지 못했어요. 영양실조에 걸려 누워 있거나 몸이 아픈 환자들도 많아요. 수용소 인구가 2만 명이라는데 대체 얼마나 살았을까. 건장한 사람들도 많이 휩쓸렸어요. 관리소에서 확성기로 알리기만 했어도 … ."

"누구를 탓하겠소? 화산이 폭발했다고 뜨거운 진흙탕이 이렇게 빨리 닥칠 줄 누가 알았겠소?"

수용소 벌판은 거대한 화산 이류의 바다가 되었다. 보이는 것은 모두 사라지고 없었다. 나무 한 그루, 전봇대 하나, 건물 지붕, 거대한 벽 같았던 철조망조차도 용광로처럼 뜨거운 진흙탕 급류에 삼켜졌다. 모든 것을 삼켜버린 이류는 삼수천 상류를 향해 달려갔다.

산중턱에 올라온 사람들은 지상에서 벌어지는 사태를 넋이 나간 채 지켜보고 있었다. 오후 6시가 넘자 들판은 어둠에 갇혔다.

라순옥은 박민우의 뒤를 따라 탄광이 있는 산등성이 계단을 뛰어오르기 시작했다. 지진에 탄광이 무너져 아수라장이었다. 탄광입구에 있는 관리소 건물들도 폭삭 주저앉았고 수십 명의 채탄공들이 아우성을 쳤다. 채탄공들이 지도원들을 포위하고 구타했다.

지도원 하나가 지독하게 두들겨 맞고 있었다. 라순옥은 강민식이라는 지도원이 삼지연 소학교 교사 리갑용을 삽으로 때려죽인 못된 자라는 걸 알았다. 채탄공 하나가 소리쳤다.

"이 간나 새끼가 탄광이 무너지는데도 채탄공들을 못나오게 막는 바람에 숱한 사람들이 죽었단 말이야."

"이 악질 새끼! 너, 아주 잘 걸렸다. 지금껏 네가 때려죽인 재소자만 50명은 넘을 거다. 오늘 네 놈도 한번 당해 봐라!"

채탄공 하나가 삽자루로 겁에 질린 지도원의 등짝을 후려갈기고 다른 죄수가 그의 복부를 걷어차자 비명이 터져 나왔다. 땅바닥에 모잡이로 구르면서 살려달라고 애원했다.

겁에 질린 다른 지도원들이 땅바닥에 무릎을 꿇은 채 숨죽이고 있었다.

박민우는 탄광의 이곳저곳을 살폈다. 나이든 사내들이 그의 뒤를 따랐고 라순옥도 맨 뒤에서 그들을 따라갔다.

박민우가 굳은 얼굴로 말했다.

"탄광 안 깊은 갱도는 다 무너졌습니다. 주간작업을 하던 광부들은 거의 다 죽었을 겁니다. 이 정도 지진이라면 진도 10은 될 겁니다. 진도 10에 남아날 건물은 우리 조선 땅에는 없습니다. 제 생각에는 조선의 모든 도시에 있는 많은 건물들도 무너졌을 겁니다. 내진설계가 안 된 탓입니다."

혜산시 인민위원회에서 행정일꾼을 하던 나이든 사내가 말했다.

"김정은 동지가 사는 집들은 멀쩡할 거요. 평양의 중앙당사도 그럴 거요."

젊은 채탄공이 물었다.

"지질학 교수, 우린 어디로 가야 살아날 것 같소?"

박민우는 말했다.

"저 뜨거운 이류는 낮은 곳을 향해 흘러갈 것이고 시간이 한참 지나야 식을 겁니다. 한겨울이니 잘 곳과 식량이 있어야 합니다. 식수도 중요합니다. 화산재는 독성이 있어서 물을 오염시킵니다. 식량과 숙소가 있는 곳이 우리가 갈 곳입니다."

나이든 채탄공이 말했다.

"이 수용소를 구석구석 뒤지면 식량이 나올 겁니다."

"이 탄광은 피해를 덜 입었으니 복구합시다. 무너진 탄광관리소를 뒤져봅시다. 건물을 세우고 잘 곳을 마련합시다. 무너지지 않은 갱도가 훌륭한 피난처지요. 화산폭발은 장시간 계속될 거고 지진도 계속 일어날 겁니다. 래일(내일) 해가 뜰 때까지 상황을 잘 살펴야 합니다."

라순옥이 겁에 질린 지도원들을 바라보며 혼잣말했다.

"이곳을 지배하던 자와 탄압받던 자들 신세가 바뀌고 말았네. 백두산이 우리 운명을 바꿔 버렸네."

라순옥은 폭력과 고문, 굶주림과 절망감에 시달리던 수형자들의 얼굴이 생기로 덮였음을 알고 놀랐다. 그녀 자신도 기묘한 흥분에 들떠 있었다. 막연한 희망이 용솟음쳤다. 화산폭발로 죽을지도 모르는데, 들뜬 기분이라니 놀라지 않을 수가 없었다.

깡마른 박민우는 넝마가 된 더러운 옷을 입고 있었고 작업화는 다 떨어져 천으로 둘둘 말았다. 오래 깎지 않은 머리칼과 텁수룩한 수염이 화산재로 덮여 두 눈만 반짝거렸다. 그녀는 늘 자살을 노래하던 박민우가 활기차게 주변사람들을 이끄는 모습을 신기한 듯 바라보았다. 화산에 대해 잘 아는 박민우는 살아남은 사람들의 희망이 되어가고 있었다. 백두산이 우리를 구출하고 수형자들의 마음에 희망을 불어넣고 있다니 놀라웠다.

〈한성일보〉 사회부장인 정홍일은 TV화면을 뚫어지게 쳐다보았다.

KBS TV에서는 헬기가 찍은 동영상과 기자의 설명이 쏟아지고 있었다.

"서울시내 낡은 건물들은 거의 모두 무너졌습니다. 백두산의 폭발과 함께 대지진이 몰아쳐 서울에 진도 7의 충격이 몰아쳤습니다. 내진설계가 안 된 1988년 이전에 지어진 건물들과 1, 2층짜리 건물들은 상당수 파괴됐습니다. 지하철도 내진설계가 안 된 1, 2, 3, 4호선 여러 곳이 무너졌습니다. …"

화면은 종로 일대의 낡은 건물들이 주저앉은 모습과 강남과 강동, 강북의 재개발 대상인 낡은 아파트들이 무너진 모습을 보여주며 수만 명의 인명피해가 발생했다고 말했다. 서민층이 많이 거주하는 숱한 산동네 집들은 꼭대기부터 기슭까지 깡그리 무너져 아수라장이었다.

서울시내 초중고교 1,417개 중 내진설계가 된 건물은 35%밖에 되지 않아 930개교의 건물이 반파되거나 완파됐다. 월요일 오후 5시라 방과후 학습을 하던 학생 가운데 수천 명의 사상자가 발생했다고 했다.

수도권 일대 수만 채의 건물이 무너져 도시마다 난장판이었고 수십만의 인명손실이 불가피했다. 곳곳의 지하철이 붕괴돼 전 지하철은 운행이 중지되었고 인명구출을 위해 구조대가 투입되었는데 사상자가 쏟아지고 있다.

수도권 일대의 낡은 터널과 다리들이 붕괴되어 교통은 마비상태였다. 군부대의 피해도 심각했다. 최전방에 있는 오래된 막사들이 많이 무너져 숱한 사상자가 발생했다. 오래전부터 군막사를 교체해야 한다는 지적이 많았으나 예산타령만 하다가 당하고 만 것이다.

기자는 정부를 성토했다.

"진도 7에 불과한 지진에 나라 전체가 붕괴된 듯한 상황입니다. 원래 진도 7의 지진은 서 있기가 곤란하고 운전중에 지진을 느낄 수 있고 회벽이나 담장이 무너지는 정도입니다. 이웃 일본이라면 이런 지진에 인명피해는 없었을 겁니다. 하지만 대한민국은 지금 수만 채의 건물이 무너지고 엄청난 인명피해가 났습니다. 지진대비가 전혀 되어 있지 않은 이 나라는 총체적인 부실덩어리입니다. 백두산은 이미 오래전부터 폭발이 예측되어 왔으나 대한민국의 방재정책은 낙제수준이었습니다. …"

정홍일은 자신이 살고 있는 강동구의 낡은 아파트가 무너졌을 것이라 짐작했다. 서른아홉 노총각인 그는 두 달 후면 결혼할 상대가 있었다. 그는 가슴을 쓸어내렸다. 여자 측에서 결혼을 서두르자고 했는데, 조금만 일찍 결혼날짜를 잡았어도 홀아비가 될 뻔했군.

그때 사회부로 전화가 걸려왔다. 정홍일이 받았다.

"저는 소양강댐에 근무하는 사람입니다. 지금 소양강댐 본체에 균열이 발생해 누수위험에 처해 있습니다."

"소양강댐이라면 우리나라 최대의 댐이고 내진설계가 잘돼 있잖습니까?"

"실은 그렇지 않습니다. 이 댐은 1967년도에 착공하고 1973년에 준공된 댐인데, 흙과 돌을 쌓아 만들어진 사력댐입니다. 설계 당시 내진설계를 과거문헌을 바탕으로 역사적인 지진발생 빈도를 계산해 적용했죠. 소양강댐은 남한에서 가장 큰 댐이면서도 지진발생 빈도가 낮은 3등급으로 분류돼 리히터 규모 6.0에 맞춰 설계됐죠. 저수용량이 훨씬 적은 청평댐도 2등급이고 충주댐은 1등급인데 말입니다."

"청평댐이 일제 때 만들어진 건데, 소양강댐이 그보다 아래 등급으로 설계되었다구요? 대체 이들 댐 저수용량이 어느 정돕니까?"

"청평댐은 1억 8천만 톤이고 소양강댐은 29억 톤입니다."

"남한의 댐 가운데 백두산에서 가장 가까운 댐이 화천댐 아닙니까?"

"그렇습니다. 그 다음이 소양강댐입니다."

"백두산에서 규모 7.9의 대지진이 터졌는데, 심각한 타격을 받았겠군요."

"그렇습니다. 댐 균열부위로 누수가 커지는 건 시간문제입니다. 만약 소양강댐이 터진다면 5시간 만에 서울시 전역과 경기도 16개 시·군, 강원도 3개 시·군이 물에 잠기고 맙니다."

"수도권 전체가 마비되는 거군요. 근데, 왜 전화하셨죠?"

"국토부 관리들이 책임이 두려워 쉬쉬하고, 댐을 관리하는 저희들 입을 틀어막고 있습니다."

"당장 갈 테니 선생님 전화번호 좀 알려주세요."

"나중에 제가 다시 전화하겠습니다."

이건 엄청난 특종인데···. 정홍일은 일선 기자를 보내지 않고 자신이 직접 취재에 나서기로 작정했다. 카메라를 챙겨들고 부리나케 지하주차장으로 달려갔다.

핵물리학자 이영근은 구룡강 초소 근방에 무너진 철조망을 넘어 어둠이 내린 분강지구 안으로 잠입했다. 분강지구 전체는 혼란에 빠져 있었다. 수십 대의 군용차량들이 헤드라이트를 켠 채 병사들을 가득 채우고 원자력 단지 안으로 달려가고 있었다. 정문과 가까운 핵물리연구소와 연합당위원회, 문화회관 건물이 폭격을 맞은 듯 무너져 있었다.

가압형 경수로와 우라늄 농축시설이 있는 곳에서 거대한 연기가 솟구쳤다. 그는 잘 알고 있었다. 파란색 지붕을 쓰고 있는 길이 120m나 되는 거대한 우라늄 농축공장이 무너졌다면 엄청난 재앙일 것이라 생각했다. 그는 보위부에서 도망쳐 나올 때 보위원이 쓰던 손전화기 한 대를 주워왔다. 손전화기는 최신형 스마트폰이었다. 그는 주머니에서 그걸 꺼내 무너진 중요건물들의 사진을 여러 장 찍었다. 언젠가 써먹을 수 있으리라.

그는 반파된 문화회관과 핵물리연구소 건물 샛길로 걸어갔다. 이리로 가면 연구사 아파트로 직행할 수 있었다. 살아난 연구소 과학자들은 원자력단지로 총출동했을 것이다.

그는 발걸음을 서둘렀다. 아내와 아이들을 데리고 밖으로 도망칠 절호의 기회였다. 집이 몇백 m 남지 않았는데, 다리에 힘이 빠지고 숨이 찼다. 누군가가 그의 어깨를 잡아끌었다.

온몸에 먼지를 흠뻑 쓴 의사 권혁이었다.

"내가 헛것을 보는 겁니까? 리영근 선배님, 보위부로 잡혀가지 않았습니까?"

이영근은 권혁이 귀신이라도 본 듯 놀라는 얼굴이 우스웠다.

"보위부에서 내가 잘못한 게 없다고 오늘 풀어줬어. 그래서 집으로 돌아가는 길이야. 여긴 웬 난리판인가?"

"갑자기 지진이 났어요. 분강지구가 다 무너졌어요."

"피해가 어느 정도인가?"

"새로 만든 가압형 경수로, 우라늄농축공장, 방사화학연구소, 핵폐기물처리소 건물외벽이 다 무너지고 엄청난 연기가 치솟고 있어요. 연구사들과 기술자, 군인들이 총출동했지만 수습될 것 같지는 않아요."

"병원은?"

"무너졌어요. 난 겨우 살아났어요."

권혁은 그의 아파트 옆 동에 살고 있었다.

"우리 집 식구들은 어떤가?"

"모르겠어요. 일주일 전에 아파트 앞길에서 형수님을 만났는데 절피하더군요."

"자네 지금 어디 갈 건가?"

"집으로 가야죠."

"백두산이 폭발했다네."

"예에? 백두산이 왜 폭발해요?"

"백두산이 폭발하는 바람에 대지진이 일어났네. 분강지구 핵시설이 무너졌으면 엄청난 방사능이 유출되고 있을 거야."

"백두산 폭발 소식은 보위부에서 들은 겁니까?"

"맞아. 석방 직전에 그놈들 최신정보를 들었어. 어서 식구들을 대피시켜야 하네."

"분강지구가 끝났다는 건 나도 알아요. 그래서 식구들 살아 있는지 확인하러 가는 겁니다."

"나도 집에 가는 길이네."

권혁은 진료가방을 열어 무언가를 꺼내 이영근의 손에 쥐어주었다.

"요오드화칼륨입니다. 당 간부들만 먹는 건데 제가 훔쳐가지고 나왔어요. 동지네 식구들 먹이세요."

"고맙네."

이영근은 몸에 스며든 방사능을 배출시켜 준다는 약을 받자 고마움에 눈물이 절로 났다. 의사와 악수를 하고 집을 향해 발걸음을 서둘렀다. 그는 약을 아이들과 아내에게 먹일 작정이었다. 제발 식구들이 살아 있었으면 좋겠다.

밤 7시 50분, 임준과 오수지는 스키점핑 타워 안에 있는 선수대기실에 자리 잡았다. 넓이는 30평쯤 되었고 사방 벽이 두꺼운 강화콘크리트였다. 문을 열면 양옆으로 스키점프대와 연결되었다. 대기실에는 몇 상자 분량의 식량과 식수가 구비돼 있었다. 이제 남은 사람은 7

명이었다. 4명은 부상을 입었다. 나머지 17명은 전망대가 부서질 때 허공으로 사라져 버렸다.

임준은 허벅지에 찰과상을 입었고 오수지는 무릎을 다쳤으나 걸을 수는 있었다. 난방이 되지 않았지만 그런대로 아늑했다.

유상석이 달려와 말했다.

"특수강과 강화콘크리트로 만들어진 전망대가 종이상자처럼 구겨져 사라졌어요. 이 점핑타워도 오래 버틴다고는 장담할 수 없어요."

임준이 고개를 끄덕였다.

"우리가 타워 안에 들어오긴 했지만 백두산 경사면에 우뚝 선 이 뾰족탑도 위험하긴 마찬가집니다."

오수지가 부랴부랴 그들에게 다가왔다.

"큰일 났어요! 저기 백두호텔에 애들이 갇혀 있어요. 한국에서 온 색동회 어린이합창단장이 제 전화로 구조요청을 했어요. 어젯밤 보하이 아트센터에서 공연하고 백두호텔에 머물렀대요."

임준이 물었다.

"종업원들이 없나?"

"호텔 투숙객들은 거의 다 폐막식에 가 호텔엔 그들뿐이래. 불이나자 종업원들은 다 달아났대."

임준은 작은 창문을 통해 밖을 내다보았다.

백두산은 여전히 분화하고 있었다. 하늘은 날아다니는 화산재로 가득했다. 상공에 매달린 전망대의 마지막 잔해가 행글라이더처럼 허공으로 날아갔다.

오수지가 눈앞에 있는 백두호텔을 바라보며 눈이 휘둥그레졌다.

"어쩌면 좋아. 저 어린애들 어떡하지."

합창단 어린이들이 6층 복도창문에서 손을 흔들며 살려달라고 소리쳤다.

　백두산 일대를 덮친 화산 이류는 홍수처럼 밀려들며 호텔 2층까지 들이닥쳤다. 다행히 스타디움과 점핑타워가 이류의 압력을 덜어줘 호텔은 가까스로 붕괴를 면했지만 가스관이 폭발해 큰 화재가 일어났다. 임준이 말했다.

　"저 호텔도 오래 버티지 못할 텐데."

　"더는 못 보겠어."

　오수지는 눈물을 흘리며 고개를 돌렸다.

　백두산이 투포환처럼 던지는 화산암괴가 날아와 점핑타워에 부딪칠 때마다 타워 전체가 흔들거렸다.

　임준은 그들을 구해보려고 유상석과 함께 점핑타워 비상계단으로 향했다. 오수지도 뒤따르려고 했으나 임준이 말했다.

　"넌 남아 있어. 우선은 이 도시에서 일어나는 참상을 외부세계에 알려야 해."

　"마스크라도 쓰고 가세요."

　전망대에서 일하는 중국 여자가 마스크 두 장을 임준에게 건네줬다.

　오수지는 스마트폰으로 상관인 사회부장과 연결했다.

　"어이, 불독! 자네 살아 있었군. 근데 왜 연락을 안 했어?"

　"경황이 없었어요. 몇 번이나 죽을 뻔했다구요."

　그녀는 자신이 처한 상황을 대충 설명했다.

　"아무튼 잘 됐어. 당장 스케치 기사라도 써서 보내. 사진 몇 장 곁들여서. 지금 빨리!"

　"이 와중에 기사를 보내라구요?"

"태블릿 PC에 전력이 나가기 전에 서둘러. 사진이건 동영상이건 닥치는 대로 보내봐."

"어지간히 좀 해요. 이미 많이 보냈어요. 정 부장. 사람이 해도 정도껏 해야지."

"기자는 취재가 생명이야. 그게 기자정신인 거 몰라? 죽음이 닥쳐도 살아 있는 순간까지 기사를 써야해. 마지막으로 멋진 대미를 장식해 보자구."

야박한 정 부장. 귀신은 저런 인간 안 잡아가고 뭐 하나. 젠장.

비상전력망이 언제 끊어질지 몰랐다. 그녀는 구석에 쪼그리고 앉아 태블릿 PC로 글을 쓰기 시작했다. 그녀는 미리 찍어둔 참사현장의 숱한 동영상을 본사에 보냈다.

그녀의 태블릿 PC는 수십 개의 국내외 방송을 보여주고 있었다. 그녀는 틈틈이 국내외 뉴스를 챙겨봤다. 폐막식에 참가한 167명의 한국 선수단 가운데 몇몇을 제외하고는 생사를 확인할 수 없다고 전했다. 한국의 소방방재청은 동해안 지역이 화산재와 방사능 오염 가능성이 커 대(對) 국민 행동요령을 방송을 통해 발표했다.

오수지가 쓴 백두산 폭발기사는 엄청난 조회를 기록하고 있었다. 〈한성일보〉 인터넷판 1면 제목은 "오수지 기자의 백두산 폭발현장"이었다.

> 백두산의 외륜산이 무너지면서 암설류가 눈사태처럼 산 아래를 향해 질주해갔다. 거대한 분연주 기둥은 원자폭탄의 버섯구름처럼 대기를 뚫고 성층권까지 도달했다. 20억 톤에 달하는 천지의 거대한 물과 백두산을 덮은 엄청난 눈은 뜨거운 마그마와 만나 치명적인 화산 이류를 만들어냈다. 지구역사상 존재했던 모든 화산을 뛰어넘는 지존의 파괴자가 바로 백두산이었다. …

그녀가 전망대에서 찍은 사진과 동영상은 구도가 좋았고 기사는 현장감이 넘쳤다. 수많은 네티즌들은 그녀가 꼭 살아 돌아오라는 댓글을 달았다. CNN방송은 미국의 위성들이 북한 여러 곳에서 방사능이 대량 유출되는 것을 탐지했다고 보도했으나 장소를 알리지는 않았다.

임준과 유상석은 점핑타워 창고에서 우비를 찾아 입고 밧줄더미를 들고 건물 밖으로 나갔다. 하늘에 가득한 화산재가 함박눈처럼 쏟아지고 있었다. 유상석이 말했다.
"스키점프장 동쪽 관람석 하단이 정수장 서편 담장과 맞붙어 있소. 그리로 갑시다."
그들은 관람석 중앙통로를 통해 발걸음을 재촉했다. 1만 명이 들어찼던 관람석은 화산재가 가득했다. 그들은 정수장 담장에 도착했다. 유상석이 임준의 어깨를 타고 담장에 올랐고 거기서 임준을 잡아끌어 올렸다. 정수장 안으로 뛰어내렸다. 야외에 있는 거대한 수조들에는 화산 이류가 가득했고 커다란 부석들이 떠다녔다. 그들은 정수장 중앙건물 출입문을 열고 들어갔다. 건물은 천지 바로 아래에 있는 취수장에서 보내는 물을 받아들여 정수하는 제2정수장이었다.
늙은 중국인 하나가 그들을 맞이했다. 유상석이 그와 대화를 나누었다.
"정수장 직원들이 백두산이 터지자 죄다 달아났대요. 이해할 수 없어요. 이곳이 이 도시에서 가장 안전한 장소인데 말이지요."
지상 1층에는 거대한 수조들이 이어져 있었다. 물의 양을 조절하고 분배하는 착수정, 물속에 응집제를 풀어주는 혼화지, 맑은 물과 슬러지를 분리하는 침전지, 맑은 물만 걸러내는 여과지 등 여러 종류의 수조들이 있었다.

　그들은 옥상으로 통하는 철제계단을 올라갔다. 문을 열고 옥상으로 나왔다. 손전등을 켰다. 옥상에는 화산재가 가득 깔려 있었다. 아이들이 있는 백두호텔 6층 복도 창문과는 지근 거리였다. 정수장 옥상이 4m쯤 낮았으나 거리는 20m에 불과했다. 아이들이 몰려 있는 호텔 서편으로는 연기가 치솟지 않았다.

　유상석이 아이들을 데리고 있는 중년남성에게 소리쳤다.

　"자, 이제 밧줄을 던질 겁니다! 밧줄을 놓치지 말아요!"

　힘이 좋은 임준이 밧줄 한쪽을 둘둘 말아 호텔 창문을 향해 던졌으나 줄은 건물 아래로 떨어졌다. 두 번을 더 시도한 끝에 겨우 연결되었다. 밧줄은 부서진 호텔 창문틀과 정수장 옥상 난간 쇠기둥에 묶였다. 다른 밧줄을 더 연결해 두 겹으로 매어졌다.

　유상석이 임준에게 말했다.

　"이 정도면 어른 몇 명이 매달려도 되겠어."

　"제가 밧줄을 타고 저기로 건너가겠습니다."

　"호텔 복도마다 빨래를 담는 수레가 있는데, 빨래자루가 아주 질기니 그걸 밧줄에 끼워. 아이들을 그 속에 태워 이리로 보내요."

　임준은 밧줄을 타고 호텔로 넘어갔다.

　공포에 떨던 아이들이 환성을 질렀다. 임준은 합창단장이라는 중년남자에게 말했다.

　"아이들이 밧줄을 타고 건너가야 하는데, 화산재를 마시거나 화산재가 눈에 들어가면 위험합니다. 비닐봉지라도 구해야 합니다."

　화산재는 눈알을 마모시키고 폐에 들어가면 습기를 흡수해 시멘트 덩어리를 만들 위험성이 있었다.

　단장은 여러 방과 복도에서 비닐봉지를 주워왔다.

20분이 지나서야 빨래자루가 밧줄에 매달렸고 비닐을 머리에 쓴 첫 번째 남자아이가 그걸 타고 건너왔다. 빨래자루들이 연이어 건너왔다.

스무 명의 아이들이 구조되는 데 30분이 걸렸다. 마지막으로 합창단장과 임준이 줄을 타고 차례로 건너왔다. 어른들과 아이들은 정수장 안으로 들어갔다. 중늙은이 중국인 직원이 그들을 지하층으로 안내했다. 엄청나게 두꺼운 콘크리트 구조물이 나타났다. 거대한 송수펌프실이 나타났다. 10여 대의 거대한 펌프들이 정수된 물을 도시 전체에 보내는 시설이었다.

옆의 건물에는 오존소독을 하는 오존접촉조와 숯가루로 유해물질을 제거하는 생물활성탄 접촉조가 있었는데, 거대한 지하통로가 서로 연결되어 있었다. 천장이 4m, 폭이 5m 가량인 지하통로는 '지하관랑'(地下菅廊)이라 불렸다. 시설 보수와 자재 운반을 편하게 하기 위해서였다.

임준은 감탄사를 터뜨렸다.
"벽이나 천장이 방공호보다 두꺼운데요."
유상석이 대꾸했다.
"그렇소. 유사시 물은 가장 중요한 필수품이니까."
시설을 둘러본 합창단장은 안도의 한숨을 쉬었다.
"정수장 건물은 튼튼하고 실내는 넓어요. 풍부한 식수까지 넘치니, 피난시설로는 딱입니다."
"이곳이 많은 사람들을 살릴 대피소가 될 것 같아요. 우선 아이들이 편하게 쉴 장소부터 마련합시다."

밤 8시 45분. 평양시 중구역에 있는 노동당 청사 3층 행정부장 집무실. 장성택은 인민복 정장에 빨간 김일성 초상 휘장을 달고 안락의자에 앉아 골똘히 구상했다. 긴급대책회의에 참석했다가 막 돌아온 참이었다.

북조선의 전역은 전쟁터가 무색할 만큼 파괴되었다. 평양도 쑥대밭이었다. 인민들은 많이 죽었지만 군대와 당의 고위층은 미리 도피해 큰 피해는 없었다.

장성택은 자신이 운 좋은 사람이라고 생각했다. 이틀 전 삼지연 별장으로 김정은 최고사령관을 수행하러 갔다가 중앙당사에서 중요한 일이 있어 폭발 3시간 전 전용헬기를 타고 평양으로 돌아왔던 것이다.

백두산 고산지대에 있는 김정은의 못가별장은 삼지연 호숫가에 자리 잡았다. 백두산 정상까지는 30㎞ 거리다. 30만 평 규모의 별장 안에는 아름다운 호수가 그림처럼 펼쳐져 있다.

별장 주변에는 15㎞의 외곽경비선이 있고 그 안에 2중, 3중의 경비선이 다시 쳐졌다. 호수주변에는 높이 15m의 김일성 입상, 항일유격대 조각군상, 50m 높이의 거대한 봉화탑이 세워져 있다.

원래 삼지연 일대는 김일성의 항일운동 사적지로 꾸며졌으며 삼지연 공항과 동계종목 체육촌, 베개봉 호텔과 소백수 초대소, 유럽풍의 깨끗한 마을이 조성되었다. 사계절 궁전이라고 불리는 김정은 별장은 검문소와 병영, 변전소, 양어장, 연회각, 온천 등 대단위의 호화로운 건물들로서 시설은 초현대식이었다. 1998년에는 김정일을 위해 지하 5층의 새로운 휴식공간을 만들었고 유사시 중국으로 넘어갈 수 있는 지하도로를 건설했다.

김정일은 자신의 신변에 위험을 느낄 때는 지하벙커 시설이 있는 특각(별장)으로 피신하는 습관이 있었다. 각별히 큰 위협을 느낄 때는 한만국경 가까운 곳에 있는 삼지연 특각으로 피신했다. 2008년 첫 번째 중풍에 걸렸을 때 그는 삼지연에서 장기요양을 했다. 100㎏가 넘는 과체중으로 심혈관 관계가 좋지 않은 김정은도 몸 컨디션이 나쁘면 그리로 달려가곤 했다.

별장에는 20여 대의 최신형 탱크가 배치되었는데, 수백 명의 호위총국 병사들이 경비를 한다. 삼지연 지하벙커는 내부가 강화콘크리트와 강철구조로 튼튼하게 만들어졌으며 미군의 핵공격도 막을 수 있다고 자랑하는 곳이다.

넓은 지하공간에는 회의실, 숙소, 식당, 의무실, 자가발전시설, 공기청정기, 상하수도시설 등을 갖춰 외부와 단절된 채 6개월 이상을 버틸 수 있다. 북한 전 지역의 전쟁 상황을 한눈에 파악할 수 있는 전쟁룸(war room)과 전 지휘관들을 통제할 수 있는 통신시설을 갖추고 있다.

김정은을 가장 근접 경호하는 경호인력은 노동당 중앙위원회 서기실 산하 신변안전 비서실 소속 요원들이다. 안전 전담요원 30명이 24시간 김정은을 둘러싼다. 신변안전 담당비서가 모든 경호작전을 총지휘한다. 신변안전 비서실이 경호실이라면 호위총국은 외곽경비를 담당하는 군대였다.

백두산 남쪽에 있는 삼지연 별장은 백두산이 폭발하면서 산사태와 화산 이류가 덮쳐 깡그리 무너졌다. 별장을 지키던 수백 명의 호위총국 병력들이 몽땅 사라졌다.

김정은은 화산폭발 직후 지하벙커로 대피해 머물렀다.

신변안전 담당비서는 다급한 목소리로 외부에 연락했다.

"벙커 일부가 무너졌고 유독가스가 들어와 공기청정기를 가동하고 있다. 조속한 구조가 필요하다."

지하벙커로 내려가는 통로가 무너져 외부와 단절되었다는 것이다. 김정은은 무사했지만 지하 수십 m 아래 매몰되어 있어 생사가 불투명했다.

평양에 있는 호위총국 특수부대가 헬기 수십 대를 타고 화산재가 가득한 허공을 헤집으며 별장으로 달려갔다. 하지만 헬기가 내릴 곳조차 없을 정도로 별장은 쑥대밭이었다. 별장 전체는 뜨거운 화산이류와 화산재로 가득 덮였다.

폭발로 무너진 장군봉의 암설류가 산록을 타고 별장을 덮칠 때까지는 15분쯤의 시간이 있을 것이다. 583부대가 최고급 건축재로만 시공했다는데, 별장건물들이 성냥갑처럼 무너질 줄은 꿈에도 몰랐다.

김정은은 오래전부터 백두산의 화산정보를 거의 매일 보고받았다. 숨진 김정일은 6년 전 삼지연을 순시하며 백두산은 2016년쯤 터질지 모르니까 그때를 대비하라고 지시했다. 과연 그의 예언대로 백두산이 터지고 말았으니 고(故) 김정일은 위대한 예언가로 칭송받을 것이다.

북조선은 백두산을 '혁명의 성산'이라고 부른다. 김일성이 백두산을 근거지로 항일혁명투쟁을 벌였고 김정일이 백두산 밀영에서 태어나 성장했고 그의 아들 김정은은 백두산 초대소에서 태어났다. 백두혈통의 3대가 성스러운 정기를 받아 북조선을 통치해온 것이다.

장성택은 부하들에게 지시했었다.

"백두산이 폭발해 북조선이 멸망한다는 리론(이론)은 백두혈통의 3대를 뒤엎으려는 반역자들의 음모다. 북조선의 사회혼란을 부추기기 위해 미제국주의자와 남조선 괴뢰들이 퍼뜨리는 유언비어다. 백두산 화산폭발설을 유포하는 자는 즉각 구속하고 가차 없이 처벌하라."

백두산은 김씨 왕조 우상화의 중심지였다. 사적관, 기념비, 밀영, 구호나무 등 선전물로 채워놓고 매년 수십만 명의 혁명전적지 답사행군대가 찾게 하는데, 백두산이 없어진다면 김일성 일가의 우상화가 곤란해진다.

하지만 큰 문제는 내일 새벽 2시에 결행키로 한 서울 침공작전의 실시여부였다. 최고지도자가 이미 결심을 한 사안이지만 그를 구조하는 일이 급선무였다.

그의 최측근인 리명호 총참모장이 말했다.

"장성택 동지, 동두천과 파주 땅굴로 특수대원 8만 명이 들어가 있는데, 땅굴 여러 곳이 무너져 상당수가 죽거나 갇히고 말았습니다. 평강으로 살아나온 인원이 절반밖엔 안 됩니다."

"그럼 땅굴 안에 얼마나 살아남았소?"

"동두천 쪽에 9천 명, 파주 쪽에 1만 3천 명뿐입니다."

"그 숫자론 서울 점령 못하오. 나머지 대원들은 지금 당장 복귀시키시오."

백두산이 지진연구소의 예측보다 일찍 터져버려 계획이 어그러졌다. 이대로 가면 북조선은 끝이었다. 위기를 넘길 새로운 대책이 필요했다.

그때 마침 남조선 측으로부터 핫라인이 열렸다.

청와대 외교안보수석 백선규였다.

"북쪽에 백두산이 터져 재난이 큽니다. 영변 핵단지까지 폭발했으니 큰 문젭니다. 미군 태평양 함대가 지금 전속력으로 달려오고 있습니다. 당신들의 어떤 작은 도발에도 미국과 우리는 총력전을 벌일 겁니다."

장성택은 백선규가 지난번처럼 애걸조로 매달리는 듯한 태도에 오늘은 주도권을 잡고 몰아붙여야겠다고 생각했다.

"지겹게 또 그 소리요? 누가 전쟁을 합니까? 같은 민족끼리 재난을 만나면 서로 손잡고 도와야지 싸움은 왜 합니까?"

"현금과 식량과 구호품을 당장 보낼 테니 제발 도발하지 마시오."

"얼마나 줄 거요?"

"현금 6억 달러, 쌀 20만 톤, 식수 30만 톤."
"적다니까."
"현금 10억 달러, 쌀 50만 톤, 식수 50만 톤, 피복 20만 벌."
"덧붙일 게 있소."
"뭔데요?"
"난민들을 받아주시오. 함경도와 평안도, 평양까지 인민들이 남쪽으로 달아나고 있소. 그들은 철책선을 뜯어내고라도 남쪽으로 갈 거요."
"얼마나 받아야 하오."
"300만 명."
"우리도 지금 지진으로 난리판인데, 말도 안 되는 소리 그만두시오."
"받아주지 않으면 몽땅 다 내려보낼 거요."
"50만 명 정도는 검토해 보고 연락드리겠소."
"생각해보고 연락주시오."

장성택은 전화기를 내려놓으며 순간적인 말이었지만 난민요청을 정말 잘했다고 생각했다. 지금 조선의 인민들은 폭발 일보 전이었다. 당장이라도 인민폭동이 일어날 수 있다. 남조선이 난민들을 받아준다면 구난 책임의 일부를 남쪽에 전가해 인민들의 불만을 무마시킬 수 있었다.

핵물리학자 이영근은 살던 아파트 단지에 도착했다. 연구사들이 사는 아파트 단지는 거의 대부분 붕괴되어 있었다. 살아난 사람들은 건물더미를 뒤지며 오열했다. 북조선 경제가 살아 있던 1980년대에 지은 건물은 낡고 쇠락했지만 따뜻한 보금자리였는데 대지진에 단번에 무너졌다.

이영근은 살던 아파트 단지의 건물잔해를 바라보며 눈물을 흘렸다.

5층 아파트의 맨 아래층이 그의 집이었다. 아내와 아이들이 그 속에 갇혔다는 사실에 입을 다물지 못했고 가슴이 찢어졌다.

의사 권혁이 사는 옆 단지도 다 무너졌다. 아파트 단지가 붕괴되었는데 구조를 위해 달려오는 사람들은 없었다. 영변에 있는 군인들은 거의 모두 분강지구로 투입된 게 틀림없었다.

그는 형님이 설명한 대로 이 정도 피해라면 영변에 닥친 지진의 진도는 8 이상으로 예측했다. 그는 소리 죽여 울었다. 방사능 생지옥에서 군소리 한 번 못하고 살던 아내와 두 아이가 세상에서 사라졌다는 게 믿어지지 않았다. 그가 넋을 놓은 채 집터 자리를 바라보는데, 누군가가 다가와 그의 손을 잡았다. 천천히 고개를 돌렸다.

그의 아내였다. 흙먼지를 뒤집어쓰고 있어 알아보기도 힘들었다.

아내는 그를 보고 기절할 듯 놀라더니 눈물을 쏟아냈다. 지난 1월 하순에 영변을 떠나간 후 3주 만에 만나는 것이었다.

"당신 어떻게 된 거예요? 보위부에 잡혀갔잖아요?"

"지진이 나는 바람에 건물이 무너져 도망쳐 나왔어."

"애들은?"

"다 무사해요."

"이 난장판에서 어떻게 살아나왔소?"

"사흘 전에 아파트에서 쫓겨나 아파트 창고에서 살았어요. 래일 수용소로 간다고 통보받았는데 … ."

"전화위복이로군."

딸아이와 사내아이가 뛰어와 그와 포옹했다.

"다행이구나, 다행이야."

아내가 말했다.

"분강 핵단지가 다 파괴됐대요. 지금 소문이 쫙 퍼졌어요. 방사능 때문에 영변사람들은 다 죽을 거래요."

"나도 알고 있어."

그는 삼지연 초대소에서 있었던 일을 간략하게 설명했다.

"어쩌실 거예요?"

아내가 불안한 얼굴로 그를 쳐다보았다.

"영변은 위험해. 우리 모두 여길 빠져나가야 해."

"어디로 가시려구요?"

"방사능에 오염되지 않은 곳으로."

"어딘데요?"

"서쪽으로 가야 해. 정주 말이오. 동쪽은 백두산이 폭발해 위험해."

"알겠어요."

"빨리 간단한 짐을 싸서 떠나자구. 어쩜 보위대 놈들이 날 쫓아올지도 몰라."

아내가 짐을 싸는 동안 이영근은 식구들에게 요오드화칼륨을 먹였다. 영변 밖으로 떠날 수 있다는 사실만으로 흥분감에 사로잡혔다. 지옥의 땅이었다. 백두산 때문에 지옥에서 벗어날 수 있다니.

밤 9시 50분이었다. 유상석은 제 2 정수장 안에 구조된 어린이들이 쉴 수 있는 장소를 마련하고 있었고 임준은 점핑타워로 돌아갔다. 임준의 얼굴과 머리는 온통 화산재로 뽀얘졌다.

오수지가 감탄했다.

"구조되는 장면을 지켜봤어. 정말 대단한 일을 해냈어."

"뭘, 당연히 해야 하는 일인데."

"너와 유상석 씨가 한 일을 기사로 내보냈어."

오수지는 위성 스마트폰으로 플렉시블 화면을 펼쳐 CCTV를 봤다.

중국정부 대변인은 중국 동북지방이 백두산 대지진으로 엄청난 피해가 발생했는데, 백두산과 가까운 엔지와 둔화, 지린시에는 진도 8의 지진이 일어났으며 360km 떨어진 선양과 420km 떨어진 하얼빈시에는 진도 7의 지진이 발생했다고 발표했다.

화면은 지린성의 성도인 지린시와 조선인들이 많이 사는 엔지시내의 숱한 건물들이 무너져 내린 참혹한 모습을 보여주고 있었다. 중국정부 대변인은 장백산 일대에 계엄령을 내리고 2만 명의 구조대와 30만 명의 군대가 투입된다고 발표했다. 시진핑 주석은 장백산 일대의 인민구출에 최선을 다하겠다고 말했다.

북한은 조선중앙방송을 통해 백두산이 폭발했다고 발표했다. 수만 명의 군대가 이재민 구출에 투입되었다고 했으나 영변 핵단지의 방사능 유출에 관해서는 언급이 없었다. 함경도 산악지대에 거대한 산불이 일어나 걷잡을 수 없이 번지고 있고 화산 이류에 의한 홍수가 압록강과 두만강 유역을 강타하고 있다고 했다.

한국정부는 전군에 1급 비상경계령을 내렸으며 대지진 피해가 확산됨에 따라 비상계엄령 선포를 검토한다고 발표했다. 일본정부는 일본열도 전체에 백두산 화산재가 덮칠 것으로 예상됨에 따라 비상각료회의를 개최하고 있다고 밝혔다. 미국 백악관은 백두산 폭발로 중국과 북한에 500명의 구조대를 급파하겠다고 발표했다.

백두산의 폭발이 시작된 지 벌써 5시간이 넘었으나 천지를 화구로 하는 폭발은 멈추지 않았다. 시뻘건 마그마가 하늘로 솟구쳤다. 백두산의 머리는 불타는 괴물처럼 보였다.

오수지가 임준에게 말했다.

"이 도시에 한국인만 최소 1만 명이 있었어. 그들은 어떻게 됐을까? 이 점핑타워는 화산폭발을 견뎌낼 수 있을까?"
"허공에 치솟은 뾰족한 건물이 잘 견디는 게 신기해."
"건물에게 잘 견뎌내라고 말하고 싶어."
"잘 견뎌낼 거야."
 오수지는 생사의 기로에서 임준이 더없이 든든히 느껴졌다. 왠지 그와 있으면 살아날 것 같은 확신이 들었다.

 황우반은 거대한 모니터 화면을 통해 엄청난 분연주를 쏟아내던 백두산의 분출이 약해지는 조짐을 보았다. 그는 직원들을 총동원해 각종 통신기기와 언론매체를 통해 정보를 수집하고 있었다.
 황우반은 위성 스마트폰으로 서울의 한 지상파 방송국 기자와 인터뷰를 하고 있었다. 그가 김연아 코치와 여자선수 11명을 구조한 경위를 자세히 설명하고 있었다. 백두개발 직원들이 침착하게 대처해 5천 명의 관중을 북쪽 관중석 아래 복도에 대피시킬 수 있었다고 말했다.
 황우반이 보하이 시장의 전화를 받았다. 동업자 장원의 외아들이었다.
 황우반이 말했다.
"아버지와 함께 전 재산을 투입해 이 도시를 만들었으나 도시는 지금 생지옥이 되었어요. 나 때문에 수많은 사람들이 죽었어요. 난 크나큰 죄인입니다."
 시장이 대꾸했다.
"나도 사전에 대비하지 못한 죄책감 때문에 어쩔 줄 모르겠소. 지금 군부대와 협력해 얼다오바이허로 이어지는 무너진 고속도로 복구에 총력을 기울이고 있소. 중앙정부에서 수만 명의 구조대를 곧 투입할 예정이오."

수십 대의 헬리콥터들이 날아와 메인스타디움 일대의 생존자들 구조작업을 시도했으나 날아드는 화산암괴에 맞아 격추되고 있었다. 정수장 건물 옥상에 헬기 한 대가 가까스로 착륙했고 헬기 안에서 하얀 방열복을 입은 사람들이 내렸다. 소방대 헬기였다.

황우반이 건설본부장에게 말했다.

"뜨거운 화쇄류가 몇 시간째 계속 쏟아져 내려오는데, 관중들이 갇힌 북쪽 메인스타디움이 화쇄류에 견딜 수 있을까?"

"언제까지 견딜지 모르겠습니다. 그들을 정수장 지하관랑으로 가게 해야 합니다."

"메인스타디움에서 정수장까지 거리가 너무 멀어. 하늘에서 화산재와 부석이 함박눈처럼 쏟아지고 있잖아."

"난민들이 입을 방열복이 필요합니다. 땅위로는 화쇄류가 흐르고 하늘에서는 화산재가 쏟아지는데 맨몸으로 움직이는 건 자살행위나 다름없습니다."

"탈출로도, 운송수단도 없어. 발해시는 백두산 최전방의 도시야. 방열복 수천 벌을 무슨 수로 준비하나?"

황우반은 다시 보하이 시장에게 전화를 걸어 방열복 문제를 협의했다. 시장은 지린과 선양, 장춘, 하얼빈으로부터 방열복을 모을 수 있는 한 모아보겠노라고 약속했다.

CCTV는 보하이 시에서 얼다오바이허까지 연결된 4차선 고속도로의 상태를 보여줬다. 도시에서 빠져나가는 도로는 도피하려는 차들로 가득 찼으나 고속도로 출구의 파괴로 시내 전체는 주차장으로 변했다. 곳곳에서 차량들이 불탔고 차안에서 사람들이 빠져나와 살려달라고 소리쳤다.

　황우반은 보하이 시는 백두산과 너무 가까워 화산가스가 큰 문제라고 생각했다. 공기 중에 떠도는 이산화황은 빗물이나 눈을 만나면 황산이 되어 비처럼 하늘에서 쏟아질 것이다. 시간이 갈수록 죽음의 가스는 소리 없이 숱한 사람들을 죽이고 말 것이다.

　이종사촌 동생 김태일에게서 전화가 왔다. 황우반이 반가운 목소리로 말했다.

　"지금 어디 있나?"

　"저는 헬기를 타고 얼다오바이허에 왔습니다."

　"자네 회원들은 어찌 됐나?"

　"몽땅 다 죽기를 바라셨죠? 안타깝게도 우리 회원들은 재빨랐습니다. 스노모빌과 스키, 스노보드를 이용해 상당수가 빠져나왔죠. 지금 생존자를 트위터로 집계중인데, 1만 2천 명 중 3천 8백여 명이 후방으로 대피했죠. 2천 5백여 명이 보하이 시 큰 건물이나 지하도에 숨었습니다. 그래도 5천 7백여 명이 행방불명입니다. 염가여행권을 받은 1만 8천 명은 어찌 됐습니까?"

　"그쪽은 어느 정도 파악하고 있어. 스마트폰 번호를 다 확보해 놨거든. 며칠 전 원전방사능이 누출됐다는 헛소문이 돌 때 대다수가 후방으로 달아났다가 8천여 명이 되돌아왔는데, 현재 생존이 확인된 인원은 4천 6백 명뿐이야."

　"그럼, 한국인 9천여 명이 사라진 거군요. 사상자는 계속 늘어날 겁니다."

　"자넨 한국으로 돌아갈 건가?"

　"지금 돌아가면 불법도박혐의로 체포될 겁니다."

　"세계인 3억 5천만이 이번 레이스를 지켜봤어. 자네는 세계의 영웅이야."

"베팅액 32억 달러에서 나오는 3억 2천만 달러의 수익으로 사상자들에게 우선 보상하고 나머지는 세계의 가난한 사람들을 위해 기부할 겁니다. 생존자들은 머리에 태극기를 두르고 귀국합니다. 나는 검찰의 구속을 거부하지 않을 겁니다. 내가 한 일이 자랑스러우니까요."

"자네는 젊은이들의 우상이 될 거야. 위대한 모험가로 역사에 기록될 거야."

황우반은 전화를 끊고 생각했다.

피보험자 6천 명이 죽었다면 다산생명이 지급할 보험금은 3조원이었다. 그 정도로 다산그룹이 파산할까. 다행인 것은 익스트림 스포츠협회 회원들의 보험이 가입된 것은 작년 10월이었다. 전쟁시에는 보험회사가 보험금 지급을 하지 않으나 지진, 화산폭발, 홍수 등 천재지변은 보험약관에 명시하지 않는 한 지급해야 했다.

당시 그는 백두산 폭발가능성을 절반 정도로 잡았지만 모험을 했다. 그 바람에 보험료로 60억 원이나 냈지만 보험의 실질적인 계약자인 백두개발의 법적책임을 회피하기 위해 회원들을 개별로 가입시키고 보험료도 개인이 매월 납부케 했다.

그 바람에 당시 다산생명은 가입자 청년들이 백두산과 연계가 있다는 사실을 몰라 가입자의 위험도를 낮게 평가했고 재보험조차 들지 않았다. 황우반은 위험한 곳을 여행하거나 위험한 스포츠 활동을 하면서도 그 사실을 보험회사에 알리지 않는 것은 '고지의무 위반'이라는 사유로 보험금을 지급하지 않을 수도 있으나, 수많은 사람들이 죽고 그러한 사소한 보험약관상의 이유로 보험금 지급을 거부할 시 유족들로부터 엄청난 반발에 시달리며 반(反)사회적 기업으로 매장당할 수 있다고 판단했다.

생존투쟁

오수지는 한국의 TV방송들이 김연아 국가대표 코치와 여자선수 11명, 관중 5천 명을 황우반 백두개발 회장이 구해냈다는 뉴스속보를 스마트폰으로 보고 있었다.

언론은 여자선수들의 생존담을 전하며 황우반을 영웅처럼 묘사했다. 오수지는 메인스타디움에서 귀한 생명을 구조한 것은 잘한 일이라고 생각했다. 하지만 저건 또 무슨 속셈인가. 무수한 생명을 죽음으로 몰고 그 죽음에서 사람들을 구해냈다고 칭찬받고 있었다. 오수지는 황우반의 야누스 같은 두 모습에 소름이 돋았다.

백두산에서 벌어진 죽음의 카니발 때문에 인터넷과 언론이 야단법석을 떨고 있었다. 수천 명의 엑스게임 마니아들이 폭발와중에 겨울스포츠를 즐기다 죽어갔지만 인터넷상에서 그들은 영웅이었다. 세계를 상대로 불법도박을 벌인 죽음의 축제에 대해 전세계 언론의 비난이 쏟아졌다. 세계각국의 불법 사설경마장에서 광란의 도박판이 벌어져 나라마다 소란이 일어났다. 카니발 관계자들은 한국으로 돌아오는 즉시 불법도박과 숱한 사람들을 죽음으로 몬 혐의로 체포될 것이라고 했다.

화쇄류가 계속 스키 점핑타워를 두들기며 건물 전체를 흔들고 있었다. 죽음이 바로 곁에서 어른거렸다. 과연 나는 살아날 수 있을까. 오수지는 두려움에 떨었다.

 대북정보관 강호길이 온몸에 찰과상을 입은 채 백파 룸살롱까지 기적적으로 돌아올 수 있었던 것은 고속도로 톨게이트 옆에 멈춰선 지게차 한 대 덕분이었다. 그는 지게차로 갓길을 달렸고 망가진 차량들을 옆으로 치우며 나아갔다.
 시내에 들어와서는 화쇄류와 이류가 지나가버린 도로와 골목길만 골라 요리조리 빠져나갔다. 그는 참상이 벌어진 숱한 거리를 지나 먹자골목으로 들어설 수 있었다.
 밤 8시가 넘어 있었다. 지게차를 이용해 2시간에 걸친 구조작업 끝에 직속상관 박주연을 건물잔해 밑에서 구해냈다. 둘은 반파된 3층 건물의 1층 구석방에 앉아 숨을 헐떡였다. 박주연은 함께 술을 먹던 부하 4명이 목숨을 잃자 눈물을 뿌렸다.
 "우리가 가진 장비가 뭐지?"
 온몸에 화산재를 뒤집어쓴 강호길이 대꾸했다.
 "스마트폰, 비상용 손전등, 그리고 힘센 지게차 한 대가 있죠."
 "휴대폰 배터리가 언제 떨어질지 걱정이군."
 무너진 벽 사이로 찬바람과 화산재가 끝없이 몰아치며 들어왔다.
 "얼어 죽겠어. 죽은 요원들 옷이라도 벗겨 덮어야겠어. 요원들 신분증과 스마트폰을 다 회수하게. 마냥 여기서 죽치면서 구조나 기다려야 하나. 우리가 여기서 할 수 있는 일이 뭘까?"
 강호길은 이를 갈며 말했다.

"이게 다 그놈, 황우반 때문입니다. 그놈의 끔찍한 범행을 막느라 우린 이 도시를 빠져나갈 시간을 놓쳤습니다."

"그놈은 이미 무수한 사람들을 죽인 중범죄자야."

"그놈은 이 도시의 황제죠. 안전한 곳에 숨어 있겠죠. 죽일 놈! 제발 살아 있어라. 그래야 죽은 요원들 복수를 하지. 절대로 그냥 두지 않겠어!"

"일단은 여기서 살아 나가자구. 불구덩이 안에서 살아나는 건 기적이야. 이 건물에 화재가 안 난 게 다행이야."

박주연은 다혈질이지만 능글맞고 낙천적인 사내였다. 딱딱한 정보 분야에서 그의 연극적인 기질이 보석처럼 빛을 발하곤 했다.

"건물 안으로 들어가 추위를 피할 만한 공간을 찾아보죠."

강호길이 손전등을 쥐고 건물잔해 안을 살폈다.

밤 10시 25분이었다. 사위는 온통 어둠뿐이었다. 여진이 계속되고 있었다. 분강지구 외곽에서 총소리가 빗발치고 있었다. 핵물리학자 이영근은 식구들과 함께 배낭을 메고 지구 외곽을 향해 걷고 있었다. 총소리에 문화회관 건물잔해 옆에서 발을 멈췄다.

놀라운 일이 벌어지고 있었다. 분강단지 안에 사는 수천 명의 사람들이 무너진 철조망을 타고 넘어 얼어붙은 구룡강으로 달려갔으나, 경비대가 쏘는 총에 맞아 쓰러지고 있었다. 자신처럼 배낭을 메고 식구들과 살길을 찾아 달아나는 원자력단지 일꾼들이었다.

총알을 피해 숱한 사람들이 강 건너로 갈팡질팡 달아났다. 원자력단지를 운영하는 연구진과 기술자들이었다. 그들이 어둠 속으로 사라지자 경비병들은 허공에다 총을 난사했다.

이영근은 그들이 달아나는 건 원자력단지가 크게 붕괴돼 복구할 수 없을 만한 피해를 당했고 방사능의 대량방출로 생명의 위협을 느꼈기 때문이라고 생각했다. 골목 안에서 어린애를 업은 젊은 사내가 다가와 말을 걸었다.

"조금만 더 숨어 있다가 움직입시다. 전깃불이 끊겨 경비병들도 추적이 불가능할 겁니다. 저놈들도 곧 제 목숨 구하려고 도망칠 겁니다."

"분강지구는 어떻답니까?"

"소련이 건설한 구형 원자로는 괜찮은데, 우리가 만든 신형 원자로가 붕괴됐답니다. 우라늄 농축공장과 플루토늄 재처리 공장도 무너졌어요. 무너지지 않은 건물이 거의 없어요. 분강지구는 끝났어요. 빨리 달아나는 게 상책입니다."

"우라늄 폐기물 공장은 어떻답니까?"

그는 자신이 근무했던 직장이 궁금했다.

"단번에 폭삭 무너졌어요."

"작업장에 사람이 많았을 텐데."

"많이 깔려 죽었을 겁니다."

"날벼락이군요. 그들이 무슨 죄가 있다고."

원자력 단지 일꾼만 5천 명이 넘는데, 근무시간에 무너졌으니 상당수의 사상자가 발생했을 것이다. 거주지의 피해를 합한다면 숫자는 크게 늘어날 것이다.

이영근은 막상 달아나는 게 허망해졌다. 이곳에 사는 모든 사람들은 이미 방사능에 피폭됐다. 중증환자인 그는 식구들을 위해 탈출하는 것이었다. 열다섯 살, 열한 살에 불과한 아이들을 위해, 그들을 돌봐야 할 아내를 위해 달아나는 것이었다. 그들에게 희망이 아직 남아 있다는 걸 보여주고 싶었다.

그는 경비병들 모습이 보이지 않자 식구들과 철조망을 향해 재빨리 발걸음을 옮겼다. 멀리서 들리는 총소리가 밤하늘을 가르고 있었다.

밤 11시 15분, 중국의 국가안전부장 천캉은 특수작전국장으로부터 작전이 완료되었다는 보고를 받았다.

"금일 10시 10분, 아군의 스텔스 전투기 젠-20 한 대가 지린시 공군 비행장을 이륙해 35분 만에 북조선령 삼지연 별장 1㎞ 상공에서 전자기 펄스탄을 성공리에 터뜨리고 기지로 귀환중에 있습니다."

전자기 펄스탄은 강력한 전자기파를 순간적으로 방출시켜 적의 방공망과 전산망을 마비시키고 지휘통신체계를 붕괴시키는 현대전의 치명적인 무기로 미국이 오래전에 개발했으나 중국도 2년 전에 개발해 실전에 배치한 최신무기였다. 투하지점 반경 5㎞ 이내의 모든 전자기기와 통신망은 파괴된다. 이 폭탄은 적의 송수신 안테나, 장비배선, 케이블, 환풍기, 수도관 등 전기가 흐르는 도체를 통해 침투해 과전압을 일으켜 파괴한다.

천캉이 물었다.

"삼지연 못가별장의 지하벙커는 대단히 견고한 시설인데 그 폭탄이 효과가 있을까?"

"이 폭탄은 두꺼운 콘크리트 벽도 뚫고 들어가 지하벙커의 전자통신장비를 파괴하는 데 아주 효과적입니다. 이미 그 별장의 모든 통신장비와 전산망은 파괴되었을 겁니다."

천캉은 장백산이 터지자 내일 삼지연에서 전쟁계획을 말리려는 김정은과의 비밀회담이 불가능함을 알았다. 순간 북조선의 운명이 뒤바뀔 만한 긴급사태가 발생했고 그 별장에 머무는 김정은이 고립되었을 것이 뻔한데, 이 기회에 북조선 최고지도부의 지휘체계를 붕괴시키자는 복안이 떠올랐다. 김정은의 대남침공을 차단해 동북아의 안정을 꾀할 필요가 있었다.

스텔스기를 이용해 그 폭탄을 투하하면 북조선은 누구 소행인지 전혀 알아차리지 못할 것이다. 그 폭탄은 사람을 죽이는 것이 아니었다. 단지 북조선의 지휘체계를 한동안 마비시켜 장백산 폭발 후 중국 주도 하에 사태수습을 하자는 것이 주목적이었다. 물론 주한미군과 한국군의 침공을 유발할 가능성도 있으나 그들은 김정은의 동향조차 파악 못하고 있을 것이다.

그는 시진핑 주석에게는 이미 보고했다.

"우선 장백산 반경 300㎞를 특별재난지역으로 선포하고 구난을 위해 중국군을 투입하는 것으로 진주의 명분을 만들었으면 좋겠습니다."

"좋은 방법이오. 장백산 폭발은 재앙과 동시에 기회를 주었소. 그건 북조선의 탈바꿈이오. 이 기회에 북조선 지도부를 바꿔 북조선을 개방시켜 책임감 있는 나라로 키워 보고 싶소. 세계가 다 그걸 바라고 있잖소. 이런 날을 위해 장남 김정남을 보호하고 가르쳐온 것 아니오?"

주석은 시니컬하게 웃었다.

"결국 우리는 김정은을 장백산으로 불러내고 땅속에 산 채로 갇히게 한 셈이군."

"지상은 화산재와 인민의 원성이 가득한데, 그는 적막한 곳에서 휴식을 취하며 세상의 시름을 잊을 겁니다. 그의 형이 북조선을 통치하며 개방을 이끌 겁니다."

"천 부장의 전자탄 작전은 대단한 발상이었소."

천캉은 장백산 폭발이 하루만 늦었어도 자신은 황천으로 갔을 것이라는 생각에 온몸에 소름이 쫙 끼쳤다.

밤 11시 반. 무너진 탄광 관리소의 기둥과 벽을 다시 세우고 천장을 방수포로 덮으니 건물은 절반쯤 되살아났다. 관리소 창고에서 쌀 9포대와 강냉이 17포대, 작업복 53벌, 작업화 85켤레, 소총 35자루를 수거했다. 전기가 끊어지자 장작불을 때 주위를 밝혔다. 산속에 수량이 풍부한 샘물이 있어서 식수문제는 해결되었다.

관리소 사무실 안에서 몇 사람의 사내들이 모여 회의를 하고 있었다.

지질학자 박민우가 말했다.

"이곳에 있는 생존자는 295명입니다. 지도원 일곱을 제외한 나머지는 재소자입니다. 화산폭발이 언제 끝날지는 아무도 모릅니다. 식량이 넉넉지 못하니까 아껴 먹어야 합니다. 가능하면 죽을 쒀 먹도록 해야 합니다."

혜산시 인민위원회 전직 행정일꾼이 말했다.

"이 많은 사람들이 어디 갈 데가 있겠소? 우리가 살아날 길은 중국밖에 없소. 이제 어차피 조선 땅에는 남아 있는 게 아무것도 없을 거요. 여기서 압록강까지는 불과 15㎞이니 중국으로 가는 건 어렵지 않을 거요."

박민우가 말했다.

"그렇지 않아요. 압록강에는 지금 뜨거운 이류가 흐르고 강 건너는 중국군이 조선사람의 도강을 막고 있습니다. 중국행은 현실성이 없어요."

인민군 10군단 대좌출신인 최현이 말했다.

"조선 전체가 쑥대밭이라면 오히려 잘된 것 아니오? 이젠 도망갈 일도 없잖소. 여기가 우리의 해방구란 말이오. 총으로 우리를 지킬 수 있소."

혜산시 전직 행정일꾼이 말했다.

"하지만 이곳에서 버티기엔 식량이 부족해요. 겨울이라 산에서 채취할 것도 없고. 우리가 살던 집에는 마른 나물과 강냉이라도 있었는데, 다 사라지고 말았소. 살기 위해서는 어디론가 가야 하오. 화산폭발이 끝나면 저들이 우릴 그냥 두지 않을 겁니다. 조를 짜 뿔뿔이 흩어져 각자 살길을 도모합시다."

최현이 말했다.

"지금 탄광에는 트럭이 석 대나 있소. 발전기도 있고, 석유도 있소. 탄광 안 갱도 입구만 막으면 화산재와 추위도 막을 수 있소. 인민군이 전투기로 우리를 공격한대도 견딜 수 있소. 탄광에서 캐낸 석탄으로 난방도 가능하오. 트럭을 타고 밖에 나가 식량을 구해올 수도 있소. 압록강을 넘어가 되놈들 식량을 탈취해올 수도 있소. 우리를 탄압했던 강제수용소가 우리 생명을 보호하는 은신처가 될 것이오."

많은 사내들이 최현의 말에 동조했다.

박민우가 말했다.

"당분간 이곳에 머무는 게 좋을 듯싶습니다. 우리는 이곳에서 오랫동안 짐승처럼 학대받았습니다. 조선에 있는 모든 강제수용소들은 우리와 똑같은 상황일 겁니다. 인민군과 노동당도 큰 타격을 받았을 겁니다. 핵시설마저도 무너졌을지도 모릅니다. 군대와 핵이 불능화되었다면 김정은 체제는 허수아비입니다. 우선은 화산폭발로 지금 무슨 일이 벌어지는지 확인해야 합니다."

최현이 대꾸했다.

"그렇소. 우선은 바깥소식을 알아야 합니다. 마침 탄광관리소에서 TV 한 대를 찾아냈소. 자가발전기를 돌린다면 조선 방송은 물론 중국이나 남조선 방송도 볼 수 있을 거요. 지도원 놈들 손전화기도 여러 대 확보했소. 그걸로 외부와 통화가 가능합니다. 무전기도 복구해야 합니다."

　살아남은 재소자들은 탄광의 갱도 안에 자리를 잡았다. 탄광 아홉 곳 중 갱도가 무너지지 않는 곳이 세 곳이었다. 자가발전기를 돌리자 갱도 안에 전깃불이 켜졌다. 갱도 안에 석탄난로를 갖다놓고 불을 피우자 금방 훈훈해졌다. 난로 위에 가마솥을 올려놓고 쌀을 섞은 강냉이죽을 만들기 시작했다.

　석탄난로에 불을 피우던 라순옥은 이제 이곳은 무수한 인명이 죽어나가던 강제수용소가 아니라고 생각했다. 갱도 안의 재소자들은 기쁨에 들떠 있었다. 수용소는 조선 땅의 어느 곳보다 자유롭고 희망찬 곳이었다. 그녀를 특히 기쁘게 한 것은 자살을 되뇌던 박민우와 최현이 많은 사람들을 살리기 위해 활기차게 움직이고 있다는 사실이었다.

　새벽 1시, CCTV는 수풍댐이 급격한 홍수로 파괴되어 신의주와 단동은 쑥대밭이 되었고, 압록강과 송화강과 두만강 유역은 화산 이류에 휩쓸려 피해를 파악하기조차 힘들다고 보도했다.

　북한중앙방송은 뜨거운 화쇄류가 백두산 반경 100㎞ 내외를 불바다로 만들었고 화산 이류가 량강도 일대를 덮쳐 수많은 사상자를 내고 있으며 화산재가 함경도 일대를 덮치고 있다고 보도했다. 산불은 동해안에까지 급속히 번지고 있었다. 강한 북서풍으로 폭발의 피해는 중국보다는 북조선이 클 것 같다고 예측했다.

　KBS는 재난방송을 하고 있었는데, 화산재가 몇 시간 후면 북서풍을 타고 동해안 일대에 낙하할 것이므로 주민들은 집밖 출입을 삼가라고 알려주었다. 수도권 일대의 붕괴된 건물 속에서 생존자를 구출하기 위해 5만 명의 군인들이 현장에 투입됐다는 뉴스속보를 내놓았다.

NHK는 긴급뉴스를 내보냈다. 일본의 관측위성들이 북한의 여러 곳에서 방사능이 대규모로 방출되는 것을 탐지했다고 전했다. 북한의 평안북도 영변, 량강도 갑산이라고 했다. 국제적으로 잘 알려진 영변은 20여 개의 핵시설이 밀집해 있는데, 부실설계와 시공으로 무너졌을 것이고, 백두산 정남쪽 105km에 있는 갑산은 북한이 숨겨온 비밀 핵시설로 우라늄 농축시설이 거의 확실하다고 했다.

기자는 방사능이 뒤섞인 화산재가 편서풍을 타고 정오쯤에는 동해를 건너와 홋카이도와 본토 북부지방을 덮칠 것이라고 보도했다.

새벽 2시. 평양 노동당 중앙당 청사 대회의실. 장성택은 최고위층 간부를 불러 모아 긴급 대책회의를 주도했다.

영변 핵단지와 갑산의 비밀 핵시설이 대거 파괴되어 복구작업에 총력을 기울이고 있으나 방사능 오염을 차단하지 못하고 있다는 보고를 들었다. 평양을 비롯한 대도시들의 거의 모든 건물들은 지진으로 파괴되고 숱한 시민들이 몰살당했으나 구조는 엄두도 내지 못하고 있었다.

그가 입을 열었다.

"이번 백두산 화산폭발로 규모가 7.9인 초대형 지진이 발생했습니다. 영변에는 진도 9의 지진이 닥쳤는데, 이 정도면 내진설계가 잘된 어떤 건물도 무용지물입니다. 대부분의 핵시설이 붕괴돼 엄청난 방사능이 퍼지고 있습니다. 량강도와 함경북도 도시들은 거의 다 파괴됐고 숱한 사상자가 발생했습니다. 산악지대에 있는 많은 군사기지들이 지진과 산사태로 궤멸적인 피해를 입었습니다. 함경도는 군수공장들이 집중돼 있는데 피해가 막심합니다."

장성택이 비감한 어조로 이어 말했다.

"오후 10시 넘어서부터 경애하는 최고사령관과의 통신이 두절됐습니다."

인민무력부장 김영춘이 놀라워했다.

"최고지도자 동지 특각 통신시설은 최신식인데 그게 말이나 되오?"

"특각을 지키는 호위총국부대하고도 통신이 안 됩니다."

"어떻게 그럴 수가 있소. 뭔가 잘못된 것 아니오?"

한순간에 통신이 두절되었다. 숱한 통신기기들이 전부 불통이었다. 마치 원자폭탄이라도 두들겨 맞은 듯했다.

총참모장 리영호가 말했다.

"평양에 있는 호위총국을 총동원합시다. 당장 현장확인이 필요합니다."

장성택은 통신이 두절된 밤 10시 이후에 김정은과 측근들이 지하벙커가 무너지는 바람에 죽었을 것이라는 생각이 들었다. 지하벙커의 연결통로가 무너져 긴급구조가 필요하다는 연락을 받은 것이 오후 8시경이었다. 두 시간 후 통신이 두절된 것은 추가붕괴 때문인 것 같았다.

백두에서 개척된 주체혁명의 위업을 백두산 혈통으로 끝까지 이어 나가자는 구호가 수십 년간 난무했는데, 백두산의 정기를 받고 태어난 김정은이 펄펄 끓는 백두산 용암에 묻혀버린 것은 기이한 일이었다.

장성택은 김정은이 없는 조선을 생각했다. 애송이 김정은이 권력의 전면에 나온 지 6년이 흘렀지만 그의 권력기반은 아직 취약했다. 그마저 사라지면 김씨 3대 왕조는 71년 만에 끝이 난다.

백두산 폭발로 조선의 북쪽은 다 쑥대밭이었다. 인민의 3분의 1은 죽을 것이다. 방사능의 피해도 엄청날 것이다. 핵 하나로 이룬 강성대국이 결국 핵으로 망하게 된 것이다.

장성택이 말했다.

"정치범 수용소들은 어떻습니까?"

국가안전보위부 부부장인 김인식이 대답했다.

"평안남도 개천에는 14, 18호 수용소, 평양 승호구역에는 26호 수용소, 함경남도 요덕 15호 수용소, 량강도 삼수 31호 등 18개 수용소에 정치범 45만 명이 수용돼 있습니다. 백두산이 터지자 수용소 시설들이 거의 다 무너지는 바람에 죄수들이 대거 탈출했습니다."

"정치범들은 우리 공화국의 반역자들입니다. 공화국의 혼란을 리용해 공화국을 전복하려고 할 겁니다. 즉각 군대들을 동원해 토벌해야 합니다."

리영호 총참모장이 말했다.

"군부대들이 대다수 무너져서 복구에 총동원됐어요. 군인들도 상당수가 죽거나 다쳤습니다. 토벌할 형편이 못됩니다."

장성책은 위엄 있는 목소리로 지시했다.

"반역자들이 거리를 활보하며 혼란을 일으키는 건 용납 못하오. 군부대는 복구를 중단하고 당장 그들을 토벌하시오."

"잘 알겠습니다."

장성택은 참석자들의 얼굴에 무력감이 가득한 것을 놓치지 않았다. 그는 김정은 이후의 권력승계는 차후의 문제라는 생각이 들었다. 재난만으로 북조선이 살아남지 못할 것 같다는 느낌에 온몸이 서늘해졌다.

장성택은 비장한 어조로 백선규와 통화한 내용을 밝혔다.

"영변 핵단지가 터졌다는 소식이 전국에 쫙 퍼졌습니다. 평안도와 평양시민들까지 황해도 지방으로 몰려갑니다. 함경도 주민들은 강원도로 가고 있습니다. 어선을 타고 바다로 나가는 인민들도 많습니다. 이대로 가다간 인민폭동이 일어날 겁니다. 남조선 당국이 현금과 식량과 구호품을 보내겠다고 했지만 나는 난민들을 받아달라고 요청했습니다. 구난의 책임을 남쪽에 떠넘겨야 인민들의 불만을 무마시킬 수 있습니다. 그들은 이미 우리의 전쟁계획을 알고 있었고 국지전이라도 일으킬 경우 미군과 강력 응징하겠다고 경고했습니다. 최고사령관 동지도 안 계시니 전쟁은 곤란합니다."

김영춘 인민무력부장이 말했다.

"뭐랍디까? 난민 제의를 받아들입디까?"

"자신이 결정할 문제는 아니지만 50만 명 정도면 검토하고 연락하겠다고 합디다."

김영춘이 언성을 높이며 말했다.

"화산폭발과 지진으로 전쟁수행이 곤란하니 작전을 바꿉시다. 굳이 남쪽의 대답을 기다릴 필요가 있겠소? 휴전선을 몽땅 개방해 조선인민들을 대거 내려 보냅시다. 배 수천 척을 동원해 인민들을 일본과 남조선, 중국 해안에 상륙시킵시다. 인도주의를 표방해온 남조선과 일본은 난민들을 추방하지는 못할 겁니다."

리영호 총참모장이 거들었다.

"거 좋은 생각입니다. 많이 내려 보낼수록 좋습니다. 5백만 명 이상이 중국과 남조선, 일본으로 몰려들면 동북아는 대혼란에 빠질 겁니다. 그때 기회를 봐서 전쟁을 벌이면 힘들이지 않고 목적을 이룰 수 있을 겁니다."

장성택이 미소 지으며 말했다.

"좋은 방법입니다. 난민작전으로 이 난국을 돌파합시다."

인민무력부장, 총참모장 등이 박수를 치며 동의했다.

그때까지 가만히 듣고만 있던 김영철 정찰총국장이 대장 계급장이 달린 모자를 벗으며 말했다.

"경애하는 김정은 동지께서는 남조선을 점령하라고 교시를 내리셨습니다. 최고지도자가 자리에 안 계신다고 교시를 부정하는 건 반역입니다. 당초 계획대로 지금 당장 서울점령을 시도해야 합니다. 지금 파주와 동두천으로 연결된 땅굴 안에는 살아남은 경보부대원 2만 2천 명이 명령이 떨어지기를 기다리고 있습니다. 이들을 당장 풀어버립시다. 이들이 국회와 정부기관, 언론기관을 점령하면 남조선의 중추기능이 마비됩니다. 서울만 점령하면 남조선은 항복입니다."

대남공작 총책인 김영철은 김일성군사종합대학을 다니던 김정은에게 군사지식을 개인교습한 뒤로 김정은 후견그룹의 중추라고 뻐기며 천안함 폭침과 연평도 포격, 황장엽 암살을 기도하고 남북 간의 화해 분위기만 조성되면 그 판을 깨버리는 강경파였다. 군원로급들도 "젊은 놈이 김정은에게만 잘 보이려고 나라를 망친다"며 노골적으로 비난했고 한국정부도 남북관계 개선을 위해 그의 해임을 요청할 정도였다.

인민무력부장 김영춘이 미간을 찌푸리며 말했다.

"지금 교시를 어기자는 얘기가 아니잖소? 당초 우리는 백두산 폭발 전에 전쟁을 벌이려고 했으나 백두산이 먼저 터져버리는 바람에 상황이 틀어졌소. 김정은 동지마저 연락두절이오. 정찰총국장! 동무는 눈이 멀어 상황을 판단 못하는가? 우리는 기습작전을 벌이려고 했는데, 남조선도 우리의 계획을 이미 알고 있는 상태잖소. 난민작전은 적을 혼란에 빠트리며 우리의 부담을 덜 수 있는 최상의 작전이오. 그 사이에 최고사령관부터 구출합시다."

리영호 총참모장이 말했다.

"인민무력부장님 말씀에 전적으로 동의합니다."

장성택이 고개를 끄덕이며 말했다.

"난민작전으로 서울을 점령합시다. 휴전선 개방을 언제 하면 좋겠습니까?"

김영춘이 단호한 어조로 말했다.

"오늘 새벽에 군인들을 동원해 철책 철거작업을 하겠습니다."

화가 치민 김영철이 자리를 박차고 회의실을 나가버렸고 나머지 참석자들은 만장일치로 동의했다.

장성택은 이제 4시간 후 동이 트면 헬기를 타고 삼지연으로 갈 작정이었다. 김정철이 같이 가겠다고 우겼지만 남은 백두혈통마저 위험에 빠트릴 수 없다며 끝까지 반대했다.

장성택은 만약의 사태에 대비해 김정은 사후 대책을 세우기로 했다. 그는 김일성의 딸과 결혼한 이후 김일성 가문에 충성을 바쳐왔다. 그는 자신이 야심가에 수단가임을 잘 알았다. 권력을 잡을 기회가 온다면 언제든 움켜쥘 것이다. 바로 지금이 적기였다.

황우반은 밤새 오수지와 연락이 되지 않자 속이 탔다. 오늘이 약혼식인데 그녀는 생사조차 알 수 없었고 약혼식 장소인 백두호텔은 불타고 있었다. 뭐가 잘못돼 이렇게 소식불통이지. 그녀는 죽음의 현장을 누비다가 고통스럽게 죽은 건 아닐까. 이 도시에서 큰 권력을 가진 자신이 왜 약혼녀 하나를 구하지 못했을까. 왜 그토록 사랑하는 그녀를 방치했을까. 온갖 후회가 밀물처럼 몰려와 그를 괴롭혔다.

그는 불길한 생각을 떨치려고 양주 몇 잔을 마시다 잠이 들었다.

새벽 2시쯤 비서가 그를 깨웠다.

"회장님, 일어나 보십시오. 지금 인터넷에서는 오수지 기자의 기사가 화젭니다. 난리가 났어요."

"왜 미리 보고 안 했나?"

"인터넷 들여다볼 시간이 없었습니다."

황우반은 태블릿 PC를 들여다보았다. 포털 메인화면 뉴스캐스트에 그녀가 쓴 기사가 숱하게 노출되고 있었다. 그녀는 백두산 천지에서의 경험, 이수근의 도피와 죽음, 임영민의 납치 건, 익스트림 스포츠협회장 인터뷰 기사, 그리고 전망대와 스키점핑 타워에서 바라보는 발해시의 재난상황과 백두호텔 화재현장에 관한 기사를 계속 쏟아내고 있었다.

황우반은 어이가 없었다. 저렇게 멀쩡히 살아 있으면서 연락을 안 하다니. 무엇보다 그를 놀라게 한 건 그 현장에 임준이란 놈이 같이 있다는 사실이었다.

어떻게 이런 일이! 어제 분명히 백두산 동굴에 가뒀는데 … 불현듯 화가 치밀었다. 저놈은 오수지에게 내 소행임을 떠벌렸을 것이다. 오수지가 그래서 그의 전화를 지금껏 받지 않았을 것이다.

그녀가 머무는 점핑타워는 그의 지하벙커에서 불과 80m 거리였다. 그녀는 자신의 머리맡에서 임준과 며칠째 밤을 새우고 있었다. 그는 미칠 듯한 적개심과 질투심에 시달렸다.

황우반이 비서에게 물었다.

"오수지 기자가 지금도 스키점핑타워 선수대기실에 있겠나?"

"네, 기사로 봐서는 그런 것 같습니다."

"그곳에 비상용 전기가 들어가는가?"

"그렇습니다. 그 건물과 정수장, 이 벙커는 하나의 전기시스템입니다. 유류도 충분치 않은데, 그곳 전기를 끊을까요?"

"아니, 그대로 나둬. 거기 CCTV 돌아가지?"

"네. 최신기종이라 원격으로 조종이 가능합니다."

"즉시 가동시켜."

황우반은 마음만 먹으면 그곳으로 10분이면 달려갈 수 있었다.

하지만 좀더 지켜보기로 했다. 이번 아시안게임 기간 동안 오수지의 전혀 색다른 모습을 보았다. 그녀가 보이는 기질과 행동은 도저히 용납할 수 없는 수준이었다. 아직 약혼을 하지 않았으니 갈라서는 것은 어렵지 않다.

하지만 두 연놈이 자신을 갖고 노는 것에 분통이 터졌다. 장래의 배우자가 파산할 만한 사태를 만났는데, 위로의 말 한마디 없었고 그의 전화까지 받지 않았다. 벌써 여러 날 다른 남자와 함께 밤을 지새우는 것은 그를 노골적으로 능멸하는 짓이었다. 어디 그 대가가 얼마나 비참한지 당해 봐라.

새벽 2시 30분. 오수지는 피곤한 기색이 역력한 임준을 쳐다보았다. 며칠 함께 지내는 동안 어렴풋이 대학시절 영문과의 한 남학생이 생각났다. 공통과목 수업시간, 검은 뿔테 안경을 쓴 그는 언제나 구석자리에 앉아 있었지. 늘상 낡은 청바지와 하늘색 티셔츠 차림이던 키 큰 사내. 오수지는 죽음의 현장에서 그의 새로운 모습을 보았다. 짧은 순간 묘한 감정이 그녀를 흔들었다.

환자 4명은 구석에 누워 잠들었다.

임준이 기사송고를 마친 오수지에게 무언가를 들고 왔다.

"그게 뭐야?"

"중국산 배갈이야. 식료품 중에 섞여 있기에 가져왔어."

그녀는 그가 종이컵에 따라주는 배갈을 단숨에 들이켰다.

독한 배갈이 뱃속에 들어가며 비명을 지르는 것 같았다.

임준이 말했다.

"이건 하늘이 일으킨 전쟁이야. 언제나 든든했던 백두산이 이렇게 무서울 줄은 몰랐어."

"앞으로 어떻게 될지 모르지만 이런 재난의 현장에서 살아보는 것도 소중한 경험을 한 것 같아."

"이 재난을 잘 넘겨도 세상이 몽땅 변할 거야."

"네가 없었다면 아마 지금처럼 용감하진 못했을지도 몰라. 널 보면서 괜히 의지도 되고 자신감이 생겼어."

"오수지, 너 같은 기자를 알게 된 것도 행운이고. 살아나서 아버지를 다시 볼 수 있다면, 지금까지와는 달리 대할 수 있을 것 같아."

"꼭 살아계실 테니 걱정 마. 참, 방금 네가 대학시절 어떤 모습을 했는지 기억해냈어."

"내 모습?"

"그래, 넌 별 존재감이 없었지. 맨날 강의실 구석에서 굵은 테 안경을 쓰고 책만 읽었어."

"글쎄. 잘 기억이 안 나는데. 뿔테안경은 맞지만."

"낡은 청바지, 파란색 면 티셔츠."

"아, 맞아. 별걸 다 기억하네."

"몇 개월간 똑같은 옷만 입고 다니니 기억 안 할래야 안 할 수 없지."

"그래도 주말마다 빨래는 해서 입었어. '한 벌로 살자'가 지금도 내 경제정책이지. 연극인들은 돈이 없어 술집에 못 가. 공연이 끝나면 중국산 명태 몇 마리를 사다가 대학로 보도블록에 대고 방망이로 두들겨 부순 후 소극장 무대에 앉아 소주 나발을 불지."

"가난하지만 연극인은 자유인일 거야."

"기자가 더 자유롭잖나?"

둘은 배갈을 가득히 부어 단번에 들이켰다.

임준이 말했다.

"사학과에 예쁘지만 거친 여학생이 있었지. 그녀가 나랑 한동네에서 버스를 탄다는 것을 알았지. 내가 다가가 아는 척을 해도 투명인간을 만난 듯 아무 반응이 없었어. 처음에 난 그녀가 시각장애인인 줄 알았어."

"참으로 도도한 여자군."

"그 무표정은 묘한 매력이 있었어. 나는 하루에도 몇 번씩 마주치는 그녀를 정물화처럼 바라보곤 했어."

"정물화처럼 보는 차원은 무엇이지?"

"바라만 볼 수 있는 존재였어. 그게 바로 너였어."

그녀는 낄낄거리며 웃었다.

"난 집이 너무 가난해 학비를 벌려고 온종일 아르바이트 자리를 찾아 뛰어다녔어. 매 학기가 전쟁이었어. 연애는 사치였고 끝없는 염세주의에 빠졌지. 자살도 몇 번 생각했어. 하지만 직장생활을 하며 성격이 180도로 바뀌었어. 생존경쟁에 몰리면서 속물이 됐어."

임준의 눈빛에 쓸쓸함이 스쳤다.

"나는 미국유학을 가서 전공을 연극으로 바꾸는 바람에 아버지와 담을 쌓고 지내야 했지. 귀국 후 연극 몇 편을 무대에 올렸지만 다 실패해 자살을 생각할 만큼 힘들었어."

"난 정리해고를 걱정할 만큼 3류 기자였어."

"우린 실패자였군."

"아까 전망대에서 매달려 있을 때 이러다가 죽는다고 걱정했어. 하지만 정말 죽고 싶지 않았어."

"나 역시. 이렇게 살아나니 삶이 얼마만큼 소중한지 깨달았어."

"이곳은 지옥의 중심부야. 우리가 살아날 가능성은 많지 않아. 지금 아무 데도 도망칠 길이 없어."

"지금 발해시에서 살아난 사람은 10%도 되지 않을 거야. 당장이라도 화산가스가 내려와 우리 모두를 단번에 죽일 수 있어. 시간이 갈수록 살아날 확률은 낮아져."

"하지만 우린 아직 살아 있어. 어쩌면 살 가능성이 있단 말이야. 살기 위해서 최선을 다해야 해."

"젠장, 이름이 잘못됐나 봐. 발해가 백두산 폭발로 망했는데, 왜 중국정부는 하필 여기를 발해라고 붙인 거야?"

임준이 술잔을 쳐들며 활기찬 목소리로 건배했다.

"그래. 오늘 지구가 사라지더라도 한 그루 사과나무를 심자구. 삶이여! 오늘은 또 무엇을 보여줄 겁니까? 그 드라마를 위하여!"

오수지도 잔을 부딪치며 말했다.

"오늘 우리는 서로의 목숨을 한 번씩 구해줬어. 여기서 반드시 살아가야 해."

"그래, 살자! 살자! 살자!"

벽에 기대 나란히 앉은 둘은 잔을 부딪치며 단숨에 술을 들이켰다.

그녀는 창밖을 바라보았다. 천지 상공으로 시뻘겋게 치솟는 거대한 불기둥을 바라보면서 살아나는 일이 결코 쉽지 않으리라고 예상했다.

두려움이 파도처럼 몰려왔다. 허공에 가득한 독가스는 야수처럼 그들의 목숨을 노리고 있었다.

그녀는 임준을 바라보았다. 매력적인 남자였다. 그의 온몸에서 뭔가 특별한 느낌이 풍기고 있었다. 잔을 비운 오수지는 임준의 뒷덜미를 당기며 부드럽게 입을 맞췄다. 그녀는 그의 가슴을 손으로 더듬었다.

그가 부드럽게 반응해왔다. 그녀는 자신의 웃옷을 벗고 바닥에 깔고 누웠다. 임준의 입술이 그녀의 입술 위에 포개졌다. 그의 손이 옷 속으로 파고들어 그녀의 젖가슴을 더듬었다. 언제 죽음이 닥칠지 모른다는 긴박감에 에로틱한 흥분은 더해졌다. 둘은 서로를 격렬하게 탐했다. 그녀는 파도처럼 밀려오고 물러나는 그의 리드미컬한 율동에 함께 몸을 실었다. 그녀는 천지 화구에서 솟구치는 시뻘건 용암을 생각했다. 하늘까지 치솟는 거대한 분연주와 불기둥을 생각했다. 그녀의 온몸은 불꽃처럼 타들어갔다.

〈한성일보〉 사회부장 정홍일은 간밤에 차를 몰고 춘천으로 달려오는 데 7시간이 걸렸다. 서울 춘천 간 고속도로는 도로 균열로 통행이 차단되었고 경춘 간 국도도 곳곳이 파괴되어 소양강댐에 도착하자 새벽 2시가 넘어 있었다. 그는 댐 관리소로 달려갔으나 그곳은 이미 비상체제였고 댐 입구에는 경찰이 바리케이드를 치고 통행을 차단시켰다. 댐 위에는 헬기 여러 대가 내려앉아 있었고 많은 기술자와 관리자들이 나와 부산을 떨어댔다.

그는 댐 남쪽에 있는 주차장에 차를 대고 차안에서 기다릴 수밖에 없었다. 어제 신문사에서 전화를 받았을 때 제보자의 이름과 전화번호를 알려달라고 했지만 제보자는 다시 연락을 하겠다며 전화를 끊고 말았다. 특종 한번 하겠다고 달려왔는데, 기회가 무산되는 듯싶었다.

정홍일은 기약 없이 기다리는 동안 인터넷을 뒤졌다. 소양강댐. 1973년 준공. 높이 123m, 제방길이 530m, 수면면적 70㎢였다. 2007년 1월 20일, 평창에서 발생한 규모 4.8의 지진에 소양강댐은 본체는 물론 공사중이던 보조수로에 심한 균열과 누수가 생겨 정밀진단을 받아야 할 정도로 타격을 받았다.

1960년대 지독하게 가난했던 시절에 소양강댐을 일반댐이 아닌 사력댐을 지은 건 돈이 부족했기 때문이었고 당시에는 내진설계라는 개

념도 부족했고 공사비 부족으로 제대로 지어졌는지도 의문이었다. 대지진에 대비해 시설을 보강하지 않은 당국의 무책임이 재앙을 초래할 위험에 처해 있었다.

깜박 잠들었던 그는 휴대폰 벨소리에 눈을 떴다.

어제 그와 통화한 제보자였다.

"정 기자님, 어디 계십니까?"

"댐 주차장에 있습니다."

"거긴 지금 위험합니다."

"왜요?"

"소양강댐이 곧 무너질 겁니다. 거기 계시다 물에 휩쓸려 죽습니다."

"상황이 그리 심각합니까?"

"댐 본체 곳곳에 균열이 커져 누수가 심각합니다."

"아직 정부 측에서 아무런 발표도 없던데."

"중앙재해대책본부가 곧 발표할 겁니다."

"허무하네요. 여기서 밤새 기다렸는데, 피난이나 가야겠군요."

"어쨌든 이리 오십시오."

"어디 말입니까?"

"댐 옆에 있는 야산입니다. 오는 길을 알려드리죠."

"거긴 위험하지 않습니까?"

"지대가 높아 소양강이 잘 보입니다. 여기서 특종사진을 찍으시고 기사를 쓰세요."

"고맙습니다. 길 안내 좀 부탁합니다."

정홍일은 카메라와 수첩을 들고 차에서 뛰쳐나가 그가 알려준 샛길을 통해 야산 꼭대기로 올라갔다.

새벽 4시 45분. 서치라이트가 댐의 곳곳을 비추었고 작업복을 입은 시설관계자들이 댐 곳곳에서 분주하게 움직였다. 수문이 개방된 수로로 많은 물이 쏟아졌고 수로 옆의 흙과 돌로 덮인 제방 곳곳에서 흙탕물이 마구 흘러나왔다.

댐 전체가 죽어가는 짐승처럼 울어대고 있었다. 정홍일은 댐을 걱정스럽게, 한편으로 기대에 찬 눈으로 바라보았다. 저 거대한 댐이 터지면 수도권 전체는 큰 물난리를 겪을 것이다. 가뜩이나 숱한 건물들이 붕괴된 마당에 수도의 기능은 마비될 것이다. 그의 팀원 오수지는 400㎞ 북방에서 화산불과 싸우고 자신은 물과 싸우며 기사를 쓴다는 것이 기이하게 느껴졌다. 모두 백두산이 일으킨 재앙이었다.

오수지는 임준의 품에서 잠들었다. 죽은 엄마가 나타나 어서 잠자리를 뜨라고 소리쳤다. 이수근이 창백한 얼굴로 매섭게 그녀를 쏘아보고 있었다. 그녀는 어린애가 되어 울고 있었다. 교통사고로 죽은 부모에 대한 그리움은 소녀시절 긴긴 울음과 고통과 외로움으로 남아 있다. 호텔창가에 철삿줄을 든 사내가 달빛을 받으며 그녀를 내려다보고 있었다. 그녀가 가위 눌린 듯 비명을 질렀다. 임준이 일어나 자신의 허벅지에 그녀의 머리를 누이곤 이마의 식은땀을 닦아주었.

210m나 되는 거대한 점핑타워가 중심을 잃은 듯 흔들리고 있었다.

그녀는 찡그린 얼굴로 말했다.

"준, 예감이 안 좋아. 당장 여기서 빠져나가야겠어."

임준이 잠에서 덜 깬 얼굴로 대꾸했다.

"악몽을 꿨군. 진정해. 아침이 되면 나가는 게 어때? 정 그렇다면 내가 한번 둘러보고 올게."

화쇄류가 거대한 파도처럼 건물 남쪽 벽을 강하게 두들기고 있었다. 그때마다 거대한 건물은 강풍에 흔들리는 미루나무처럼 휘청거렸고, 무언가 쩍쩍 갈라지는 소음을 내며 죽음의 냄새를 풍기고 있었다.

임준이 돌아와 오수지에게 말했다.

"수지, 네 말이 맞아. 아무래도 여기선 못 버틸 것 같아."

임준은 다급한 목소리로 나머지 사람들에게 소리쳤다.

"안되겠습니다. 이 건물은 위험합니다. 일단 정수장으로 대피합시다."

오수지가 말을 거들었다.

"여긴 엘리베이터도 가동되지 않아요. 건물 70층 높이를 계단으로 걸어 내려가야 해요. 밖에 나가면 반드시 비닐봉지 같은 걸 머리에 써야 합니다."

새벽 5시가 조금 안 됐다. 임준과 오수지, 살아남은 부상자 4명은 타워계단을 통해 내려갔다. 건물은 당장 무너질 듯 흔들거렸고 부상자가 많아 내려가는 동작은 더뎠다. 불안과 공포에 시달렸다. 뉴욕 9·11 테러 때 세계무역센터 쌍둥이 건물을 내려가는 기분이 이럴까. 임준은 부상당한 남자 1명을 업었고 오수지는 여자 1명을 부축했다.

오수지는 계단을 내려가며 연신 머리 위를 올려다보았다. 그곳에서 울려오는 이상한 소음에 신경이 곤두섰다. 건물꼭대기가 무너져 내리며 잔해들이 허공으로 떨어져나갔다. 온몸에 식은땀이 흘러내렸다.

그녀의 부모가 새벽녘 포장마차 영업을 마치고 귀가하다가 횡단보도에서 뺑소니차에 목숨을 잃은 뒤로 그녀는 동네 앞 횡단보도를 두려워했다. 거기에는 아버지와 어머니가 쓰러져 숨진 자리에 하얀 수성페인트로 뿌린 스프레이 그림이 그려져 있었다. 사고현장을 경찰이 그린 것이었다.

아홉 살 그녀는 틈만 나면 그 눈금 앞에 가서 눈물을 뿌렸다. 아빠,

엄마. 난 어떻게 살라고 먼저 갔어. 지나던 차량들이 경적을 울려대며 그녀에게 욕설을 퍼부었다. 하얀 페인트 자국이 조금씩 지워질 때마다 부모라는 존재가 자신의 곁을 떠나가는 것 같아 슬퍼졌다.

그해 여름장마가 지나자 그 자국은 지워지고 말았다. 자국이 다 사라지고 말았을 때 얼마나 또 울었는지 모른다. 그 후 학교를 가기 위해 건널목을 건널 때마다 건널목 아스팔트에 그려진 하얀 선들은 자석처럼 그녀의 신발을 놓아주지 않을 것 같았고 대로를 달리는 차들은 붉은 신호등을 무시하고 그녀에게 달려들 듯했다. 야밤의 횡단보도는 더욱 소름을 돋게 했다.

지금 야간 횡단보도의 공포가 그녀의 온몸에 끼쳐왔다. 며칠 전 북한공작원에게 쫓기던 터널계단의 악몽이 되살아났다. 일행은 말 한마디 하지 않고 숨을 헐떡이며 부리나케 계단을 내려왔다. 건물붕괴의 공포는 공작원의 총알보다 무서웠다. 계단통로가 자꾸 흔들거려 발밑이 확 꺼지는 게 아닌가 하는 공포심에 등골이 오싹했다.

맨 아래층에 다다라서야 안도의 한숨이 나왔다. 40분이 넘게 걸렸다. 막 현관 밖으로 빠져나오는 순간 건물은 크게 휘청거렸.

일행은 투명한 비닐봉지를 머리에 쓰고 정수장을 향해 미친 듯이 뛰었다.

부상자들도 언제 다쳤나 싶게 놀라운 속도를 냈다. 하늘에서 화산재가 폭설처럼 쏟아졌다. 쩜핑타워 전체가 굉음을 지르며 무너져 내렸다. 엄청난 콘크리트 폭풍이 사방을 뒤덮었다.

핵물리학자 이영근은 식구들의 손을 잡고 밤새워 길을 걸었다. 온몸이 병으로 가득한 그의 신체는 놀라운 기력을 발휘하고 있었다. 평소에는 200m만 걸어도 숨을 헐떡이고 두 시간만 일해도 피곤 때문에 정신을 못 차리는데, 밤새 11시간을 걸었는데도 피곤을 몰랐다. 아내도 놀라워했다.

"당신 정말 괜찮아요? 구류장에서 온갖 고생을 했을 텐데도 괜찮아요?"

"자유를 찾았기 때문이오. 17년간 생지옥에서 고생을 했잖소? 식구들과 지옥에서 빠져나온다는 사실이 행복해."

"아직 자유를 찾은 건 아니에요. 우리가 가는 곳이 자유로운 곳도 아니잖아요?"

그의 아내 김찬숙은 불안감을 드러냈다. 이영근은 부드럽게 대꾸했다.

"정주는 부모님 고향이야. 친척들이 많아. 우리는 도움을 받을 수 있어."

"당신은 보위부에서 탈출한 사람이에요. 지금쯤 수배가 됐을 거예요. 친척들을 만나면 안 돼요."

"그래도 살 길이 있을 거야. 방사능이 가득한 영변보다는 나아."

"그건 맞아요. 아이들을 위해서도 거기서 나온 건 잘했어요."

"정주 앞바다에는 작은 무인도가 몇 개 있어. 거기 들어가 강냉이 심고 생선을 잡아먹으며 살지 뭐."

"배가 있어야죠?"

"빌려야지."

"죽은 친정어머니가 주신 금반지가 있어요."

"그걸 주고 빌리자구."

"희망이 생기네요."

"우리가 지금 걷는 한걸음 한걸음이 자유와 행복을 찾는 발걸음이야. 오늘밤은 춥고 배고프지만 생지옥을 빠져나온 행복한 날이야."

그들은 박천군을 지나 운전군으로 들어가고 있었다. 박천군도 지진피해가 컸고 운전군도 그랬다. 곳곳이 난리판이라 그들의 이동을 간섭하는 존재는 없었다. 보위원, 보안원 등 감시조직이 장악한 북조선이 갑자기 달라졌다. 이런 혼란기에 사람들 눈에 띄지 않는 곳으로 숨어들어가 살고 싶었다.

늦은 아침이었다. 어느덧 정주시내 초입에 도착했다. 이영근은 발걸음을 멈췄다.

"여기서 잠시 쉬면서 배 좀 채우자."

그들은 청천강이 내려다보이는 언덕의 커다란 느티나무 밑에 앉았다.

아내는 배낭에서 주먹밥을 꺼냈다.

밤새 백여 리 길을 걸어 몹시 피곤했으나 수많은 사람들의 행렬에 놀라지 않을 수가 없었다. 배낭을 등에 메거나 보따리를 머리에 인 사람들이 정주를 빠져나가고 있었다. 무슨 연유일까 궁금했다. 그는 한 중년 아낙네를 붙잡고 물었다.

"대체 어디들 가는 겁니까?"

"어딜 가다니, 피난 가는 거우다."

"왜 가는 거요?"

"영변 핵단지가 파괴됐대요. 평양도 지진으로 쑥대밭이고 평양시민들도 다 도망친대요."

"우리 당국에서 발표했습니까?"

아녀자는 고개를 저었다.

"중국과 남조선 방송에서 그럽디다. 피난 안 하면 다 죽는대요."

"그들 말을 믿습니까?"

아녀자는 찌푸린 얼굴로 그를 쳐다보았다.

"그럼 누구 말을 믿으란 거요? 당국의 말을 믿으란 말이오? 당신 어디서 왔소?"

"영변에서 왔지요."

"왜 왔어요?"

"……."

"당신 진짜 영변사람이야?"

아낙네 옆에 중년 사내가 그를 다그치듯 말했다.

"예. 맞아요."

"영변 핵시설이 터진 게 진짜 맞소?"

그는 난처한 표정을 짓다가 고개를 끄덕였다.

"영변사람이 빨리도 도망왔네! 축지법을 쓰는 모양이야."

아낙네는 감탄사를 터뜨렸다.

"아주머니, 어디로 가시는 거요?"

"신의주 쪽으로 가려고 하오. 그리 가면 중국으로 갈 수도 있고 영변하곤 머니까 안전하기도 하고 … ."

중년사내가 말했다.

"정주 앞바다에 가보쇼. 중국 어선들이 들어와 장사를 한대요. 남조선으로 실어다주는데, 1인당 3백 달러를 내래요."

아낙네가 말했다.

"3백 달러가 보통 큰돈입니까? 누가 그걸 내고 탄답니까?"

"돈 많은 당 간부와 무역일꾼들이 타려고 줄을 섰대요."

"해군경비대가 가만있어요?"

"그들이 돈을 받고 눈감아 준대요. 우리 당국이 휴전선을 개방했답니다. 맘대로 넘어가 물자 풍족한 남조선에서 살라고 말했답니다. 배를 타고 가도 된대요."

"거짓말 아니에요?"

"진짜예요. 내가 보안서장한테 직접 들었어요."

이영근은 백두산이 터진 지 만 하루도 지나지 않아 북조선은 엄청난 변화에 휘말렸다고 생각했다. 혼란은 소문을 타고 들불처럼 퍼져나갔고 다들 생존을 위해 발버둥치고 있었다. 그는 밤새 잠을 못잔 피로를 잊은 채 아내와 아이들을 데리고 정주 앞바다를 향해 걸어갔다. 어선이라도 얻어 타 볼 요량이었다.

이영근의 머릿속에 문득 한 생각이 스쳐 지나갔다. 형님이 선양에 있는 한국 영사관으로 간다고 했는데, 전화를 한번 해볼까. 주머니에서 손전화기를 꺼내들었다.

충전이 잘된 전화기는 며칠간은 쓸 수 있을 것 같았다. 정주에서 중국국경까지는 80㎞인데 국제전화가 되지 않을까. 형님과 통화하면 도움을 받지 않을까. 그는 수첩을 꺼내 형님이 적어 준 손전화기 번호를 누르기 시작했다.

강남 신사동 로터리에 있는 미인성형외과 원장인 신상우는 어제 저녁 퇴근 직전에 전화를 받았다.

"넉 달 전에 거기서 수술 받은 이원희입니다. 다시 수술을 받았으면 합니다."

"뭐가 잘못됐습니까?"

"아닙니다. 다른 얼굴로 바꾸고 싶어서요."

"먼저 상담이 필요합니다. 예약을 하십시오."

"진료가 몇 시부터 시작되죠?"

"오전 9신데, 잠깐만 기다려보세요. 스케줄 좀 보고. 음, 다음 주까지는 예약이 꽉 차 있네요."

"진료시간 전에 일찍 좀 만나 뵐 순 없을까요?"

"허어, 급하신 모양인데, 내일 오전에 시간 좀 내보죠. 7시 45분 어때요?"

"고맙습니다."

"그 시간이면 제가 나와 있을 시간입니다."

"그때 찾아뵙겠습니다."

신상우는 그자를 기억했다. 넉 달 전 얼굴성형을 해준 자임이 분명했다. 접수계 간호사가 환자진료기록을 찾아서 가져왔다.

이원희. 38세. 강원도 속초 거주. 수술 전에 찍은 얼굴영상이 모니터에 떠올랐다. 콧등이 휘어지고 째진 눈에 튀어나온 광대뼈와 사각턱은 폭력배를 연상시켰다. 사내는 간곡한 어조로 말했다.

"양순해 보이는 얼굴로 만들어주시오. 돈은 얼마든지 내겠소."

"결혼을 앞둔 모양이지요?"

"이민을 갈 예정입니다."

"코는 왜 이렇게 됐습니까?"

"군대에서 훈련하다 다쳤습니다."

"맘에 가장 안 드는 부위는 어딥니까?"

"이것저것 다 그렇습니다. 눈도 그렇고 턱과 광대뼈도요."

신 원장은 환자가 수술하고 나면 바뀔 얼굴 모양을 모니터로 보여주었다.

"어떻습니까? 마음에 듭니까?"

사내는 만족스러운 미소를 지었다.

"저게 접니까? 당장 수술합시다."

그때 그는 광대뼈와 사각턱을 깎아내고 코를 바로 잡고 쌍꺼풀 수술을 했다. 그는 며칠 만에 완전히 딴 사람으로 태어났다.

그자한테서는 어딘지 범죄자의 느낌이 났다. 범죄자들은 신원을 위장하기 위해 얼굴을 뜯어고치는 경우가 적지 않았다. 가짜 신분증이나 여권을 만들어 도피생활을 청산하거나 해외로 달아나 버린다. 사람을 고쳐 살리는 것이 의사인데, 성형외과 의사는 간혹 사람을 고쳐 범죄를 돕는 경우도 있었다.

오전 7시 40분. 병원 문이 열리고 진료실로 낯선 사내 하나가 들어왔다.

깔끔한 정장차림에 멋진 콧수염에 선글라스를 쓰고 있었다. 그는 병원 구석구석을 둘러보았다. 신 원장은 그가 이원희가 아님을 알았다.

의사가 물었다.

"7시 45분 예약손님이신가요?"

"그래요. 간호사들이 아직 출근하지 않았나보군요."

남자의 목소리는 기계 속에서 나오는 것처럼 들렸다.

"8시 반은 돼야 출근합니다. 커피 한 잔 하시겠습니까?"

낯선 사내는 의사 앞 의자에 앉았다.

"바로 본론으로 들어가지요. 이원희 때문에 왔습니다."

"다시 한 번 수술을 원하신다구요? 선생님은 … ."

"맞소. 난 이원희가 아닙니다. 의사 선생께서 이원희를 수술했나요?"

"맞아요. 아주 수술이 잘되었죠."

사내는 빙긋 웃더니 코트 안주머니에서 날이 시퍼런 단도를 꺼냈다. 의사는 경악했다. 사내는 조용히 말했다.

"이원희의 진료기록을 꺼내."

하얗게 질린 원장은 책상서랍에서 진료기록을 꺼내어 책상 위에 놓왔다.

"병원 컴퓨터에서 이원희의 기록을 전부 지워. 어서!"

의사는 PC를 켜고 이원희의 사진 및 동영상을 하나하나 지워갔다.

사내가 곁에 서서 삭제작업을 확인하고 있었다.

10분도 되지 않아 모든 작업은 끝났다.

"이 병원에 이원희에 관한 자료는 또 있나?"

"없습니다."

"그 사람에 대한 자네의 기억은?"

"이 순간부터 지우겠습니다."

"고맙군."

사내는 밝게 웃었다. 퍽! 사내의 칼은 순식간에 의사의 턱 아래 목을 깊이 찔렀다. 의사는 비명 한 마디 지르지 못하고 진료실 바닥에 쓰러졌다. 사내는 피 묻은 칼을 하얀 의사 가운에 닦았다. 사내는 진료기록과 함께 칼을 주머니에 집어넣고 천천히 병실 문을 나섰다.

휴전선 개방

정수장 지하 2층 통로 바닥에 앉았던 임준은 점퍼 안주머니에서 벨이 울리는 소리를 듣고 휴대폰을 꺼냈다. 숨진 이수근의 휴대폰이었다.

낯선 목소리가 들려왔다.

"형님, 저예요."

"…… ."

"형님, 저 영근이라니까요."

"누굴 찾으세요?"

"전 리영근이라는 사람입니다. 리수근 씨를 찾습니다."

임준은 간밤에 이수근의 이야기를 들어서 그의 동생이란 것을 직감했다. 북한 핵물리학자라는 동생일 것이다.

"이수근 선생님은 지금 한국영사관에 계십니다. 이 전화는 선생님 거지만 제가 잠시 빌려 쓰고 있습니다."

"당신은 누굽니까? 우리 형님하곤 어떤 관계죠?"

"저는 임준이라는 한국인이고 이수근 선생님을 돌봐드리고 있습니다. 무슨 용건입니까? 혹 제가 도와드릴 일이라도 있나요?"

"대지진이 나는 바람에 저는 가족과 정주시내에 와 있습니다. 형님을 만나고 싶습니다."

임준은 이수근이 살해된 사실을 알리고 싶지 않았다. 사지에서 겨우 빠져나온 사람에게 너무나 가혹한 소식이었다.

"이수근 선생님께 전해드리겠습니다. 빠른 시간 안에 연락이 갈 겁니다."

"꼭 좀 전해 주십시오. 고맙습니다."

전화가 끝나자 오수지가 말했다.

"그럼, 핵물리학자라는 이수근 씨 동생이 영변을 도망쳐 나와 도움을 청하는 거야?"

"그래. 가족하고 같이 나왔대. 이분들을 어떻게 도우면 좋을까?"

"박주연 씨에게 알려줘야지."

임준의 목소리는 흥분으로 달아올랐다.

"이수근 씨랑 삼지연 초대소에서 밀담을 나누다가 보위부에 잡혀갔다는 그 동생이야. 중죄인으로 잡혀갔을 텐데, 보위부에서 어떻게 풀려났을까."

오수지가 미소 지으며 대꾸했다.

"나도 이수근 선생을 보호하지 못해 죄책감이 심했는데, 이분들이 안전한 곳으로 피난할 수 있도록 돕고 싶어."

"정주라면 평안북도 해안지방인데, 중국과 가깝잖아. 박주연 씨라면 방법을 찾아낼 거야."

임준은 휴대폰으로 박주연에게 전화를 걸었다.

일본 자민당 마쓰시타 정조회장은 도쿄 도심에 있는 자신의 집무실에서 창밖을 내다보고 있었다. 아침부터 도쿄의 모든 거리에는 편서풍을 타고 동해를 건너온 하얀 화산재가 함박눈처럼 퍼붓고 있었다. 강한 편서풍 탓으로 예상보다 일찍 화산재가 도착했다.

도쿄는 온통 잿빛이었다. 우산을 쓰고 걷는 몇몇 행인 말고는 거리는 휑하니 비어 있었다. 오전 8시가 넘었는데도 하늘은 초저녁처럼 어둑어둑했다.

일본 언론들은 백두산이 가져다준 죽음의 화산재가 엄청난 환경 재앙을 일으키리라고 떠들어댔다. 홋카이도와 혼슈는 방사능 화산재로 덮여 일본경제에 치명상을 입힐 것이다. 5년 전에 후쿠시마 원전사고로 일본은 핵 악몽에 시달렸고 모든 원자력 발전소를 가동 중단시켜야 했다.

산업체도 비상사태에 돌입했다. 오늘 아침부터 수십만 개의 공장들은 가동을 멈춘 채 화산재의 습격을 막느라고 총력을 기울이고 있었다. 화산재가 기계들을 마모시키고 부식시키기 때문이었다. 화산재는 컴퓨터 안에서 회로합선을 일으키는데, 먼지에 민감한 전자산업엔 치명적인 타격이 될 것이다. 공장들의 가동 중단과 항공기 운항 중단으로 천문학적 피해가 예상되었다.

백두산의 폭발규모는 예상보다 훨씬 컸다. 일본 기상청은 초대형급인 화산폭발지수 7이라고 발표했다. 화산학자들은 백두산 화산재가 성층권을 배회하면서 태양복사를 차단해 지구에 일시적인 한랭화를 초래하고, 아시아와 유럽, 북미대륙에는 올여름이 없어지고, 적도지방에 눈이 내릴지도 모른다고 분석했다. 전 지구적인 재앙이 닥칠 것이다.

냉해로 인한 지구 전체의 흉작은 필연적이고, 방사능 화산재 때문에 강물과 지하수가 오염되어 식수를 구하기 어려워진다. 무엇보다 노인과 어린이들의 건강에 치명적 위협이 된다. 강물에 들어간 화산재는 강물을 산성화시키며 호수나 바다로 흘러 들어가면 바닥에 쌓인다. 전문가들은 대략 6년 이상 엄청난 환경재앙이 일어날 것이라고 진단한다.

어제 일본총리는 내각회의에서 일본경제는 30년 후퇴할 것이라고 한탄했다. 중국과 북한의 경계에서 일어난 화산폭발이 당사국인 두 나라보다 일본에 더 치명적이라는 점이 억울했다.

이미 망조가 든 북한은 더 망할 것도 없었다. 일본보다 훨씬 가까운 남한은 화산재조차 날아가지 않았다. 이번 사태로 일본의 전자와 자동차 산업이 붕괴되면 경쟁상대인 한국은 세계시장을 단번에 장악할 것이다.

마쓰시타는 편서풍이라는 존재 하나가 일본을 망조로 몰아간다고 판단했다. 바람의 방향이 조금만 남쪽으로 뒤틀려도 일본 전체는 초토화될 수 있다.

마쓰시타는 내각회의에서 마지막으로 발언했다.

"이번 사태로 북한은 붕괴할 것입니다. 700만 명이 모여 사는 북한 동쪽지방이 초토화됐습니다. 영변 핵사고로 평안도 지방도 대소동이 벌어지고 있습니다. 수일 내에 이들은 생존을 위해 북한을 탈출할 것인데, 그 중 200만 명 이상이 중국으로 탈출하고 50만 명 이상은 보트를 타고 일본으로 올 겁니다. 북한 비밀 핵기지에 배치된 많은 핵무기들이 무방비 상태로 노출돼 큰 문제를 야기할 수 있습니다. 문제는 지금부터입니다. 일본이 존폐의 위기에 몰렸다는 심정으로 대처하지 않으면 더 큰 재난이 닥칠지도 모릅니다. …"

정홍일 사회부장은 한숨을 돌렸다. 그는 소양강댐이 바라보이는 옆의 야산에서 댐이 무너지는 사진을 찍고 황급히 기사를 써 〈한성일보〉인터넷 판에 올렸다.

오전 8시 40분. 소양강댐이 무너졌다. 엄청난 굉음과 함께 댐을 덮었던 숱한 바위와 흙들이 거대한 물살에 휘말려 순식간에 아래 골짜기를 휩쓸어버렸다. 거대한 흙탕물 덩어리는 북한강 하류를 향해 달려가 춘천시를 쓰나미처럼 휩쓸어버렸고 의암댐과 청평댐, 팔당댐을 붕괴시키더니 서울을 향해 미친 듯 달려갔다. 북한강 유역의 숱한 펜션과 별장들이 단번에 휩쓸려 사라졌다.

그는 산정에 모닥불을 피우고 앉아 태블릿 PC로 긴급뉴스를 보고 있었다. 소양강물이 북한강 수계에 있는 다른 댐들을 번갈아 붕괴시키며 서울을 향하고 있다는 뉴스가 생방송으로 중계되고 있었다.

그는 소양강댐 붕괴정보를 준 사람에게 전화를 걸었다.

"소양강댐의 붕괴경보가 발동됐을 텐데, 왜 하류에 있는 댐들이 수문을 열지 않은 겁니까? 몽땅 열렸다면 쉽게 무너지진 않았을 겁니다."

"북한강 댐들의 통제실과 자체 변전소들이 내진설계가 돼 있지 않아 대지진이 발생하자 무너졌습니다. 그 바람에 댐 수문의 가동이 중단된 것이 이번 물난리를 크게 만든 원인입니다. 국토부 관리들은 이 사실마저 감추려고 저희에게 함구령을 내렸어요."

정홍일은 끌끌 혀를 찼다. 내진설계가 돼 있지 않은 것은 지상의 건물들과 지하철에 이어 하천도 마찬가지였다. 정홍일은 총체적인 위기관리능력 부재가 이번 수도권 재난의 원인이라고 분석했다.

청와대 대변인은 백두산 폭발에 따른 정부의 종합대책을 곧 수립해 공표하겠다고 발표했다.

"김원중 국가정보원장이 건강문제로 사임했습니다. 그 후임에는 백선규 청와대 외교안보 수석비서관이 임명됐습니다. 백 신임 국정원장은 백두산 폭발에 따른 동북아의 대혼란이 예상됨에 따라 … ."

오수지는 인터넷을 살폈다. 2월 16일 오전 10시, 한국의 인터넷 포털사이트는 파괴된 남북한의 사진들로 도배되다시피 했다. 구글 어스를 통해 쑥대밭이 된 평양거리가 생생하게 나타났다.

평양의 번화가인 창광거리, 영광거리, 광복거리에 있는 거의 모든 건물들이 무너졌다. 평양이 자랑하는 105층 유경호텔과 인민문화궁전, 개선문과 노동당사, 5·1 경기장 등이 폭삭 주저앉아 을씨년스런 모습을 드러냈다. 높이가 180m나 되는 주체사상탑은 쓰러져 산산조각 났고 20m나 되는 만수대 김일성 동상은 뒤로 넘어져 목이 달아났다. 그 와중에도 김일성과 김정일이 누워 있는 금수산 기념궁전은 멀쩡했다. 누리꾼들은 지상최고의 건축술이라며 탄사를 터뜨렸다.

한국에서는 수도권 일대의 군부대가 총 출동해 무너진 아파트 단지들과 산동네 주택단지에서 구조작업이 진행중인데, 구조에 큰 차질을 빚을 것이라는 보도가 이어졌다.

인천공항과 김포공항에는 서울을 탈출하려는 외국인 관광객들과 상사 주재원들이 몰려들었지만 활주로가 복구되지 않아 비행기 운항은 재개되지 않았다. 정부는 무너진 터널, 다리, 도로 등을 신속히 복구하도록 노력하고 건물잔해에 깔린 생존자 구조에 총력을 기울인다고 발표했다.

내진설계가 미흡한 서울시내 낡은 지하철에서 숱한 사상자가 발생했고 구조대가 많은 부상자를 구출하고 있다는 뉴스가 전해졌다.

오수지는 서울이 침수한다는 소식에 저지대인 망원동 집으로 여러 번 전화를 했지만 할머니는 받지 않았다. 그녀는 동사무소까지 전화를 해봤으나 연결이 되지 않자 속이 타들어갔다.

엊저녁 박주연은 무너진 룸살롱 2층 공간에서 작고 아득한 공간을 찾아냈다. 벽에 뚫린 구멍은 커튼으로 쑤셔 막고 소파 쿠션을 바닥에 깔자 한 평짜리 안식처가 생겨났고 그곳에서 부하 강호길과 몇 시간 눈을 붙였다. 둘은 추위와 배고픔에 곤욕을 치렀다. 대학을 졸업하고 정보요원으로 입문할 때 최악의 상태에서의 생존법을 배운 적이 있어 그럭저럭 버텼다.

박주연은 임준의 전화를 받고 이수근의 동생인 핵물리학자 이영근과 통화했다. 박주연은 자신을 중국 선양에 있는 한국 영사관 직원이라고 소개했다.

"백두산 폭발로 저희도 큰 곤욕을 치르고 있지만 이영근 선생을 돕겠습니다. 우선은 가족과 함께 신의주로 오십시오. 압록강에 큰 홍수가 났지만 그리로 오신 다음에 저와 다시 통화하도록 하십시오."

박주연은 이영근에게 영변 핵단지 사고소식을 듣고 꽤나 놀랐다.

"주요시설이 거의 다 파괴돼 상당량의 방사능 물질이 외부로 유출되고 있습니다. 사고지점과 인근지역에서 신속하게 대피하지 않으면 매우 위험한 상황입니다. 피해는 바람을 타고 계속 확산될 겁니다. 국제원자력 사고등급으로는 6등급 이상의 심각한 사고입니다. …"

박주연은 이영근의 증언을 녹음하고 그가 스마트폰으로 찍어 보내준 핵단지 붕괴사진들을 받아 즉각 서울본부로 보냈다. 백두산 폭발 전에도 그가 작성한 서류들을 입수해 보냈는데, 그 정보를 가지고 영변 핵단지의 가동중단을 끌어내지 못한 정부의 무능력을 개탄했다.

　박주연은 이영근을 돕고 싶었다. 이영근은 보위부에 갇혀 있다가 운 좋게 달아났다고 말했다. 형과 함께 한국에 극비정보를 제공했다가 큰 곤욕을 치른 것이다. 박주연은 신의주와 마주보는 단둥에 주재하는 요원들을 동원해 이영근 가족을 안전한 곳으로 피신시킬 작정이었다.

　강호길이 굳은 표정으로 말했다.
"오늘 오전 9시에 청와대에서 국정원장 교체를 발표했습니다."
　박주연은 놀란 표정으로 대꾸했다.
"교체 사유는?"
"원장님이 병 때문에 사임을 요청했답니다."
"말도 안 돼. 엊저녁에 나랑 통화했을 땐 목소리가 활기찼는데."
"간밤에 갑자기 병이 생겼을 수도 있죠."
"후임이 누구야?"
"백선규입니다."
　박주연은 너무 놀라 한동안 입을 열지 못했다.
"그자가 수작을 부린 거야. 교활한 놈. 우리한테 불똥이 떨어지겠군."
"너무 걱정 마십시오. 별일이야 있겠습니까?"
　박주연은 김원중 국정원장의 전화가 생각났다.
'자네가 큰일을 했어. 귀중한 전술정보와 자네가 잡은 괴한 덕에 여러모로 도움이 됐어. 킬러 사진은 잘 써먹었네.'
　박주연이 아는 김원중 원장은 성격이 직선적이었다. 어쩜 그는 그 사진을 가지고 백선규나 권혁수 통일부 장관에게 압력을 가했을 것이다. 연쇄살인사건에 정부인사가 가담된 게 외부에 알려진다면 정부는 큰 타격을 받는다. 그들은 여당 내 반대파인 김원중을 더 이상 방치할 수 없다고 판단하고 대통령을 움직인 게 틀림없었다.

백선규는 우리 대북정보팀이 자신의 범죄를 밝혀냈다는 사실을 곧 알아낼 것이다. 그의 다음 수는 무엇일까. 선양 거점의 요원 대부분은 보하이 시와 쏭지앙쩐에 모여 있다. 백두산 폭발로 여러 요원들을 잃었고 살아날 가능성도 많지 않다. 박주연은 골똘히 생각에 잠겼다.

아침 해는 다시 떠오르지 않았다. 2월 16일 오전 10시가 넘었는데도 백두산은 여전히 분화중이었고 하늘은 열운과 화산재로 가득했고 칠흑 같은 어둠은 지속됐다. 지상에는 화산재가 1m 가까이 쌓였다.

임준은 제 2 정수장 지하 2층 구석에 앉아 부친의 노트를 읽고 있었고 오수지는 기사송고에 여념이 없었다. 유상석은 색동회 어린이합창단원들을 돌보고 있었다.

유상석이 유쾌한 어조로 아이들에게 말했다.

"우리 할아버지가 백두산에서 산삼을 캐는 사람이었단다. 산삼 캐는 사람을 뭐라고 하는 줄 알아?"

한 아이가 대꾸했다.

"심마니요."

"여기서는 삼메꾼이라고 부른다. 백두산 아래 중국 땅에도 많은 조선족들이 살고 있단다. 옛날부터 백두산 삼메꾼들이 쓰던 말을 가르쳐 주지. 그들은 '해'를 '비춰'라 불렀고 '달'을 '밤비춰', '별'을 '반들개'라고 말했어. 하늘에서 내리는 '비'를 '홀리미', '눈'을 '히에기'라 불렀지. 그럼, '비가 내린다'를 어떻게 말할까?"

다른 아이가 말했다.

"홀리미가 내린다."

"아냐. 홀리미 잰다. 그럼 눈이 내린다는?"

"히에기 잰다."

"맞았어. 그럼 해가 진다는?"

또 다른 아이가 소리쳤다.

"비취가 진다."

"아니, 비취레 떨어딘다."

"그럼, 노루는 뭐라고 불러요?"

"뛰어미."

"곰은요?"

"너펭이."

"호랑이는요?"

"도루바리."

"개는요?"

"공공이."

"다람쥐는요?"

"볼좁이."

"소는요?"

"웅치. 닭은 '끼아기', 돼지는 '중미리', 남자는 '멀커니'라 부르고, 여자는 '가장멀커니', 중국인을 '노루멀커니'라 불렀다. 밥을 '모래미', 산삼을 '부리시리', 신발을 '디디미', 산에 오르는 것을 '멧집 짓는다'라고 말했지. 그럼, '심마니가 비가 내리는 아침에 밥을 먹고 신발을 신고서 산삼을 캐러 산에 오른다'는 뭐라고 말할까?"

한 아이가 눈을 깜박이며 큰 소리로 대답했다.

"삼매꾼이 흘리미 재는 아침에 모래미 먹고 디디미 신고서 부리시리 캐러 멧집 짓는다."

아이들이 웃음을 터뜨렸다.

유상석은 갑자기 우울한 표정이 되었다.

"백두산이 터지면서 오랫동안 산삼을 캐면서 먹고살던 산 아래 조선족 마을들도 다 사라졌으니 그 아름다운 말들도 사라지겠지 … ."

지난밤 유상석은 페이스북과 트위터에 글을 올리고 정수장을 개방했다. 정수장이 안전하다는 소식은 삽시간에 퍼져나갔고 도시 곳곳에 숨어 있던 생존자들이 죽음의 거리를 거쳐 정수장으로 몰려들었다. 메인스타디움 잔해 속에서 빠져나온 사람들도 정수장으로 들어와 깨끗한 물을 마시며 생존의 기쁨을 누렸다. 지하 3층의 창고 안까지 사람들로 들어차 난민수는 4천 명이 넘었다.

임준은 이들이야말로 이 도시에 살아남은 유일한 생존집단이라는 느낌이 들었다. 아버지는 저렇게 무섭게 폭발하는 백두산을 위해 수십 년을 살아오셨다. 임준이 중학교 3학년 때 어머니는 췌장암으로 돌아가셨다. 그 3년 전쯤부터 어머니는 깊어가는 우울증에 시달렸고 죽음의 수렁으로 달려갔다.

그 후 아버지는 학교생활과 연구로 바쁜 와중에도 아들 뒷바라지에 최선을 다했다. 언제나 희망과 용기를 북돋아주던 아버지였다. 정말 홍콩재벌에게 잡혀갔을까. 그렇다면 어디선가 백두산의 분화과정을 관측하고 있을까. 제발 살아만 주었으면 좋겠다.

오수지가 정수장 수조에서 떠온 물을 마시며 말했다.

"물맛이 정말 좋네. 정수장이 우리에게 희망을 주고 있어."

"밖은 불바다인데, 여긴 거대한 물과 튼튼한 콘크리트 숲이야."

"백두산 천지의 물은 다 사라졌는데, 그 원수(原水)는 이곳에 아직 남아 있어. 방금 정수장에 관한 기사와 사진을 송고했어."

임준은 부친이 남긴 노트를 뒤적이고 있었다.

오수지가 말했다.

"뭘 보고 있는 거야?"

"응, 아버지 노트. 발해 멸망의 미스터리에 관한 거야."

"그래? 어떤 내용이야? 심심한데 좀 얘기해봐."

"발해는 서기 926년에 거란 침공으로 멸망했지. 200년 이상 해동성국이라고 불리며 지금의 동북 3성과 러시아 연해주, 북한 동쪽지역을 지배하는 거대왕국이었는데 말이야. 거란이 침공한 지 보름도 안 돼 항복했어. 발해가 기술한 역사서가 없어 많은 의문점을 역사학계에 남겼다는 거야. 《고려사》 기록에 의하면 발해 멸망 1년 전에 발해의 장군이나 왕족, 귀족들이 500명, 100호, 1,000호의 백성을 이끌고 고려로 망명했대."

"당시 500명이나 1,000호는 웬만한 소도시의 전체 인구지."

"이상한 것은 정복자인 거란족마저 발해 정복 후 곧 발해 땅을 포기하고 돌아갔다는 거야. 거란은 발해 멸망 후 동단국이라는 나라를 세우고 수도를 옮기는데, 백두산 북동부에서 서쪽으로 원거리 이동해 랴오양으로 옮기지. 거란은 서쪽의 요동지방을 제외하고 발해 땅 전부를 그냥 포기했어. 힘들여 정복한 광대한 땅을 왜 그냥 포기했을까?"

"그러게. 발해 땅에 뭔가 엄청난 일이 있었겠지."

임준은 노트를 읽어 내려갔다.

거란 측 기록인 《요사》에 의하면 멸망 후 거란으로 강제이주 당한 발해인은 9만 4천여 호가 되고, 《고려사》나 《동국통감》에도 멸망 후 10만여 명의 발해인이 고려로 귀화했다고 기록되었다.

발해가 강성했을 때 전체 인구가 10만여 호였는데, 발해의 전 인구가 그 넓은 발해 땅을 공동화시킨 채 거란이나 고려로 이주했다는 것은 전쟁 말고도 발해 땅에 엄청난 재앙이 있었다는 사실을 반증했다.

《요사》에는 거란이 발해인을 강제이주시키고 현을 없애버린(廢縣) 기록이 나온다. 백두산 동서남북의 인접지역, 압록강, 두만강, 송화강 유역, 함경도 동해안 지역과 연해주 지역에 100여 개에 이르는데, 모두 백두산을 중심으로 방사상으로 분포했다.

임준이 말했다.

"그 지역들이 백두산 화산분출물이 지상을 덮치거나 화산이류로 대홍수가 일어난 예상지점과 거의 일치한대."

"폐현의 위치가 당시 백두산 폭발의 예상피해지역과 일치한다는 말인가?"

"그래. 역사기록과 화산학의 추론이 딱 맞아떨어지는 거지."

"그러니까, 거대 왕국 발해의 멸망은 백두산 폭발 때문이란 거군."

"맞아."

임준은 설명을 이어나갔다.

화산이 폭발할 때 나오는 분출물 중에 공기구멍을 많이 가진 가벼운 암석을 '부석'이라고 하고, 용암이 급하게 냉각돼 산출되는 작은 입자의 자연산 유리를 '화산유리'라고 하는데, 이것들이 땅을 덮으면 식물뿌리가 통과하지 못해 부석사막이라고 부른다. 화산재가 덮인 땅은 산성이 강해 파종할 수 없고 수확도 불가능한 불모지가 된다.

수백 년 후 화산유리가 완전히 풍화되면 화산재가 비옥한 토양이 된다. 발해가 사라진 지 200년 후 여진족이 역사에 등장하는 것은 화산재가 토양이 돼 경작활동을 할 수 있게 된 시기였다.

"백두산 폭발의 재앙은 200년간 지속됐고 그 후에야 옛 발해의 땅에 금나라가 건국됐지. 그들은 비옥해진 땅에서 국력을 키워 중국까지 정복할 수 있었지. 고려가 후백제를 누르고 통일한 것도 10만 명의 발해유민들이 유입된 것이 결정적인 원동력이었어."[1]

"10세기 경 백두산 폭발이 동북아의 역사를 몽땅 바꿔 놓았다는 거군."

"10만 년간 쉬지 않고 폭발했던 후지산이 토해낸 화산분출물의 총 용적이 10세기에 백두산이 단 한 번 폭발한 규모에 훨씬 미치지 못하지."

"대단하네. 백두산은 세계의 화산 중에서 지존이군. 지금 백두산 분화가 과거와 비슷한 피해가 일어나지 않을까?"

"그럴지도 몰라. 그렇다면 올해엔 전 세계에 여름철이 없어질 거야. 비가 오지도 않을 거야. 세계의 대재앙이지."

"천년 전에 백두산 폭발로 발해라는 국가가 없어졌는데, 천년 후 발해라는 신생도시가 똑같은 운명을 겪는군. 말하자면 지금 우리 신세가 딱 발해유민 그 짝이야."

"북한주민들이야말로 발해유민이지. 발해유민들이 고려에 유입됐듯이 이 기회에 남북이 뭉쳐 이 엄청난 재난을 슬기롭게 극복해야 할 텐데."

"휴전선을 개방하니 얼른 남조선으로 내려가라."

황해도와 강원도 일대로 몰려오는 피난민들에게 북한당국은 이렇게 촉구하고 있었다. 숱한 행정일꾼들과 보안원, 군인들이 지나가는 피난민들을 독려했다.

휴전선을 지키던 군인들이 경의선 철도의 최남단역인 개성의 판문

---

[1] 소원주, 2010, 《백두산 대폭발의 비밀》 참조.

역에 설치된 통문과 중앙분계선의 통문을 뜯어냈고, 동해안 철책이 있는 강원도 고성에서는 금강산 육로관광코스의 도로를 차단한 통문들을 열어젖혔다.

정오가 되자 하늘이 희끄무레하게 밝아왔고 화산재가 더는 떨어지지 않았다. 미그기 한 대가 남쪽 하늘에서 나타나 수용소 벌판을 가로질러 재소자들이 모여 있는 산중턱 탄광을 향해 날아왔다.

비행기는 탄광 상공을 세 번 선회하더니 탄광에 총탄을 퍼부어댔다. 사람들이 혼비백산 갱구로 달아났다. 미그기는 탄광관리소에 폭탄을 투하했고 건물은 불기둥을 일으키며 잿더미가 되었다. 다시 떠오른 비행기는 갱구 하나에 폭탄을 던져 넣었다. 굉음과 함께 갱구가 무너졌다.

사람들이 다시 밖으로 나온 것은 미그기가 사라진 뒤였다.

그들은 무너진 갱구로 달려가 부상자들을 구조하기 시작했다.

트럭들이 화를 면한 것은 화산폭발이 그치자 수용소 밖의 상황파악을 위해 재소자 십수 명을 태우고 삼수군 읍내로 나갔기 때문이었다.

인민군 대좌 최현이 성난 목소리로 말했다.

"오늘 아침 조선중앙방송이 여러 정치범 수용소에서 폭동이 일어나 죄수들이 인민들을 죽인다고 보도하더니 여기까지 전투기를 보냈소."

지질학자 박민우가 말했다.

"저들이 한 번도 존재를 밝히지 않았던 정치범수용소를 언급한 것은 상황이 심각하단 뜻이오. 다른 수용소들은 우리처럼 화산이류가 덮치진 않았을 겁니다. 아마 대지진으로 수용소 시설 대부분이 파괴돼 재소자들이 대거 탈출했을 겁니다."

최현이 고개를 끄덕였다.

"한 수용소에서 수만 명이 탈출해 우리처럼 단합했다면 그 지역을 무력으로 장악했을 겁니다. 김정은 패거리가 체제에 위협을 느꼈기에 이 같은 공격을 하는 겁니다."

"맞아요. 미그기까지 동원한 걸 보면 어지간히 다급한 모양이오. 갖은 탄압을 이겨낸 정치범들은 반(反) 김정은 사상이 투철하지요. 뭉치지 않으면 살아날 수 없다는 걸 누구보다 잘 압니다. 40만 명에 달하는 정치범들이 손을 잡는다면 이 나라를 바꿀 수 있소."

"인민군도 상당한 피해를 입었을 겁니다. 나는 탄광지도원 손전화기를 가지고 밤새 전화번호를 누르다가 인민군 제 10군단에 있는 부하장교 한 명과 통화할 수 있었소."

최현이 전화 내용을 털어놓았다. 오늘 새벽에 혜산시에 있는 제 10군단 사령부에 삼수군 31호 수용소를 토벌하라는 김정은의 명령이 떨어졌다고 했다. 사령부가 높은 구릉 위에 있지 않았다면 흔적도 없이 사라질 뻔했단다.

10군단은 백두산 폭발로 부대 대부분이 파괴되고 병력 상당수를 잃었고, 살아남은 군인들을 서쪽으로 이동시키고 있었다. 요즘 북조선 군대는 오랜 식량난으로 상당수가 탈영해 난민화되었고 전국의 장마당을 떠도는 걸인의 상당수는 하급병사들이었다. 10군단의 병력 절반은 탈영병이었다.

최현이 설명했다.

"이번 사태로 우리 조선의 군부대는 거의 해체되었다고 봐도 됩니다. 그렇더라도 군대 1개 소대만 동원돼도 우리들을 다 없앨 수 있습니다."

"백두산 폭발로 그들도 살기 급급할 텐데 우릴 잡으러 올 정신이 있겠습니까?"

최현이 고개를 흔들며 말했다.

"그건 그렇지 않소. 지금 10군단이 우리를 토벌하라는 명령을 받았다면 우리는 이곳을 당장 떠나야 합니다. 그들은 명령을 받은 이상 이곳을 공격해올 겁니다."

"정치범들이나 인민들은 약자들입니다. 인민의 군대인 조선군대가 약자에게 총을 쏘겠습니까?"

"동무는 군대의 속성을 몰라요. 최고사령관인 김정은의 명령에 거역할 인민군은 아무도 없소. 여기서 꾸물거리다 개죽음 당해요. 화산폭발이 그쳤으니 당장 이곳을 떠나야 합니다."

수용소 바깥으로 나갔던 트럭들이 탄광으로 올라왔다. 트럭 앞에 탔던 혜산시 인민위원회 전직 행정일꾼이 뛰어내리더니 그들 앞으로 걸어왔다.

"예상대로 혜산시는 쑥대밭이었습니다. 시내 전체가 진흙탕에 갇혀버렸습니다. 거의 모든 건물들이 사라졌고 살아난 인민들도 많지 않았습니다. 혜산은 인구가 20만이나 되는 량강도 제일의 공업도시 아닙니까? 그 많던 기업소와 공장들이 진흙탕 속에 다 사라졌습니다. 5층 건물도 옥상이 보이지 않았습니다."

박민우가 물었다.

"삼수읍은 어때요?"

"쑥대밭이었습니다."

"보천이나 삼지연은요?"

"그쪽은 백두산 아래라서 사정이 더 나쁩니다. 서쪽인 김정숙군이나 김형직군도 압록강 홍수로 큰 피해를 입었습니다. 혜산에서 삼수로 오는 철길을 따라 걷는 군인들 수백 명을 목격했습니다."

최현이 말했다.

"살아남은 10군단 병력들이군. 지금 그들이 우리를 토벌하러 오는 거요. 살아난 사람들이 압록강을 넘어 중국으로 달아나진 않습니까?"

"중국 쪽에서 국경경비를 강화해 불가능하단 소리를 들었습니다."

"자, 자, 서두릅시다. 어서 탈출을 준비합시다."

박민우가 말했다.

"지금 화산폭발이 그쳤지만 또다시 폭발할 수 있습니다. 이곳 삼수군은 화산폭발 영향권에 있는 위험한 지역입니다. 밖으로 이동하면 몰살당할 수 있습니다. 미그기 공격으로 사상자가 생겼습니다. 이들을 두고 어떻게 떠납니까?"

최현이 잘라 말했다.

"시간이 없소. 우리를 토벌하라는 명령을 받은 10군단 병력이 지금 이리로 오고 있소. 불과 10㎞ 떨어진 곳에 그들이 있습니다."

"단순한 부대이동일 수도 있습니다. 또 온다 해도 이곳은 산중턱이라 방어가 용이합니다. 우리한테 소총도 35자루가 있습니다."

"만약 그들이 공격해온다면 우리 같은 오합지졸은 버티기 어렵소."

"저항을 하다가 정 안되면 뒷산을 통해 남하합시다. 갑산이나 허천으로 도망갑시다."

혜산시 행정일꾼이 말했다.

"남조선 텔레비전 방송에서 영변과 갑산에 있는 핵시설이 파괴돼 엄청난 방사능이 누출되고 있다고 떠든답니다."

박민우는 양팔을 낀 채 심각한 어조로 말했다.

"결국 그렇게 됐군요. 이 정도 대지진이면 영변 핵단지도 무사하지 못할 겁니다. 백두산과 가까운 갑산에 핵시설이 있었다니 놀랍군요. 사실이라면 엄청난 방사능이 누출될 겁니다. 엎친 데 덮친 꼴이군요."

최현이 말했다.

"여기서 갑산이 30㎞거린데, 갑산에서 핵시설이 터졌다면 어쩜 우리도 방사능에 피폭됐을지도 모릅니다. 동쪽은 쑥대밭이고 남쪽은 방사능 오염지대, 북쪽은 중국군이 막으니 서쪽으로 갈 수밖에 없소."

박민우가 이어 말했다.

"서쪽은 압록강 유역이라 화산이류로 가득 덮여 탈출이 힘들 겁니다. 결국 우린 도망칠 곳이 없어요. 그나마 여기가 가장 안전합니다."

나이든 사내들이 다시 모여 탈출에 대한 대책을 논의했다. 식수와 식량이 있고 갱도가 있는 탄광을 고수하자며 탈출을 반대하는 사람들이 많았다.

"배가 고픈데 뭘 좀 먹어야지."

임준은 스키점프장에서 가져온 비상식량 상자에서 요깃거리를 찾았다. 중국산 컵라면이 있었다. 그는 버너에 불을 켜고 주전자에 물을 올려놓았다.

임준이 입을 열었다.

"9년 전에 대학교 1학년 여름방학 때 아버지랑 백두산에 온 적이 있었어. 아주 이상한 경험을 했지. 그때만 해도 백두산에는 포장도로조차 없었지."

오수지가 대꾸했다.

"아주 좋은 시절이었군."

7월 초순이었다. 아버지와 선양비행장에 내렸다. 임준은 중국 땅이 처음이었다. 선양 조선족 거리인 서탑에서 하룻밤을 자고 이튿날 새벽 임차한 지프를 타고 백두산으로 출발했다. 온종일 달려 백두산으로 가는데, 이정표가 거의 없어 조선족 운전기사는 몇 번이나 가는 길을 물어야 했다.

백두산 기슭 원시림 지대에 들어선 게 밤 9시였다. 칠흑같이 컴컴한 여름밤이었지만 밤공기는 늦가을처럼 쌀쌀했다. 원시림 속에 뚫린 좁은 비포장도로를 한없이 달렸다. 날이 차가워 손이 시렸다.

아버지는 기사에게 자꾸 물었다.

"이거 우리가 제대로 가긴 가는 거요?"

그때까지 백두산에 여러 번 온 그의 부친도 원시림 속의 길은 난감해했다. 혹시라도 길을 잃고 차가 멈춘다면 얼어 죽을 만큼 추운 날씨였다. 원시림을 벌써 세 시간째 달리고 있었다.

운전기사도 난감한 표정을 지으며 한숨을 쉬었다.

그때 멀리서 불빛 하나가 반짝거렸고 일행은 환성을 질렀다.

차가 멈춘 곳은 '장백산 관리소'라는 간판이 달린 작은 초소였다. 초소 안에서 군복 비슷한 제복을 입은 젊은이들이 뛰쳐나왔다.

조선족 운전기사가 나가서 중국어로 길을 물었다. 옥신각신하는 말투가 거칠었다.

기사가 임영민에게 말했다.

"돈을 주지 않으면 길을 가르쳐 줄 수 없대요."

"대체 얼마를 원한답니까?"

"300위안이요."

"그럼, 한국 돈으로 5만 원이군요. 근데 저 사람들 장백산관리소 직원 맞지 않아요? 국가공무원이잖아요."

"맞습니다."

"우리 같은 여행객에게 길을 알려줘야 할 사람들이 돈을 요구해요?"

"이들은 중국인들에게도 돈을 받는대요."

"입장료는 아니잖아요?"

"길을 알려주는 수고비죠."

"길을 한 번 알려주고 한 달 월급을 받아가는군요. 나라의 공복들이 관광객을 상대로 강도질을 하다니. 노상강도가 따로 없군."

"중국은 다 그래요."

중국의 공복들은 자신이 가진 특권을 최대한 이용해 갈취하는 것을 부끄러워하지 않는데, 임준은 그 모습에 충격을 받았다. 한밤중에 길을 잃을까봐 극도의 불안감에 시달리는 이방인의 심리를 악용하는 것이다.

그의 아버지가 나서 수고비를 깎아 보려고 했지만 막무가내였다. 결국 아버지는 300위안을 꺼내주었다. 관리사무소 직원이 돈을 주머니에 넣고 손가락으로 반대편 길을 가리키며 시큰둥하게 말했다.

"직진!"

차를 타고 3㎞ 정도 가니 그들이 예약한 호텔이 나타났다.

임준은 오수지에게 말했다.

"이튿날 백두산 천문봉 정상에서 조선족 사진사를 만났어. 천지를 배경으로 멋진 파노라마 사진 10장을 찍어주는데 300위안을 요구했어. 우리 부자는 돈을 주고 온갖 포즈를 취하며 사진을 찍었지. 필름을 받아 귀국했는데, 사진관에 가보니 일반필름이었고 사진은 한 장도 나오지 않았어. 나는 그 경험 때문에 중국에 대한 첫인상이 아주 나빴어."

나중에 그의 부친이 유상석에게 확인했더니 한국인을 상대로 사기를 치던 그 사진사는 도박판에서 장난을 치다가 중국인 깡패에게 맞아 불구가 되었다고 했다.

임준이 말했다.

"민족의 성산을 남의 나라를 통해 들어가는 기분도 그리 좋지는 않았지."

"그랬겠군."

임준은 컵라면에 더운 물을 붓는 오주지의 모습을 바라보았다. 임준은 간밤의 감미롭고 치열했던 정사가 꿈만 같았다. 오수지는 열정적이고 아름다운 여자였다. 어쩌면 그녀와의 만남은 운명적인지도 모른다는 느낌이 강하게 몰려왔다. 그녀를 살리기 위해 최선을 다하리라고 다짐했다. 백두산 폭발이 그녀에게 씌워진 황우반의 굴레를 벗겨낸 듯한 느낌을 받았다.

아니, 그 자신이 황우반으로부터 오수지를 빼앗은 것이었다.

임준은 어제 동굴로 납치되었을 때 황우반의 졸개가 스마트폰으로 황우반과의 통화를 주선한 게 기억났다. 임준은 스마트폰 화면에 나타난 황우반을 보며 말했다.

"네가 날 납치한 건가?"

"네 아비가 떠들던 백두산 폭발의 진앙이 바로 그곳이야. 독가스가 가득한 그곳에서 백두산을 즐겨봐. 어쩜 용암이 터져 나올지도 몰라."

"아주 용의주도하시네."

"네 아빈 우리 사업을 망쳐 놓으려 했고 우리 부친의 명을 단축시켰지. 네 놈은 뱀같이 교활한 혓바닥으로 오수지 머리에 불순한 사상을 주입시켰어."

"오수지는 어린애가 아니야. 내가 네 애인이랑 붙어 다녀 질투하는 건가?"

"백두산은 내 신성한 사업장인데 네가 활개치고 다니는 게 싫어."

"넌 이수근이라는 북한학자를 납치했어. 미국 변호사 자격증을 가진 자가 납치범이라니 한심하군. 나 말고 또 누굴 납치할 건가?"

"이수근은 북한판 임영민이야. 그래서 그 미친놈을 잡아들였지."
"네가 그분을 김정은에게 생일선물로 갖다 바친다는 애기를 들었어. 독재자에게 돈 갖다 바치고 아부나 떨다니 미친놈은 바로 너야."
"어제 너는 내 집에 침입했어. 김민수는 그 바람에 사살됐어. 지금 넌 그 죗값을 치르는 거야."
"백두산이 터지고 익스트림 스포츠협회 회원들이 죽으면 다산그룹이 망하고 너의 복수는 완성되지. 죽은 아비를 배신하는 게 너의 행복일까?"

황우반은 임준의 말에 웃음을 터뜨리더니 단호한 어조로 말했다.
"백두산이 터지면 네가 먼저 죽어. 난 모든 비밀을 알고 있어. 네가 죽으면 내가 대박나는 거지. 그래서 널 죽이는 거야."

임준이 죽으면 황우반이 대박난다. 무서운 음모였다.

83세인 이옥자는 TV화면에서 소양강댐이 무너지고 거대한 물이 한강 하류를 향해 달려오는 장면을 보고 눈이 휘둥그레졌다. 서울시민들에게 홍수경보가 발령되었다는 긴급뉴스가 전해졌다. 허리가 아파 온종일 누워 있던 그녀는 그렇지 않아도 백두산에 취재하러 간 손녀딸 오수지 때문에 걱정이 태산이었다.

이 세상 일점혈육인 그 아이가 백두산 불구덩이 안에서 잘못된 건 아닌지 걱정돼 밤새 이리 뒤척 저리 뒤척 하며 속을 끓었다. 그 부잣집 아들놈과 뭔 놈의 약혼식을 그 추운 곳에서 한다고 하더니 사단이 벌어지고 만 것이다. 오수지는 중국으로 떠나며 말했다.

"할머닌 기관지가 약해 그 추운 곳에 갔다간 큰일 나요. 간단히 약혼 발표만 하는 거니까, 돌아와서 함께 인사드리러 올게요."

"암만 그래두 그렇지, 유일한 내 손주 약혼식에 이 할미가 참석도 못해? 어디 약혼식 할 데가 없어서 되놈 땅에서 해? 못된 것들 같으니…."

에미 애비도 없이 자식처럼 애지중지 키운 손녀딸이었다. 그 아이 때문에 망원시장에서 과일장수를 5년 전까지 해야 했다. 어릴 적부터 아이의 기를 꺾지 않으려고 무던히도 노력했다. 밤새 고주망태로 술을 퍼먹고 새벽녘에 돌아와 화장실에서 토악질을 할 때도 군소리 안 하고 손녀 등짝을 두들겨주곤 했다.

망원동 사무소에서 곧 홍수가 닥칠 테니 주민들에게 어서 피난을 하라는 방송을 하고 있었다. 이옥자는 작은 배낭에 가족 앨범과 통장, 도장, 수지의 앨범들을 담았다. 아이가 아끼는 책들이나 옷가지는 옮길 엄두도 못했다. 창문을 통해 보니 철물점을 하는 옆집에서는 온 식구가 동원돼 소형트럭에 가재도구들을 싣고 있었다.

그녀는 두툼한 털코트와 솜바지를 껴입고 마스크를 쓴 뒤 배낭을 멨다. 집을 나서며 대문을 잠갔다. 대지진에 마포 일대의 숱한 낡은 집들이 파괴됐지만 수지 아비가 27년 전에 지은 이 집은 워낙 튼튼해 무너지지 않았다. 홍수가 닥치면 집이 무너질지도 모른다고 생각하니 눈물이 났다.

거리는 피난하는 사람들로 가득했다. 한강변에 있는 망원동은 지대가 낮아 오래전부터 여름 홍수철이면 상습 수해지역이었다. 근데 겨울에 이 난리를 겪을 줄은 꿈에도 몰랐다. 망원시장 골목은 사람과 차로 아수라장이었다. 그녀는 구부정한 자세로 지팡이를 짚으며 휘청휘청 걸으면서 골목을 겨우 빠져나왔다.

망원 전철역이 있는 대로는 피난하는 차량들로 꽉 찼다. 쇠약한 노인은 발을 질질 끌며 눈시울을 붉혔다. 대체 어디로 가야 하나. 그녀는 보도연석에 서서 추위에 바들바들 떨며 사방을 살폈다. 낡은 소형 차 한 대가 그녀 옆에 멈춰 섰다.

"할머니, 여기 타세요."

차 창문을 내리고 노총각 민씨가 빙그레 웃고 있었다. 그는 망원시장에서 작은 만두가게를 운영하는 '사장님'이었다.

"홍수가 닥치면 큰일 나니까, 피난 빨리 가셔야 해요."

"어디루 가려구?"

"월드컵 공원이요."

"난지도 말이야?"

"거기가 지대가 높고 아주 넓잖아요. 구청에서도 그리로 피난 가래요."

"거긴 아주 추울 텐데."

"벌써 제가 텐트를 쳐 놨어요. 만두가게 물건들도 다 갖다 놨고요."

"거기서 뭐 하려고?"

"피난민 수만 명이 몰려들 텐데, 만두가게 열려고요."

"햐, 너 정말 독한 놈이구나. 이 난리판에 장사를 해?"

"난리판에 장사해야 돈 벌죠. 할머닌 내 옆에서 계산만 좀 도와주세요."

"나 먹고 자는 거 보장받는 거지?"

"그럼요."

"조건이 하나 더 있어."

"뭔데요?"

"우리 집에서 손녀딸 물건 좀 실어 날랐으면 싶은데, 내가 힘이 없어서 말이야."

민씨는 예쁜 오수지만 보면 심장이 터질 것 같고 사족을 쓰지 못한다고 했다.

"알겠습니다. 나의 천사님인데, 당연히 그래야죠."

"고맙네."

"근데, 예쁜 손녀 분은 어디 갔어요?"

"뉴스도 안 봤어? 백두산에 취재하러 갔어."

노총각은 얼굴을 잔뜩 찌푸렸다.

"아이고, 우리 천사님이 그 생지옥엘 왜 갔을까…."

노인은 눈을 부라리며 소리쳤다.

"그년은 독종이라 절대 죽지 않아! 소주와 족발이 먹고 싶어서라도 꼭 살아 돌아올 거야! 나도 그년 결혼식 보기 전엔 눈 못 감아!"

"암요. 나의 천사님은 반드시 돌아오실 겁니다. 돌아오신다면 제가 만두는 평생 무료로 공급하겠습니다."

젊은 고고학자 조영철은 허허벌판이 된 고향 집안(集安)을 바라보며 눈물을 훔쳤다. 집안은 고구려 유적이 많은 압록강변의 도시였다. 인구 20여만이 사는 이 도시에는 고구려의 국내성벽이 남아 있으며 고구려 고분 1만 2천 기가 산재해 있었다.

그는 고구려 유적을 관리하는 관리사무소에서 관리직원 겸 연구원으로 일하는 조선족 청년이었다. 겨울은 관광객이 없어 연구에 매진하기 좋은 계절이었다.

어제 오후 5시에 큰 지진으로 땅이 요동치더니 여진이 계속되었다. 그는 집안 박물관 연구실에서 백두산이 터졌다는 TV뉴스를 듣고 관리사무소로 달려왔다. 시내에 있는 집안박물관은 중요 유물들을 차에 싣기 위해 전 직원이 부산을 떨고 있었다. 그는 박물관장으로부터 야외 유물들을 지키라는 명령을 받았다.

화산이류가 곧 들이닥친다는 소식에 유적관리소 직원들은 거의 다 도망쳤고 유적지에는 사람 그림자도 보이지 않았다. 그는 오토바이를 몰고 다니며 개방된 고구려 고분들의 철문을 닫고 자물쇠를 걸어 잠갔다.

그는 구릉 위에 있는 장수왕릉으로 걸어갔다. 피라미드 구조인 거대한 장수왕릉 북편에 설치된 철제계단을 통해 왕릉 꼭대기까지 올라갔다.

칼바람이 불어왔고 조각달이 떠 있었다. 왕릉 꼭대기 위에서는 집안 벌판이 한눈에 보였다. 흰 눈을 뒤집어쓴 광개토대왕릉과 관리소 건물 옆에 있는 광개토대왕비, 숱한 고구려 무덤들과 유적들이 대홍수로 떠내려갈지도 모른다는 생각에 몸서리쳤다.

지난밤 10시 15분. 거대한 홍수가 집안 벌판에 들이닥쳤다. 홍수는 순식간에 집안시 전체를 쓰나미처럼 휩쓸었다. 그는 장수왕릉 보수용 철제계단에 매달려 화산이류의 습격을 목격했다. 거대한 돌무덤인 왕릉이 흔들거리자 그는 무덤구멍 속으로 들어갔다. 밤새 공포와 추위에 떨었다.

무덤에서 내려온 것은 새벽 5시가 넘어서였다. 날이 밝자 참상이 드러났다. 1,500년간 압록강의 어떤 홍수도 이겨낸 고구려 유적들은 단번에 초토화되었다. 일부 석릉들을 제외하고 1만 기가 넘는 토분들은 대부분 사라지고 말았다. 광개토대왕비를 덮은 중국식 전각은 무너졌고 대왕비는 땅바닥에 쓰러졌다.

조영철은 오열했다. 발굴조차 되지 않은 그 많은 무덤들이 한꺼번에 사라진 사실이 믿기지 않았다. 중국 땅에서 오랜 세월 무관심 속에 방치되더니 근래에 들어선 왜곡과 편견에 시달리던 귀중한 유적들이었다.

　유적들의 존재만으로 그 실체를 인정받던 고구려가 이제는 완전히 사라져 버렸으니 통분의 눈물이 그치지 않았다. 어릴 적부터 그의 놀이터였던 유적지에는 많은 추억이 쌓였고 그가 대학에서 고고학을 전공한 것도 어릴 적의 꿈을 실현하기 위한 것이었다. 고구려 유적이 사라지면 그의 꿈도 사라지고 마는 셈이었다.

소양강댐 붕괴

〈한성일보〉 사회부장 정홍일은 야산에서 모닥불에 커피를 끓여 마시고 있었다. 일부 방송국 헬기들이 홍수가 한강유역을 덮치는 광경을 공중에서 촬영해 TV와 인터넷에서는 실시간으로 보여주었다.

이미 수도권은 수많은 건물들이 무너져 대혼란이었다. 홍수경보를 접한 서울시민들이 차를 타고 달아났고 순환도로를 비롯해 거의 모든 시내도로는 아수라장이었다.

마포, 양천, 용산, 영등포, 송파, 서초 등 한강주변과 성동, 광진, 중랑, 동대문, 노원 등 중랑천 주변에는 지상 4m 이상의 물이 닥쳐왔다. 여의도는 국회의사당만 제외하고는 완전 침수되어 KBS와 MBC는 방송을 중단했다. 지대가 약간 높은 종로, 서대문, 강북, 도봉, 은평구는 상대적으로 수해가 덜 했고 청와대와 정부중앙청사들은 피해가 거의 없었다.

국내 언론들은 화산재조차 날아오지 않는 남한이 중국과 북한 못지 않은 재난을 겪는 것은 인재(人災)라며 정부를 공박했다. 일본 대지진을 보고도 교훈을 얻지 못했다, 재난대비만 철저하게 했더라면 한국은 북한을 흡수통일하는 호기를 맞이할 수도 있었다고 지적했다.

북한의 붕괴를 싫어하는 중국이 자국에서 발생한 엄청난 재해를 수습하기 위해 한반도 사태에 개입할 것 같지 않다는 것이 그 이유였다. 북한정권의 붕괴 또는 북한인민들의 대량 탈북사태 등 돌발사태가 일어나 동북아 전체의 안정이 위협받는 전시상황이기에 '작계 5030' 같은 군사작전계획이 실행되었으면 남북통일이 되었을 텐데, 정부의 재해 무대책으로 그 기회를 날렸다는 것이었다.

정홍일은 모닥불 옆에서 깜박 잠이 들었다.

서울의 거리는 화창했다. 날씨는 온화했고 햇볕은 봄날처럼 쨍쨍했다. 정홍일은 광화문거리가 축제의 현장이라도 되는 양 수많은 사람들의 표정이 밝은 게 이상스럽게 보였다.

언론들은 백두산 폭발이 북한에 치명적인 타격을 주어 북한은 멸망의 길로 이미 내몰린 상태이고 정부는 이번 기회에 북한을 흡수해야 한다고 떠들어댔다.

정홍일은 대통령과 단독으로 인터뷰했다.

"대한민국은 동북아에서 화산피해를 입지 않은 유일한 국가입니다. 대한민국의 국운이 고공행진하고 있습니다. 여야 공동으로 국회 내에 '남북통일대책위원회'를 구성할 예정입니다."

대통령은 행복감이 넘치는 표정을 감추지 못했다.

"백두산 화산재가 일본을 덮는 바람에 일본경제는 곤두박질치고 상대적으로 한국의 경제는 상승세를 탈 겁니다. 국민여러분, 이번 총선에 너무 여당에만 표를 몰아주지 마십시오. 여야의 상생정치를 위해 야당에도 표를 주십시오."

정홍일은 옹졸한 독불장군인 줄 알았던 대통령이 배포가 큰 사람이란 걸 알고 적지 않게 놀랐다.

정홍일은 광화문 광장에서 열리는 대규모 집회를 취재했다. 보수단체들이 주최한 집회에는 10만 명의 군중들이 모여 뜨거운 열기를 과시했는데, 연사들은 "중국이 북한에 진주하기 전에 한미 연합군을 당장 투입해 북진통일을 하라"고 재촉하고 있었다.

정홍일은 몸을 떨며 잠에서 깨어났다. 꿈이었군. 그는 피식 웃었다.

백두산 폭발이 일어난 지 하루도 채 되지 않았고 그 영향이 어디까지 미칠지는 누구도 알 수 없었다. 서울에서 500㎞ 북쪽에 있는 백두산에서 유사 이래 최대의 화산폭발이 일어났고 한반도 전체에 불덩어리가 떨어졌다.

예쁜 불독 오수지가 사지 한가운데서 언제까지 소식을 전해올지는 알 수 없었다. 그녀는 오늘 백두산에서 약혼식을 올리고 그 이후는 자유인이었다. 아시안게임에 참가한 수백 명의 한국기자 중에 그녀처럼 소식을 전해오는 기자는 없었다. 대부분 메인스타디움에서 취재하다가 죽은 것이 틀림이 없었다. 기자카드를 빼앗긴 것이 전화위복이었다.

하지만 그녀의 행운도 이제 더 지속되지 않을지 모른다는 생각이 정홍일의 뇌리에서 떠나지 않았다. 정홍일은 야산을 내려가기 시작했다. 춘천시와 수도권 전체는 물바다였다. 서울로 돌아가기 위해서는 보트 한 척을 빌려야 할 것 같았다.

오후 2시 30분. 늦은 오후가 돼서야 하늘이 조금 밝아졌다.
"백두산이 폭발을 멈춘 것 같네."
정오 무렵에 오수지는 할머니와 겨우 통화했다. 할머니가 만두집 총각의 도움으로 대피했다고 말하자 그녀는 반가움에 눈물을 터뜨렸다.

"할머니! 어때? 괜찮아?"

"에구, 우리 손주냐? 별일 없누? 이 할민 염려할 거 없어."

"서울은 어때?"

"말도 마. 서울 전체가 물바다야. 한겨울에 물난리라니 이게 무슨 변이야? 지금 월드컵 공원으로 피난 왔어."

"거기 많이 추울 텐데, 잘 껴입어. 알았지?"

"그러잖아도 그렇게 혔어. 근데, 백두산이 터졌는데, 너는 괜찮냐? 지금 어딨냐?"

"대피소야."

"대피소?"

"안전한 곳에 숨어 있으니까, 걱정 말고. 괜히 잠도 못자고 건강 해치질 말어, 알았지?"

"아따, 할미 걱정은 말라니깐. 그나저나 약혼식은 어떻게 되었누?"

"그건 나중에 돌아가 얘기할게. 할머니 몸조심해. 금방 갈게요."

어릴 때 뺑소니 교통사고로 부모를 잃은 오수지는 노할머니가 유일한 식구였다. 그녀는 어린 시절 할머니가 길거리에서 붕어빵장수를 하다가 단속원에게 쫓겨 리어카를 밀고 도망치다가 길바닥에 쓰러진 채 눈을 감고 있던 모습이 생각났다.

할머니를 쫓아가던 아홉 살 여자애는 하늘이 무너진 듯 통곡했다. 그녀에게 할머니는 유일한 안식처였다. 그녀는 할머니를 다시 볼 수 없을지도 모른다는 걱정 때문에 눈물이 났다. 새벽에 두 시간 정도 눈을 붙인 그녀는 정수장 창문을 통해 백두산을 바라봤는데, 화구에서 화산재가 나오지 않았다.

화쇄류와 이류가 지나간 곳은 나무숲의 흔적조차 보이지 않았는데, 그 엄청난 원시림이 하루도 지나지 않아 몽땅 사라지다니 …. 눈으로 보고도 믿을 수가 없었다. 백두산은 생지옥의 중심이었다. 보이는 땅은 모두 하얀 화산재로 덮여 있었다.

제1정수장의 거대한 수조들을 채웠던 물의 표면에 하얀 부석들이 얼음처럼 둥둥 떠다녔다. 보하이 시 거리의 숱한 건물들도 부석과 화산재로 덮여 모양을 점점 잃어만 갔다.

그녀는 서울의 한 화산학자 교수와 통화했다.

"폭발이 21시간 만에 그쳤다는 것은 기적입니다. 백두산 천지에 있는 20억 톤의 물이 수십만 ㎦나 되는 엄청난 마그마와 만나 백두산 일대 수천 ㎢에 쌓인 거대한 눈을 녹이면서 부피가 최소 5배 이상 불어났을 겁니다. 밤새 화산이류는 백두산 산록을 질주해 100㎞ 이상 먼 곳까지 도달했고 압록강과 송화강, 두만강을 크게 범람시켰을 겁니다."

"압록강 단둥에 4만 명의 실종자가 발생했대요. 북한의 무산이나 혜산, 청진이나 길주, 무수단 같은 동해안 지방까지 화산재 사막으로 만들었대요. 대지진 피해도 어마어마해요."

"화쇄류는 거대한 원시림을 단번에 숯덩이로 만들고 동식물 생태계를 전멸시킵니다. 백두산 일대는 생명체가 존재하지 않는 화산재 사막이 될 거요. 함경도 지역은 금속공업과 기계공업, 군수산업이 집결된 북한 경제의 근간인데, 그곳이 파괴되면 북한은 미래가 없어요. 이제 1차 폭발이 끝났을 뿐이오. 언제 다시 터질지 몰라요."

"그래도 어쨌든 일단은 폭발이 멈췄으니 다행입니다."

"오 기자, 2차 폭발이 일어나기 전에 거길 빠져나가야 해요. 거긴 위험해요. 해가 두어 시간 있으면 질 텐데, 어두워지기 전에 어서 움직여요."

"지상은 화산재로 가득해 이동하기가 쉽지 않아요."

"그래도 그곳에 있다간 큰일 당하기 십상이에요. 어서 빠져나가요."

오수지가 임영민 교수가 살아 있을지 모른다는 소식을 전하자 화산학자는 몹시 놀라며 반색했다. 둘은 시간이 되는 대로 다시 통화하기로 했다.

황우반이 어두운 얼굴로 백두개발 건설본부장에게 말했다.
"현재 메인스타디움에 생존자가 몇 명인가?"
"정수장으로 많이들 옮겼으나 관중석 북쪽 하단층에 아직 2천 명 가량이 갇혀 있습니다. 시내 곳곳에 있는 대형건물에도 적지 않은 사람들이 살아 있을 겁니다."
"헬기로 구출하는 것 이외는 방법이 없을 듯하네."
날이 점점 밝아지자 수십 기의 헬기들이 나타나 보하이 시 상공을 떠돌았다. 정수장과 메인스타디움에 착륙하자 방열복을 입은 군인들이 내려 건물 안으로 들어갔다.
한국의 뉴스전문채널 기자 하나가 선수촌 프레스센터에서 살아남아 황우반의 지하벙커로 달려왔다. 황우반은 TV 카메라 앞에서 백두산이 터진 직후부터 자신이 한국선수들을 구하고 밤새 대피활동을 도왔다는 내용을 장황하게 떠벌렸다. 그는 자신이 소유한 백두호텔에서 20명의 어린이 합창단원들이 구조돼 큰 인명손실은 없었다는 대목에서는 눈물을 흘렸다. 백두개발은 엄청난 손실을 입었지만 생존자 구출에 최선을 다하겠다고 다짐했다.
인터뷰가 끝난 직후 황우반은 전화를 받았다.
"박주연입니다. 방금 황 회장의 감동적인 언론 인터뷰를 봤습니다."
"박 팀장님, 살아계셨군요. 다행입니다."
"제가 보낸 동영상 메일 보셨습니까?"

"바빠서 아무것도 열어보지 못했습니다."

"열어본 뒤에 제게 전화 좀 주시죠."

"그러죠."

황우반은 박주연이 보냈다는 동영상을 꺼내보았다. 그는 폭탄을 맞은 듯 충격을 받고 온몸을 떨었다.

익스트림 스포츠협회 회원들을 다 죽이겠다며 이종사촌 동생 김태일과 대화를 나눈 동영상과 백두개발의 폭탄트럭이 도로를 달리는 동영상이 메일로 들어와 있었다. 황우반은 넋이 나간 표정으로 전화를 걸었다.

"대한민국 정보기관이 남의 집무실을 불법도청하다니 말이 됩니까?"

"입 닥쳐, 황 회장. 지금 그런 말할 자격이 있나? 큰 재앙이 닥쳤는데, 사람을 구하지 않고 죽이려 하다니. 인간의 탈만 썼지, 넌 악마야. 이 동영상을 한국검찰에 보내면 넌 평생 감옥에서 썩을 거야."

"이봐요, 박 팀장. 불법도청은 법적 증거효력이 없소. 동영상 조작도 가능해. 폭발이 일어난 고속도로는 이미 다 무너졌고 폭발 흔적조차 남지 않았으니 증거가 안 돼."

"법치주의 국가인 한국에서는 그럴지도 모르지. 하지만 이 자료를 중국검찰과 언론에 보내면, 넌 이번 재난에 대한 중국정부의 책임론을 무마시킬 희생양으로 딱 적합한 악마가 되지. 넌 한 달도 안 돼 형장의 이슬로 사라지고 역사적인 악마로 중국사에 기록될 거야. 네 시신이 박제로 만들어질지도 몰라."

황우반은 대답 없이 신음소리를 흘렸다.

"덧붙일 것은 우리가 얼다오바이허에 숨어 있던 김태일을 체포하고 자술서를 받아 두었다는 사실이야. 네 심장이 가여워서 나중에 보여주지."

황우반이 숨을 헐떡이며 말했다.

"박 팀장, 대체 내게 뭘 원하는 거요?"

"언론에 성자처럼 보이는 인터뷰는 역겨우니 당장 중지해."

"알았소. 또 뭘 원하오?"

"화산폭발이 그쳤으니 이 도시에 남은 생존자들을 구조하고 후방으로 대피시켜. 김태일이 알려준 회원들 생존지점 자료를 보내줄 테니."

"난 일개 사업가요. 그 많은 인원을 피난시킬 수 없소."

"너 때문에 한국인 8천 명이 죽었고 무고한 중국시민들과 외국선수들도 숱하게 죽었어. 네 재산 전부를 동원해서라도 중국정부의 협조를 얻어내."

"그걸로 지난 일은 상쇄되는 거요?"

"아니. 그렇게 무수한 생명을 앗아 놓고 자긴 살고 싶은 모양이지?"

"당신 명의로 스위스 비밀구좌를 만들어 300억 원을 당장 넣어줄 수 있소."

"아가리 닥치고 일단은 시키는 대로 해. 내일 다시 전화하겠어. 성과가 없으면 그땐 각오하라구."

황우반은 스마트폰을 소파 위에 던지며 욕지거리를 퍼부었다. 며칠 전 김민수의 소개로 이 개자식을 만났을 때 자신을 문둥이라도 만난 듯 경멸의 눈으로 쳐다보던 기억이 났다.

죽은 김민수가 왜 이런 악마를 소개해줬는지 모르겠다. 근데, 그 개자식이 언제 내 방에 도청카메라를 설치했지? 이 방에도 설치된 거 아냐? 그는 비서를 큰 소리로 불렀다.

아사히신문 고다마 기자는 백두산이 터지자 경기장을 빠져나왔는데, 경기장 밖에서 할리 데이비슨을 탄 중국인 젊은이를 발견하자 지갑에 있는 돈을 다 털어주고 백두산에서 150㎞ 북쪽에 있는 둔화시까지 오토바이 꽁무니에 매달려 전속력으로 도망쳤다.

그는 5성급 호텔 꼭대기방과 옥상을 오가며 취재에 매달렸다. 본사에서는 화산폭발 현장으로 다시 돌아가 취재를 하라고 재촉했으나 신문사를 관두면 관두지 돌아가고 싶은 생각은 추호도 없었다.

NHK는 백두산 폭발이 멈추자 구조활동이 본격화됐다고 보도했다.

도쿄, 서울, 상하이, 홍콩, 뉴욕 등 주요 주식시장은 붕괴되었고 세계의 모든 증권시장은 대폭락이었다.

고다마가 보기에 중국은 사전대비는 형편없었지만 사후처리는 일사불란했다. 중국정부는 얼다오바이허까지 고속도로와 철도복구에 착수했고 그곳에서 보하이 시까지의 고가도로도 즉각 복구를 시작했다. 방열복과 방사선 방호복을 입은 수만 명의 군인들이 장비를 가지고 동시에 달려들었다. 동북 3성과 베이징, 톈진에 있는 헬기 수백 대가 동원되어 인명구출과 장비이송에 나섰다.

일본과 중국의 네티즌들은 북한의 영변 핵시설과 갑산에 있는 비밀 핵시설이 파괴되어 방사능이 대량 누출되었다는 소식에 민감한 반응을 보였다. 주요 포털사이트는 북한에 대한 비난의 글로 도배되었다. 〈인민일보〉 등 중국 공산당 기관지는 북한은 중국영토를 핵 재앙에 빠트린 책임을 지라고 비난했고 한미 연합군의 북한침공을 막기 위해 중국군의 북한 진주(進駐)의 당위성을 주장했다.

고다마는 일본방위청의 성명에 주의를 기울였다.

"일본의 공중경계경보기(AWACS)가 포착한 군사첩보를 공표하겠습니다. 2016년 2월 15일 오후 10시 45분 중국의 젠-20으로 추정되는 스텔스기가 백두산 남쪽 30㎞ 지점 상공에 나타났다가 지린시로 되돌아갔습니다. 이 스텔스기를 포착한 최첨단 적외선 레이더는 일본이 3년 전에 개발해 최근 실전에 배치한 것입니다."

고다마는 고개를 가로저었다. 젠-20은 중국이 최신형 무기라고 자랑하는 것이고 그것이 삼지연 일대를 선회했다면 김정은 별장에 관한 정탐일 것이다. 그는 방위청이 비밀 레이더의 존재를 왜 밝혔는지가 몹시 궁금했다. 그렇게까지 해서 그들이 얻으려는 이익이 무엇일까.

MBC 방송카메라는 휴전선 일대의 대혼란 상황을 비추고 있었다. 경의선 철도의 남한 최북단인 도라산역이었다. 수만 명의 북한주민들이 배낭을 메고 북방한계선과 중앙분계선을 가로지른 철길을 따라 걸어와 남방한계선에 있는 제2 통문 앞으로 몰려들고 있었다. 철망으로 엮인 통문은 쇠밧줄로 묶여 있었는데, 북한 청년들이 와이어 커터로 밧줄을 끊고 문을 열어 버렸다.

남한 군인들이 문을 다시 닫고 공포사격까지 했지만 난민 군중을 제지하기엔 역부족이었다. 숱한 난민들이 열린 통문을 통해 삽시간에 몰려들어왔다. 외신기자들이 진기한 광경을 카메라로 찍으며 취재하고 있었다.

정부당국은 생존을 위해 넘어오는 북한주민들을 인도주의 원칙에 따라 받아들일 것이며 임시수용소를 휴전선 일대에 세워 그들을 먹이고 재우겠다고 발표했다.

민통선 안에 있는 도라산역 일대의 눈 덮인 벌판은 철책을 넘어온 난민들로 가득 덮여갔다. 총을 든 군인들 수백 명이 그들을 통제하기 위해 뛰어다녔다. 기러기와 두루미 떼가 놀라 하늘로 날아올랐다.

〈한성일보〉 사회부장 정홍일은 소양강댐 근방에서 운 좋게 군용헬기를 얻어 타고 서울로 돌아왔다. 그는 편집국에서 TV를 보며 놀라워했다.

동해안의 강원도 고성에서도 철책이 개방돼 수만 명이 내려오고 있었다.

강원도 철원으로도 난민들이 남하할 수 있는 통로를 북한군이 만들고 있다는 소식이 들려왔다.

정홍일이 옆에 앉은 후배 기자에게 말했다.

"어마어마하게 몰려오는군. 이러다가 북한사람들 다 내려오는 거 아냐?"

"그렇겠죠. 북한이 불바다에 방사능 지옥이니 산 사람은 다 내려오겠죠."

"다분히 의도적이야. 북한 당국은 자기들이 구해야 할 난민들을 우리한테 떠넘기고 있어."

"세계인들의 이목이 집중됐는데, 너무 내려온다고 철조망을 다시 막을 순 없잖아요."

"북한난민 수백만 명이 내려와 남한거리에 드러누우면 나라 전체가 마비될 거야."

"북한이 노리는 게 바로 그거라니까요. 난민 다 내려보내고 남한 혼란 조장하고. 꿩 먹고 알 먹기죠."

"혼란을 이용해 전쟁도 일으킬지 몰라."

"어쩜, 그게 궁극적인 목표일지도 모릅니다."

"대통령은 골머리 썩히며 난민 숫자를 세고 있을 거야. 어느 선까지 받아들일지 고민하고 있겠지."

거의 모든 언론들이 난민의 대거 유입으로 발생할 수 있는 문제점들을 중점 보도하고 있었다. 방송에서 긴급 뉴스가 흘러나왔다.

"국가적 혼란을 막기 위해 오늘 밤 자정을 기해 전국에 비상계엄령을 발동한다."

정부 대변인의 발표였다. 예비군 동원령도 내려 거리질서 유지에 모든 예비군이 동원된다고 밝혔다.

조선족 화산학자 최향남 박사는 백두산이 터지고 말았다는 사실에 경악했다. 세상이 뒤집히고 말았다. 그는 린리치 일당에 의해 쏭지앙 흐어 별장에 갇혀 TV로 상황을 파악했다. 그가 할 수 있는 일은 아무것도 없었다. 경악과 분노, 자책감이 가슴을 불태웠다. 수년 전부터 중국 당국에 폭발가능성이 크니 그에 대비하라고 여러 차례 보고서를 보냈으나 콧방귀만 뀌더니 엄청난 피해를 초래하고 말았다.

최향남이 화산이류가 해일처럼 덮칠 것이라고 린리치 측근들에게 말해주자 그들은 차를 타고 고속도로를 통해 북쪽으로 둔화〔敦化〕까지 달려갔다. 인구 48만 명이 사는 둔화시도 진도 8의 대지진으로 숱한 건물들이 파괴돼 생지옥이었다. 화산재 낙진 때문에 지붕이 붕괴되지 않은 집이 거의 없었다.

다시 지린시까지 달려갔으나 그곳도 지진 피해가 심했다. 도로 주변에 있는 농촌마을들의 낡은 벽돌집들은 거의 폭삭 무너졌다. 최향남은 동북3성 전체의 대지진 피해를 눈으로 확인할 수 있었다. 최소한 수백만 명의 사상자가 났으리라.

지린시내의 신축호텔에서 하룻밤을 잔 린리치는 자신의 방으로 최향남을 불렀다. 그녀는 자신의 태블릿 PC를 보여주며 말했다.

"이 동영상들은 우리 중국의 최신형 무인정찰기가 백두산 상공에서 지금 실시간으로 찍고 있는 동영상인데, 금방 입수한 겁니다. 최 박사가 분석 좀 해주세요."

최향남은 호기심이 가득한 얼굴로 영상을 보았다.

연기에 가려 천지 일대의 모습은 희미하게 보였다. 대규모 산사태가 일어나 천지 북쪽에 있는 천문봉과 철벽봉이 무너졌고 남쪽으로는 장군봉과 해발봉이 주저앉았다. 천지바닥 또한 움푹 주저앉은 것은 마그마가 대거 빠져나간 마그마방의 빈 공간으로 상부지반이 함몰되었기 때문이다. 새로운 큰 칼데라가 만들어졌다.

이번 폭발은 화구가 하나뿐인 중심분화(central eruption)가 아니고, 남북으로 발달한 단층선을 따라 틈새분화(fissure eruption)가 동시다발로 발생해 새로운 칼데라가 형성되고 초대형 산사태가 일어났음을 증명했다.

이번 분화의 규모가 초대형급인 화산폭발지수 7임을 알 수 있었고 화산폭발로 일어나는 지진 중 세계최대인 리히터 규모 7.9의 대지진이 발생한 것도 그런 연유였다.

그는 이상한 여자에게 납치되었지만 그 때문에 백두산 현장을 실시간으로 보는 학문적 호사를 누리는 것은 행운이라고 생각했다.

"천지 북쪽에 있는 봉우리와 남쪽에 있는 봉우리가 동시에 무너져 사라졌어요. 화구가 어마어마한 초대형 화산이 터졌습니다. 백두산 최고봉인 장군봉이 무너져 백두산 높이가 많이 낮아졌어요."

린리치가 말했다.

"최 박사, 나와 함께 백두산에 갑시다."

"언제요?"

"지금!"

"제 정신이오? 세상이 다 불바다인데 어떻게 갑니까?"

"중국정부에서 헬기 한 대를 이리로 보낼 거예요. 화산폭발이 멈췄으니 현장에 가봐야 하지 않겠어요? 헬기로 백두산 남과 북을 둘러볼 작정이에요."

"음… 좋소."

나를 납치한 이 여자가 중국의 무인정찰기가 찍은 실시간 동영상을 확보하고 이 난리판에 헬기까지 준비한다니 도대체 뭐하는 여자인가. 최향남은 린리치가 자신을 데리고 북한지역까지 방문하겠다는 말에 내심 흐뭇했다. 화산이 분화하는 현장을 지키는 것은 화산학자의 본분이었다. 그는 납치되는 바람에 분화현장을 지키지 못하는 자신의 처지에 절망했었다. 폭발한 지 하루밖에 되지 않는 현장을 헬기로 돌아본다는 것은 학자로서는 영광이 아닐 수 없었다.

오후 3시 30분. 폭설이 쏟아지기 시작했다. 폭설은 대지에 가득한 화산재를 식혀 주고 허공에 떠도는 화산재를 씻어 줄 고마운 존재였다. 하지만 허공에 떠도는 이산화황을 황산으로 만들어 땅에 죽음의 비를 뿌리는 무서운 일도 생길 수 있었다. 폭설과 뒤섞인 화산재가 시멘트 반죽처럼 변해 하늘에서 떨어졌다.

임준 일행은 정수장에서 벗어나 지상으로 나가기로 했다.

임준이 오수지에게 말했다.

"폭설이 땅을 식혀 주면 이곳을 빠져나가자구. 눈에는 방사능이 포함돼 있어 직접 맞지 않아야 해. 어디 우비 같은 것이 없을까?"

유상석이 말했다.

"일단은 정수장 창고 안에 들어가 필요한 물건들을 챙겨 봅시다."

오수지는 임준에게 말했다.

"오늘이 약혼식 날이지만 포기하기로 했어. 약혼 전에 그 인간 실체를 알게 돼 다행이지. 난 기자야. 사고현장을 취재하는 게 내 임무지. 당분간 이 도시를 떠나지 않을 거야."

"나도 아버지를 찾기 전엔 떠날 수 없어. 아버지가 별세하셨다는 소식에 세상이 무너졌는데, 이젠 무너진 세상에서 아버지를 찾는다는 것만도 고마울 뿐이야."

"그분은 반드시 살아 있을 거야."

"린리치라는 여자가 아버지를 납치했다는 사실이 믿어지지 않아."

"화산폭발만 없었다면 오늘 나는 황우반 회장과 삼지연 별장으로 김정은을 만나러 갈 예정이었어. 가서 백두산 개발과 핵문제에 대해 인터뷰를 할 예정이었는데, 무산된 건 아깝긴 하네. 다신 없을 기횐데."

"그럼 김정은이 삼지연 별장으로 왔다는 거야?"

"미리 와 있을지, 아니면 오늘 오려다가 취소했는지는 잘 몰라. 황우반 얘기론, 김정은 별장은 철옹성이래. 핵폭발에도 끄떡없단 거야."

일행은 유상석이 가져온 우비를 입고 마스크로 얼굴을 가린 채 지상으로 나왔다.

지상은 온통 화산재로 덮였고 그 위에 잿빛 함박눈이 퍼붓고 있었다. 지상에 쌓인 화산재는 두께가 1m는 넘을 것 같았다. 발에 밟히는 화산재의 감촉은 미끌미끌했다.

유상석이 1층 창고에서 제설차를 가동시켜 끌고 나왔다.

그들은 함께 제설차에 올라탔다. 제설차는 스키점프장 스타디움을 향해 화산재를 치우며 천천히 나아갔다. 스타디움 안에서 경비원 한 사람이 뛰어나와 환성을 질렀다.

스타디움 맞은편의 백두호텔은 불에 탄 채 반파되어 있었고 스키점핑타워는 완전히 주저앉았다. 거리에는 한두 걸음마다 화쇄류에 불타거나 이류에 덮여 화석화된 시체들이 널려 있었다. 무너진 건물 안에도 숱한 시신들이 갇혀 있을 것이었다. 사방에 떠도는 유황 특유의 매캐한 냄새와 시체가 불탄 역겨운 악취가 코를 찔렀다.

오수지는 거리에서 사진과 동영상을 찍었다. 그녀는 어린아이들의 시체를 보고 울음을 터뜨렸다. 세상은 온통 생명이 느껴지지 않는 회색빛이었다.

황우반은 지하벙커에서 지린성장이 보내올 헬기 한 대를 기다렸다. 그는 보하이 시장에게 전화를 걸었다.

"당장 난민들을 구조하기 위해 군대를 동원해야 합니다. 언제 백두산이 다시 터질지 몰라요. 난 이 도시를 돌아다니며 재난수습에 전력을 다할 작정이오."

헬기가 도착하자 그는 방사능 방호복을 입고 서둘러 밖으로 나왔다. 이갑수 본부장과 비서가 동승했다. 헬기는 보하이 시 상공으로 떠올랐다. 그의 아버지가 몇 해에 걸쳐 만든 화려한 도시가 하루 만에 쑥대밭으로 변한 모습이 한눈에 들어왔다. 상전벽해(桑田碧海)란 말도 이번 재앙에는 한참 못 미칠 듯했다.

불현듯 머리가 지끈거렸다. 망나니 국정원 놈 때문에 코가 꿰어 끌려다니다니….

황우반은 보하이 시 공안국장에게 박주연의 모습을 촬영한 동영상을 보내주며 한국정부가 아시안게임을 망치려고 보낸 스파이인데, 폭탄트럭을 훔쳐간 범인이라며 조속한 체포를 부탁했다. 동영상은 백두호텔 일식당에서 그를 소개받았을 때 보안카메라가 찍은 것이었다. 이 도시에서 구조를 기다리는 익스트림 스포츠협회 회원들에게도 알릴 작정이었다.

최향남은 린리치와 헬기를 타기 전에 중국어로 말했다.

"난 당신이 날 납치했다고 믿고 싶지 않소."

린리치가 미소를 띠며 말했다.

"납치라뇨? 정중히 모신 거지요. 최고의 장백산 화산 전문가이시잖아요. 저희는 장백산 폭발의 가능성을 더욱 정확히 알기를 원했어요. 제가 박사님을 잠시 억류하는 건 한 재벌 기업인의 주식 때문이었지요. 이제 한 가지 일만 끝나면 박사님께 수고비로 50만 달러를 드릴 겁니다."

최향남은 상대를 자극하지 않으려고 애를 썼다. 아무래도 그녀의 배후에 중국 정보기관이 도사리고 있는 듯했다.

"말이 모신 거지 감금한 거나 다름없잖소. 감시는 그렇다 치고 휴대폰은 왜 안 돌려주는 거요?"

린리치가 곁에 있는 부하들에게 화를 냈다.

"너희들, 박사님께 어떻게 한 거야? 휴대폰 당장 돌려드려. 이분은 우릴 도와주실 분이야. 박사님, 죄송하게 됐습니다."

부하 중 하나가 최향남에게 휴대폰을 건네며 귀엣말로 속삭였다. 거의 협박조였다.

"전화할 때 허튼 수작 마시오. 곁에서 지켜볼 겁니다."

헬리콥터 프로펠러의 강한 하강풍에 땅바닥에 쌓인 화산재가 눈보라처럼 솟구쳐 휘날렸다. 그들은 방독마스크를 쓰고 방사선 방호복을 입고 하늘로 날아올랐다. 폭설이 내리고 바람이 많이 불었다.

헬기는 기우뚱거리며 백두산을 향해 날아갔다. 장백폭포 방향으로 뚫린 거대한 U자 모양의 계곡은 화산이류가 집중적으로 쏟아져내려간 곳이었고 송화강 하류까지 엄청난 피해를 일으켰다. 모든 시설물은 다 파괴되었고 사람의 그림자조차 없었다. 계곡으로는 거대한 용암이 흐르고 있었다.

헬기는 천지의 서쪽 외곽을 따라 날아갔다. 백두산 천지에서 아직도 화산재가 약하게 솟구치고 있었다. 최향남의 눈에는 백두산은 폭발을 멈춘 것 같지 않았다. 언제든 다시 분연주 기둥을 쏟아낼 듯한 기세가 한눈에 느껴졌다.

헬기는 압록강 상류의 협곡지대를 넘어갔다. 깊이가 거의 100m에 달하는 압록강 협곡은 화산이류가 쓸고 간 자국이 역력히 남아 있었다. 그들은 북한령으로 들어가 삼지연 별장으로 향했다.

오후 4시. 최향남은 린리치 일행과 함께 화산재로 가득 덮인 삼지연 못가별장에 내렸다. 넓은 별장의 많은 건물들이 거의 붕괴됐다.

아름답던 거대한 호수는 화산이류와 잘려 내려온 거목들과 바위로 가득 채워져 난장판이었다. 별장을 지키던 호위총국 소속 탱크 20여 대가 뒤집혀 있거나 호수 속에 잠겨 있었다. 경비병 수백 명의 시체가 곳곳에 널려 있었다.

복구작업이 한창이었다. 수십 대의 헬기가 이미 도착했고 많은 중장비가 동원되었다. 구조대로 투입된 수백 명 군인들이 무너진 건물의 잔해들을 끄집어내고 있었다.

린리치와 최향남은 김정은이 머물던 특각 앞으로 걸어갔다. 인민복을 입은 바짝 마른 늙은이가 걸어와 구면인 듯 린리치와 반갑게 악수하더니 최향남을 처다보며 말했다.

"이 사람이오?"

"이분이 장백산화산관측소 연구실장 최향남 박사입니다."

"반갑소. 난 장성택이오."

장성택이 최향남과 악수하며 말했다.

"최 박사 얘긴 많이 들었소. 백두산 화산에 관한 한 최고 권위자시라고? 우리 조선 과학자들은 백두산 폭발시기를 잘못 예측했소. 자문 좀 해달라고 모신 겁니다. 잘 부탁하오."

최향남은 말했다.

"화산폭발 예측은 모든 화산학자들의 궁극적인 목표지만 아직까지는 신의 영역입니다. 어느 정도 예측은 가능하지만 불확실성이 아주 큽니다."

북조선의 제 2 인자를 여기서 만나다니 … 최향남은 크게 놀랐다.

장성택은 별장을 함께 둘러보며 물었다.

"그럼, 건물들이 저렇게 파괴된 건 산사태 때문인가요?"

"백두산에서 제일 높은 장군봉 봉우리가 다 무너졌습니다. 화산이류가 산사태의 암석들을 덮쳐 파괴력을 높였습니다."

거대한 콘크리트 건물은 폭삭 주저앉아 잔해만이 가득했다.

장성택이 다시 물었다.

"이 건물은 초강화 콘크리트로 지하 5층까지 지어진 든든한 건물이오. 지하벙커는 핵이 터져도 끄떡없을 정도요. 화산폭발이 지하벙커까지 부술 수가 있소?"

"물론입니다. 규모 7.9의 대지진이라면 어떤 벙커라도 무사하긴 어려울 겁니다. 게다가 화산가스가 들어가면 그 안에 갇힌 사람들은 살아남기 어렵지요."

장성택의 표정이 굳어졌다.

인민군 총참모장 리영호가 다가와 거수경례를 붙였다.

장성택은 리영호를 조금 떨어진 곳으로 데려갔다.

리영호가 장성택에게 물었다.

"아직도 최고사령관님과 통화를 못했습니까?"

"그렇소. 영 연락이 두절됐소. 어젯밤부터 전력을 다해 건물잔해를 치우고 있는 중이오."

"지하벙커가 견고하고 통신망이 잘돼 있을 텐데 어째서?"

"저 최 박사 얘기론 아주 비관적이오. 규모 7.9의 지진에 당할 건물이 어디 있겠소? 이 특각은 백두산 산사태를 직접 맞았소."

"음 … 언제쯤 지하벙커로 진입이 가능합니까?"

"기술자들이 사흘 이후에나 가능하다고 하오. 지하벙커가 튼튼하고 시설이 좋아 별 탈 없이 잘 계실 것이오. 오늘 아침 일본 방위청이 중국의 스텔스 전투기 젠-20기 한 대가 이 특각 상공에 나타났다가 돌아갔다고 발표했는데, 우리 전문가들은 그 비행기가 통신을 마비시키는 전자탄을 쏜 흔적을 찾아냈소. 중국이 혼란기를 이용해 우리 최고지도자의 지휘체계를 붕괴시켜 공화국을 장악하려는 음모를 발각했소."

리영호가 놀란 얼굴로 대꾸했다.

"그럼, 지도자 동지께서 살아 계실 가능성이 크군요."

장성택은 미소 지으며 고개를 끄덕였다.

"이 특각은 최첨단 시설로 무장된 요새 중의 요새요. 반드시 살아 계실 거요."

"다행이군요. 근데, 일본 방위청이 왜 그런 정보를 흘린 건가요?"

"중국과 우리 공화국을 갈라놓기 위해서지."

"중국이 그런 치사한 짓을 했는데, 이대로 가만히 당할 수는 없습니다."

"물론이오. 오늘 저녁 외무성이 중국을 강력하게 비난하는 성명을 발표할 거요."

장성택이 린리치 일행에게 다가와 말했다.

"오늘은 가까운 포태별장에서 묵으시오. 최 박사, 푹 쉬시고 내일 다시 자문 부탁드립니다."

최향남은 린리치가 북한 최고위층과 친분이 두터움을 확인했다. 그녀는 그들의 환심을 사기 위해 자신을 납치한 것이다. 별장 지하벙커에 갇힌 김정은을 구하기 위해 그에게 구출가능성을 묻는 것이다.

최향남은 린리치 때문에 북한에까지 끌려와 이젠 꼼짝 못하는 신세가 되었음을 깨달았다.

최향남은 헬기 이착륙장 구석의 화산재 속에서 무언가 반짝이는 것을 주웠다. 그것은 휴대폰이었다. 번쩍이는 황금으로 도금된 그것은 북한 고위층이 쓰던 게 분명해 보였다. 그것을 호주머니 안에 슬쩍 집어넣었다. 그들은 헬기를 타고 못가별장에서 남쪽으로 11㎞ 떨어진 포태별장으로 날아갔다.

라순옥은 탄광 갱구에 숨어 두려움에 떨었다. 수용소 안에서 총싸움이 시작되었다. 혜산 쪽에서 왔다는 10군단 병력 100여 명이 탄광을 향해 총을 쏴댔다.

그들이 오기 전에 인민군 대좌출신 최현은 탄광으로 올라오는 계단과 도로를 바리케이드로 막고 군대 경험이 있는 장정 50명에게 소총과 광산용 다이너마이트를 지급했다. 소총만 가지고 수용소를 금방 점령할 줄 알았던 군인들은 정치범들이 총을 쏘고 다이너마이트를 터뜨리며 강력하게 저항하자 당황해하는 빛이 역력했다. 광산으로 올라가는 계단과 도로에 설치된 다이너마이트가 터지며 몇 명의 부상자가 생기자 토벌대는 뒤로 물러났다.

지질학자 박민우가 웃으며 최현에게 달려갔다.

"대좌님, 대단하십니다. 적들이 물러났군요."

누더기 옷을 입은 전직 대좌는 웃지 않았다.

"저들은 다시 공격할 겁니다. 공격병력을 더 늘릴 겁니다. 그래서 지금 심리전을 해볼까 합니다."

그는 복구된 탄광관리소로 들어가 방송마이크를 손에 쥐었다. 그의 우렁찬 목소리가 확성기를 타고 산 아래로 퍼져나갔다.

"나는 조선인민군 제 10군단 제 42여단장이었던 대좌 최현이다. 이 광산으로 올라오는 산비탈과 도로에는 다이너마이트가 가득 깔려 있다. 나는 량강도의 유일한 정규군인 제 10군단에서 15년을 복무했고 10군단을 누구보다 사랑한다. 아군인 10군단과 싸우기를 원치 않는다. 화산폭발로 수용소는 다 무너졌고 재소자의 98%는 죽거나 사라졌다. 우리 300명은 죽음의 문턱에서 운 좋게 살아난 생존자이지 공화국을 전복하려는 반역자가 아니다. 동무들도 큰 피해를 입고 아무것도 먹지 못했다. 백두산이 다시 터질 가능성이 크다. 그러면 노천에 있는 동무들은 죽을 위험에 빠진다. 그러니 그냥 돌아가라…."

최현의 전략은 맞아떨어졌다.

토벌대 장교가 대화를 요청했다.

무기를 소지하지 않은 인민군 군관 하나가 탄광으로 올라왔다.

덩치가 우람한 군관은 소좌 계급장을 달고 있었다.

그는 최현에게 거수경례를 했다.

"저를 기억하겠습니까? 대좌동지가 여단장을 하실 때 3중대장이었습니다."

최현이 빙긋이 웃으며 그의 손을 잡았다.

"그래, 기억이 나네. 3년 만이군. 신동엽 대위였지."

"그런데 여기 수용되신 건 꿈에도 몰랐습니다."

"우리 여단 정치지도원 놈이 거짓정보를 흘려 날 음해했다네. 보위부는 내가 국경밀수꾼 뇌물을 받아먹었다고 나를 정치범으로 만들었는데, 억울한 누명이었네."

"저희 제 42여단 병력이 그토록 훌륭하신 여단장님을 어떻게 치겠습니까?"

"부대는 어떻게 됐나?"

"우리 여단은 삼수읍내에 주둔해 있는데, 대지진에 부대 막사들이 다 파괴되고 화산재 끓는 물이 홍수처럼 밀려와 살아난 병력이 10%도 되지 않습니다. 거의 다 행방불명이 됐습니다."

"복구도 못하고 여기를 토벌하라는 명령을 받은 거로군."

"지난 24시간 동안 잠 한숨 못 잤고 밥 한 끼 못 먹었습니다. 명령이니까 토벌을 나오긴 했지만 저희도 죽을 지경입니다."

"그렇겠지. 우리나 자네들이나 딱하긴 마찬가지야. 그래도 우리를 토벌하지 않으면 처벌받을 걸세."

"지난 두 달간 10군단은 삼지연 혁명성지의 유물들을 옮기고 구호나무들을 캐다가 다른 부대처럼 이동도 못해 폭발 때 숱한 사상자를 냈습니다. 우리는 혁명전적지를 사수하기 위한 유일한 희생양이 된 거지요. 살아난 군인들은 김정은 최고사령관에 대한 배신감이 대단합니다. 그래서 말인데, 여단장 동지께 제안을 드리려고 합니다."

"뭔가?"

"이 수용소를 저희에게 내주고 여기를 떠나십시오. 전원 무사하게 떠날 수 있도록 보장하겠습니다."

"그럼 우린 어디로 가란 말인가? 이 혹한에 사방이 온통 화산재로 덮였는데…."

"북쪽 삼지연은 화산폭발로 초토화됐고, 동쪽 혜산도 마찬가집니다. 남쪽 갑산은 핵시설 파괴로 방사능이 가득합니다. 서쪽 압록강 유역은 화산재 끓는 물로 덮여 통행이 불가능합니다."

"그럼 우린 갈 데가 없군."

"정치범들은 지금 공화국의 공적 1호로 찍혔습니다. 여기 있다간 당하는 수밖에 없습니다. 어디 조용한 데에 숨어야 합니다."

"조중 국경을 넘는 수밖에 없겠군."

"중국 국경경비대가 철통경비를 하고 있습니다."

"어디 갈 데가 있겠는가?"

"토벌군 장교가 추천해 주면 정말 가겠습니까?"

"동무를 믿겠네."

"저 같으면 북쪽으로 가겠습니다."

"백두산 쪽으로 가란 말인가?"

"네. 그곳은 초토화됐고 살아남은 극소수 사람들마저 다 빠져나왔습니다. 그런 무인지대가 은신처로는 더할 나위 없지요. 그만큼 감시가 소홀하니까요."

"용암과 화산재로 가득한 생지옥에 사람이 숨어 살 곳이 있겠는가?"

소좌는 대좌의 귀에 입을 대고 소곤거렸다.

최현은 심각한 표정으로 그의 말을 듣더니 고개를 끄덕였다.

소좌가 물러가자 최현은 전체 재소자 모임을 주재했다. 그는 토벌대에게 자리를 내줄 수밖에 없다는 것을 설명했다. 토벌대도 살고 정치범들도 사는 공존의 방법을 모색해야 했다.

정치범들은 의견이 갈라졌다. 결국 부상자와 병든 재소자 60여 명은 수용소에 남고 180여 명은 남쪽으로 가겠다고 선언했고 방사능 오염지대인 그곳을 통과하는 그들에게 트럭과 식량 등을 대부분 주기로 했다. 나머지 50여 명만 북쪽으로 가기로 했다.

라순옥은 최현과 박민우를 따라 북쪽으로 가기로 했다. 화산폭발의 위험한 현장이지만 어쩐지 그곳에 가면 살 희망이 생길 것 같았다.

서울은 물의 도시였다. 거리는 온통 흙탕물이었다. 〈한성일보〉 사회부장 정홍일은 한강 보트 임대업자에게 임대료를 7배나 주기로 하고 최신형 모터보트 5척을 빌렸다. 한강 범람으로 서울시내 3분의 2가 물에 잠긴 상황에서 취재를 위해서는 어쩔 수 없었다. 휘하의 기자들을 둘씩 태워 수도권 각 지역으로 파견했다.

그는 서울역 대합실 앞에서 약속된 마지막 보트를 기다렸다. 대합실 안에는 열차를 기다리던 수많은 승객들이 물난리 때문에 곤욕을 치르고 있었다. 시내 모든 지하철은 홍수가 들이닥쳐 운행이 중단되었다. 서울역을 가로지르는 고가도로 위에는 짐을 싣고 피난한 차량들로 가득했다. 건물들 대부분의 지하주차장에 물이 차자 너도 나도 남산과 북한산 등 고지대로 차를 옮겼다. 내부순환도로 전체는 피난차량의 주차장이었다. 지상 고층주차장의 임대료가 하루 50만 원까지 폭등했다는 뉴스가 전해졌다.

보트 하나가 서울역 광장을 질주하며 정홍일 앞으로 다가왔다. 건장한 운전자는 북한강에서 수상스키 강사를 한다는 젊은이였다. 그는 온몸에 착 달라붙은 검정색 다이빙 슈트를 입고 있었는데, 방수와 체온보호 기능을 갖춘 멋진 옷이었다.

"기자님, 제가 수상스키 장비를 싣고 왔는데, 한번 해보시지 않겠습니까? 한겨울에 서울 도심에서 수상스키를 해볼 기회는 평생 이번뿐입니다."

"이 난리판에 무슨 욕을 먹으려고?"

"무슨 말씀을. 저것 좀 보세요."

젊은이가 손으로 가리켰다.

용산 방향에서 여러 대의 모터보트들이 굉음을 지르며 명동방향으로 달려가고 있었다. 보트 뒤에 수상스키를 탄 청년들이 물보라를 일으키며 괴성을 질렀다. 서핑보드에 커다란 돛을 달고 바람을 받으며 시내거리를 질주하는 윈드서핑족들이 뒤를 따랐다. 원색의 다이빙 슈트를 입고 돛을 잡은 그들의 모습이 여름철 바다를 연상하게 했다.

보트가 명동을 향해 달리기 시작하자 운전자가 말했다.

"어제 백두산에서 열린 죽음의 레이스가 많은 젊은이들을 광란으로 몰아가고 있어요. 수도권에 있는 거의 모든 보트들이 지금 서울시내로 몰려옵니다. 보트 임대료가 10배 이상 뛰었죠. 서해안에 있는 요트들까지 서울시내로 들어오고 있답니다. 언제 서울시내에서 보트를 타보겠습니까? 오늘 저녁 해가 질 때까지가 일생일대의 기회죠. 밤이 되면 물이 빠지기 시작할 겁니다."

"내일부터는 서울시내가 온통 빙판일 테니, 각종 빙상스포츠가 벌어지겠구면."

정홍일은 쓴웃음을 지었다. 생존위기에 몰린 북한주민들은 보트를 타고 망망대해로 몸을 던지는데, 한국에서는 레저스포츠라니. 백두산 폭발로 온 나라가 광기에 휩싸인 듯했다.

운전자가 다시 말했다.

"저도 당장 수상스키를 타 보고 싶습니다."

"나도 보트 운전은 할 줄 아니까, 이따 기회를 드리죠. 대신 보트 임대료 좀 깎아 주소."

"그러죠 뭐. 강남거리 한복판에서 수상스키를 한번 타 볼까요?"

"대신 내가 당신 사진과 동영상을 찍어 우리 신문에 올리겠소."

"좋아요."

둘은 손바닥을 마주쳤다.

한강의 경찰보트들과 해병대 고무보트들이 한강 방향에서 시내로 달려오고 있었다. 침수된 숱한 건물에 갇힌 난민들을 구조하기 위해서였다. 재건된 지 얼마 안 된 남대문은 호수 위에 치솟은 암자처럼 기이한 풍광을 과시하고 있었다. 물이 들어찬 남대문 시장은 난장판이었다. 허리까지 물이 찬 시장 안에서 상인들이 물건을 꺼내 고층으로 나르고 있었다.

정홍일은 수년 전에 가본 물의 도시 베니스가 생각났다. 그 도시에서는 큰 보트를 버스라고 불렀고 작은 보트는 택시라고 불렀다. 오늘은 보트가 거리의 교통수단이겠지만 얼음판이 된 내일은 스케이트와 썰매가 거리를 점령할 것이다. 루돌프 사슴이 썰매를 끌고 광화문 광장을 달릴 것이다.

작은 개 한 마리가 물속에서 허우적거렸다. 보트가 멈췄고 정홍일은 개를 배 안으로 들어올렸다. 아주 작은 말티즈 종이었다. 하얀 털이 물에 흠뻑 젖어 개는 깡마른 몸을 드러냈고 추위에 바들바들 떨었다. 운전자가 타월을 꺼내 개를 덮어주었다.

정홍일이 개를 쓰다듬으며 말했다.

"가엾은 놈. 주인을 잃었구나. 네 주인은 어떻게 됐니? 주인과 시내에 쇼핑을 나온 모양인데, 안 됐구나."

보트는 방향을 바꿔 한강방향으로 달리기 시작했다. 용산에서 한강으로 가는 대로에는 보트 몇 척만이 오가고 있었다. 숱한 차량들이 물속에 버려져 있었다.

한강물은 거대한 바다였다. 여의도의 모든 건물들은 물에 잠겨 있었다. 보트는 동쪽을 향해 고속으로 질주해갔다.

화려한 패션거리인 강남의 압구정동 로데오 거리는 건물 2층 가운데까지 물로 덮여 있었다. 건물 옥상들마다 사람들이 몰려나와 물바다가 된 거리를 구경하고 있었다. 상단만 남은 잠실운동장은 거대한 배처럼 보였다.

보트 운전자가 말했다.

"장담컨대, 오늘 밤 서울은 광란의 거리가 될 겁니다. 다이빙 장비를 갖춘 도둑놈들이 공기통을 짊어지고 와이어 커터로 자물쇠를 자르며 강남과 명동일대의 명품매장을 털 겁니다."

정홍일이 대꾸했다.

"내가 북한의 군부 실력자라면 서울의 배수펌프장 몇 곳을 폭파시키겠소. 서울을 마비시킨다면 … ."

하늘에는 군용헬기들이 나타나 난민구조를 돕고 있었다. 백두산 폭발이 서울을 물의 도시로 만들다니 생각할수록 신기했다. 흙탕물은 한강 쪽에서 서울시내로 계속 밀려들어가고 있었다.

정홍일은 보트 위에서 도시를 짓누르는 재난의 먹구름이 서울을 암흑으로 덮어가는 것을 보았다. 내일 물이 빠져나간다 해도 재난의 끝은 보이지 않을 것 같은 불안감에 간담이 서늘해졌다.

정치범이 김정은 별장을
점령하다

보하이 시 거리는 하얀 부석과 화산재로 덮여 있었다. 수많은 건물들이 무너졌고 도로는 망가진 차량과 시체들로 넘쳐났다. 경기장은 대부분 파괴되었다. 북동쪽 얼다오바이허로 향하는 4차선 고가도로는 곳곳이 절단되어 버렸다.

퍼붓듯이 쏟아지는 폭설은 화산재를 식혀 주고 있었다.

임준 일행은 느린 제설차를 타고 시내를 달려갔다.

유상석은 백두개발의 무너진 창고에서 무한궤도가 달린 2인용 스노모빌 한 대를 꺼내왔다.

"시내 전체를 둘러보려면 이게 좋을 듯합니다."

중국구조대 헬기가 공중에서 구호품으로 공중에서 살포한 방사선 방호복과 방독면을 가져와 일행에게 나눠 주었다.

임준이 운전석에 앉고 오수지가 뒷자리에 앉았다. 클러치, 가속페달, 핸드브레이크가 장착된 차는 일반자동차와 운전법이 똑같았다. 보하이 시를 뒤덮은 하얀 화산재는 1m 가까이 눈처럼 쌓여 있었고 스노모빌은 그 위를 눈 위에서처럼 제법 속도를 내며 장백폭포 방향으로 달렸다.
임준이 오수지에게 말했다.
"화산재는 물에 젖어도 유리분말이라고 생각하면 돼."
"화산재 위에서 스노모빌을 탈 줄은 몰랐어."
"이곳에서나 가능한 기이한 경험이야."
북파산문을 지나고 삼거리에서 장백폭포 코스로 들어서려고 했으나 용암이 계곡을 타고 흐르고 있어 더는 나아갈 수 없었다.
오수지는 연신 사진과 동영상을 찍었다.
오수지가 임준에게 말했다.
"백두산이 완전히 폭발을 멈춘 게 아니라 휴식을 취하며 숨을 몰아쉬는 것 같아."
임준이 망원경을 보며 말했다.
"장백폭포가 사라졌어."
천지물이 흘러내렸던 U자형 계곡에는 화산이류가 휩쓸려 내려갔고 용암으로 다시 채워져 전혀 다른 모양이 만들어졌다.
매섭게 추운 날씨인데도 백두산에 가까이 갈수록 열기가 느껴졌다.
스노모빌은 다시 유턴을 해서 북쪽으로 달렸다.
백두산 아래로 수십 ㎞나 뻗어 있던 원시림 지대는 깡그리 잘리고 불타버렸다. 오수지가 말했다.
"참혹하군. 이젠 백두산 어디에도 식물은 존재하지 않는 것 같아. 동물도 마찬가지겠지."
"화산재는 한 번 땅에 덮이면 식물이 자라지 못해. 이제 이 일대엔 상당기간 식물이 존재하지 않을 거야."
"사람도 살 수 없어."

수많은 헬기들이 정수장에서 쏟아져 나온 난민들을 태우고 하늘로 떠올라 북쪽으로 사라졌다.
임준이 갑자기 스노모빌을 세웠다. 그가 환성을 지르며 오수지에게 스마트폰을 보여주었다.

사랑하는 아들아, 나는 린리치와 함께 헬기로 백두산 삼지연 못가 별장에 갔다가 삼지연 포태별장에서 묵는다. 오늘 밤 탈출할 테니 날 도와다오.

오수지가 말했다.
"그럼 이게 임 박사님이 보낸 문자메시지란 말이야?"
"그래, 아버지 번호가 맞아."
임준은 부친이 살았다는 사실에 기쁨의 눈물을 쏟았다.
"그 살인마 말이 맞았네."
"당장 아버지를 찾으러 가야겠어."
"길도 모르잖아. 북한 땅을 어떻게 들어가려고?"
"유상석 씨와 박주연 씨를 불러야겠어."
오수지가 고개를 까닥거리며 높은 목소리로 말했다.
"근데 말이야. 네 아버지가 살아나니까, 오랜만에 쓴 특종기사가 오보가 돼버렸어. 그래도 임 박사님이 생존해 계신다니 기분이 좋아. 암튼 오보라서 다행이야. 축하해."
임준은 박주연에게 전화를 걸어 상황을 설명했다.
그들은 정수장 앞길에서 만나기로 했다. 잠시 후 박주연이 지게차를 타고 왔다. 임준은 전후 사정을 간단하게 설명했다.
박주연이 말했다.
"잘됐네. 그러지 않아도 북한에 갈 작정이었소. 임 박사님이 삼지연에 있다는 소식은 정말 놀랍소. 구조를 요청했으니 당연히 가야죠. 가기 전에 몇 가지 준비를 합시다. 우선은 지리를 잘 알아야 하니 탈북자들 조언을 받고 구글 어스에서 지리를 파악한 후 들어갑시다. 지금 북한은 대혼란 상태여서 들어가기가 그다지 어렵지 않을 겁니다."

오수지는 북한의 재난현장을 직접 보고 싶었는데 잘됐다고 말했다.

박주연이 한 탈북자에게 전화를 걸어 도움을 청했다.

탈북자가 말했다.

"삼지연 포태별장은 김정은이 가장 아끼는 별장입니다. 보하이 시에서 직선거리로 60㎞ 정도 됩니다."

뒤늦게 나타난 유상석이 말했다.

"백두개발은 삼지연을 개발중이었지요. 그곳 지리는 나도 좀 알아요. 삼지연과 중국을 잇는 우회도로가 백두산 천연림을 뚫고 건설중인데, 밀림 벌채가 완료됐으나 포장을 아직 못했어요. 그리로 가면 왕복 180㎞는 될 겁니다."

유상석이 박주연에게 방사선 방호복과 북한지도, 공사현장에서 쓰는 GPS를 건네주며 가는 길을 함께 의논했다.

2인용 스노모빌 2대가 준비되었다. 무전기 2대를 나눠 가졌다.

임준이 박주연에게 말했다.

"이렇게 적극적으로 도와주셔서 감사합니다. 정말 고맙습니다."

박주연이 앞장 서 달리고 임준과 오수지가 뒤를 따르기로 했다.

그들은 서남쪽 코스로 백두산을 우회하기로 했다.

김영호 국무총리는 국가안보장관회의를 개최했다. 국방장관, 통일부 장관, 국정원장, 국토해양부 장관 등이 참석해 백두산 폭발에 대한 대책을 논의했다.

백선규 국정원장이 북한의 피해를 보고했다.

"초대형 지진과 산사태와 홍수, 화산재와 산불이 함경도와 량강도, 자강도 대부분을 휩쓸었습니다. 압록강과 두만강 유역도 화산 홍수로 큰 피해를 입었습니다. 영변과 갑산의 핵시설이 파괴되었다는 소문이 급속히 확산돼 평안북도, 자강도, 평안남도와 평양 주민들이 방사능을 피해 대거 남하하고 있습니다. 화산피해지역의 인구는 함경북도 210만 명, 함경남도 310만 명, 량강도 70만 명, 자강도 130만 명인데, 총 720만 명 중 200만 명 이상 인명피해가 예상됩니다. 물과 식량이 공급되지 않아 살아남은 500만 인구는 난민이 돼 대량탈북이 불가피할 겁니다. 더욱이 핵시설 파괴로 평안남북도 680만 명과 평양 300만의 인구가 탈북에 가담한다면 북한은 사실상 붕괴된 것이고 동북아 전체는 큰 혼란이 일어날 겁니다."

권혁수 통일부 장관이 말했다.

"이미 중국은 난민유입을 막기 위해 전기철조망을 쳐놓았습니다. 대량으로 난민이 유입되면 중국은 무력을 사용해 막을 겁니다. 북한의 동쪽 해안지대는 대표적인 공업지역입니다. 김책제철소, 5·10 연합기업소, 2·8 비날론 연합기업소, 청진조선소, 룡성 기계연합기업소가 폐허가 되어 재기불능 상태에 빠졌습니다."

"영변 핵시설은 어떻습니까?"

백선규 국정원장이 말했다.

"무궁화 위성으로 판독한 바에 따르면 대부분이 파괴돼 엄청난 방사능이 사방으로 퍼지고 있습니다. 갑산에서도 상당한 누출이 확인되고 있고, 영변에서 90㎞ 남쪽에 있는 평양 상공에서도 방사능이 탐지되는데, 미국과 일본, 러시아의 관측위성도 방사능을 탐지하고 재난경고를 발했습니다. 문제는 방사성 원소가 섞인 대량의 분진이 화산재에 섞여 북서풍을 타고 있다는 겁니다. 방사능 낙진에 의한 피해는 직접적인 피폭보다는 적지만 대국민 홍보를 통해 피해를 막아야 합니다."

총리가 국방장관에게 물었다.

"북한군 동향은 어떻습니까?"

"휴전선 일대에 배치된 군대들이 철조망을 뜯어내고 난민들을 남한으로 내려보내고 있습니다. 오늘 하루만 95만 명의 난민이 유입됐습니다. 그들을 당장 수용할 시설이 크게 부족해 휴전선 일대 학교나 공공시설, 창고, 교회 등에 수용하고 있지만 아직도 많은 난민들이 벌판에서 떨고 있습니다. 군인들이 동원돼 그들을 지원하고 공무원들과 자원봉사자들이 구호물자를 전달하고 있습니다. 지진 때문에 가뜩이나 어려운 상황인데 난민유입이 계속되면 사회혼란이 야기될 수 있습니다."

"내일 아침부터 동원되는 427만 명의 예비군을 거리질서 확립과 난민지원에 투입해야 합니다. 북한과 협의해 난민 숫자를 조절해야 합니다."

김영호 국무총리가 침통한 표정으로 말했다.

"우리가 감당할 수 없는 규모가 들어오고 있는데, 다시 철조망을 막으면 어떻겠소?"

권혁수가 말했다.

"그건 곤란합니다. 국제적인 비난이 빗발칠 게 뻔합니다. 반기문 UN 사무총장도 한국이나 일본, 중국이 난민을 받아들이라고 촉구하고 있습니다."

김영호가 말머리를 국방장관에게 돌렸다.

"배를 타고 오는 난민들에 대해서는 어떻게 하고 있습니까?"

"해군과 해양경찰이 백령도와 인천, 강화도로 인도하고 있습니다. 백령도와 인천항 부근에 임시 난민수용소를 설치하고 있습니다. 오늘만도 5만 명이 들어왔습니다."

권혁수 통일부 장관이 말했다.

"국내 TV 방송들과 탈북자 단체 라디오 방송에서 북한 핵시설이 파괴되었다는 방송을 계속 내보내고 있는데, 평안남북도와 평양주민들의 동요가 심하다는 소식입니다."

백선규가 말했다.

"북한이 꼼수를 부리는 것 같습니다. 난민유입을 이 정도에서 막아야 합니다. 우리도 큰 재해를 당해 혼란스러운데 무작정 난민을 받을 순 없습니다. 저들은 이를 이용해 도발을 강행할 수 있습니다."

국방장관이 말했다.

"우리 60만 정규군은 계엄령하에 철통같은 방어태세를 취하고 있습니다. 427만 예비군은 거리를 지키며 시민들을 보호할 겁니다. 미군 태평양 함대가 이틀 후면 인천항에 도착합니다. 저들이 도발시 즉각 대응할 태세가 완료됐습니다. 한 가지 이상한 것은 백두산이 터져 북한에 대재난이 일어났는데도 이런 비상시국에 최고사령관인 김정은이 모습을 나타내지 않고 있다는 점입니다. 저희는 이상동향으로 보고 예의주시하고 있습니다."

총리가 말없이 고개를 끄덕이더니 입을 열었다.

"백두산 폭발로 북한 전체가 초토화되다시피 하고 우리 역시 대지진으로 막대한 피해를 당했습니다. 핵시설 파괴로 대한민국은 물론 중국과 일본도 초비상입니다. 현재 우리가 남을 도울 처지는 아닙니다. 하지만 북한을 돕는 것은 동북아 전체의 안정을 위해서도 긴요한 일입니다. 대통령께서 곧 대북물자지원을 발표할 것입니다. …"

백두산이 폭발한 지 하루밖에 되지 않아 중앙재해대책본부의 사고 통계가 불명확했지만 수도권 일대의 건물붕괴 피해는 6만 채에 달했다. 침수피해는 집계조차 되지 않았다. 사상자가 3만 4천 명, 이재민이 18만 7천 명, 실종자가 1만 2천 명이었다. 전국 185개의 석유와 가스 저장시설들 중 수십 개소가 불타고 있었고 지하철과 도로, 터널, 공항, 댐 등을 포함하면 피해액은 수십조 원으로 추정됐다.

김영호는 국토부 장관을 성토했다.

"이번 물난리는 인재입니다. 오늘 아침 〈한성일보〉 봤지요? 북한강 댐들의 통제실과 자체 변전소들이 내진설계가 돼 있지 않아 초기에 무너졌습니다. 그 바람에 댐 수문의 가동이 중단된 것이 수도권 물난리를 크게 만든 주범이라는 것 아닙니까? 대체 국토부는 뭐 하는 덴니까? 댐 관리자들에게 함구령이나 내리고! 장관! 말 좀 해보세요."

대지진을 제대로 대처 못한 대통령은 언론의 공격으로 만신창이였고 여권의 차기대권 유력자는 대통령을 맹비난했다. 김영호 총리는 대북지원에 무관심한 대통령을 설득하느라 애를 먹었다. 우리 형편이 어려워도 대북지원을 해야 북한의 정세가 극단화되는 것을 막을 수 있다는 판단에서였다.

황우반은 유상석으로부터 전화로 자초지종을 보고받았다. 그들이 백두개발의 스노모빌을 타고 무전기를 사용한다는 것에 안도했다. 유상석은 사흘 전부터 백두개발 보안팀장의 협박을 받고 임준 일행의 정보를 황우반에게 전했다.

옳지, 잘 걸려들었군. 황우반은 회심의 미소를 지었다. 쥐새끼 같은 박주연에게 농락을 당해 기분이 상하던 차에, 제 발로 찾아온 놈을 틀어쥐고 패대기칠 기회가 찾아온 것이다.

그들이 가려는 삼지연은 그가 개발공사 관계로 자주 가는 곳이었다. 북한의 최고 지도자부터 권력기관의 장들까지 말 한 마디면 통하지 않는 데가 없었다.

황우반은 노동당 행정부장 장성택에게 전화를 걸었다. 장성택은 반색했다.

"오랜만이오, 황 회장. 이 혼란한 와중에 웬일이시오?"

"행정부장님께서 도와주셔야 할 일이 생겼습니다."

그는 장성택에게 상황을 간략하게 설명했다. 북한의 공안기관들을 지휘하는 행정부장은 막강한 자리였다.

"그래요. 그러지 않아도 오늘 최향남 박사를 만났소. 지금 포태별장에서 쉬고 있을 거요. 연극배우와 여기자, 남조선 간첩이 온다? 잘 됐군. 잘 알려줬소. 잘 처리하리다."

"임준 그놈과 오수지는 잡아만 두십시오. 제 손으로 처리해야 직성이 풀릴 것 같습니다. 박주연이라는 남조선 간첩만 체포해서 없애 주십시오. 그자는 삼지연에 잠입해 북조선 최고지도자를 암살하라는 비밀지령을 받았습니다."

"알았소. 어쨌든 고맙소. 도착하는 대로 당장 체포하겠소."

"장 부장 동지. 잘 부탁드립니다. 사례는 섭섭지 않게 하지요."

"황 회장 회사 피해가 막심할 텐데 잘 수습하기 바라오."

황우반은 골치 아픈 문제가 해결되어 속이 후련했다.

그는 내친 김에 서울에 있는 숙부 황민호에게 전화를 했다. 돌아가신 아버지보다 세 살이 적은 숙부는 그룹회장으로서 다산그룹의 최대 주주였다.

"숙부님, 백두산이 마침내 터지고 말았습니다."

"지금 약 올리는 게냐? 네놈 덕분에 생돈 날린 거 몰라서 그러는 건 아닐 거고."

"제가 넘긴 백두개발 주식이 휴지조각이 됐죠."

"복장 터지니까, 흰소리 말고 용건만 말해."

"그러죠, 숙부. 다산그룹은 곧 망하고 말 겁니다."

"무슨 허튼 소리야? 그깟 계열사 하나 무너진다고 망하지 않아."

"그야 그렇겠죠. 헌데 말이죠. 익스트림 스포츠협회라고 들어보셨습니까?"

"그 미치광이 놈들 말이냐?"

"제가 그들 1만 2천 명에게 무료여행권을 줬지요."

"그게 뭘 어쨌다는 거야? 뜸 들이지 말고 요점만 말하라니까."

"죽거나 행방불명인 사람이 6천 명이 넘지요."

"어허, 그런 한가한 얘기하려면 끊어라."

"잘 들어보세요, 숙부. 그들은 백두산에 오기 전에 개별적으로 생명보험을 들었죠. 보험사가 어딘지 아세요?"

"그럼? 바로….."

"네. 생각하신 대룹니다. 우리 지주회사인 다산생명이에요."

황민호는 가슴이 덜컥 내려앉았다.

"사망 시 1인당 지급액이 5억 원입니다. 그럼 계산이 나오죠. 보험금 총지급액이 3조원을 넘을 겁니다."

"너 이놈. 도대체 무슨 짓을 한 거야? 뭘 원하는 거야?"

"잘 아시잖아요. 아버지가 한 일을 철저하게 망치고 싶습니다."

"배다른 형제에 대한 증오냐? 그는 서자고 너는 적자야. 적자가 아비를 배반한다는 말이냐? 네 아비가 피땀 흘려 일군 회사를 어째서?"

황우반은 상대를 제압할 듯이 목소리를 높였다.

"아버지요? 제가 아들이라고요? 제가 사실을 모른다고 생각하세요? 난 아버지란 사람이 가로챈 내 어머니 재산을 되찾으려 했을 뿐입니다. 원한 속에 자살한 어머니의 한을 풀어드려야 합니다. 이제 게임은 끝났습니다. 다산그룹은 부도처리 될 겁니다."

"너 우반이 이놈. 네놈이 감히 아비를 능욕하다니 … ."

"숙부님, 진정하세요. 흥분하시면 몸에 해롭습니다."

황민호의 언성이 높아졌다.

"사망자 신원확인에 시간이 많이 걸리고 보험금 지급까지는 1년 이상 소요될 것이다. 계열사 몇 개와 부동산 팔고 대출받으면 해결된다. 다산그룹은 끄떡없을 것이다."

"지금 다산그룹은 자금여력이 없습니다. 보험 이야기가 언론에 보도되면 전 계열사의 주식이 휴지가 될 겁니다. 어차피 끝난 일, 지푸라기라도 잡으시는 게 현명하실 겁니다. 그래서 말인데 한 가지 제안을 드리겠습니다."

"그게 뭐냐?"

"숙부님과 그 서자놈이 가진 모든 주식을 백두산 폭발 전 가격의 30%에 제게 양도하십시오. 매매대금은 1년 내에 지급해드리죠."

황민호는 한숨을 길게 쉬더니 힘없이 말했다.

"생각 좀 해봐야겠다. 다시 전화하자꾸나."

황우반은 전화를 끊고 흡족한 미소를 지으며 시가를 피워 물었다.

어린 시절의 영상 한 편이 머릿속에 떠올랐다. 어느 날 낯선 남자가 집에 나타나 그에게 이상한 이름을 씌워주었다. 그자는 늘 곁에 있었으나 낯설고 어려운 존재였다. 이제야 그 더러운 굴레를 벗게 되었다. 모든 것이 자신의 계획대로 진행되고 있었다.

량강도 삼지연군 포태 노동자구에 위치한 포태별장은 숲에 둘러싸인 그림 같이 아름다운 곳이었으나 화산의 공세로 거의 파괴되었다.

헬기장으로 호위총국 장교 한 사람이 지프를 타고 달려와 린리치 일행을 맞았다. 장교가 헬기에서 내리는 린리치에게 말했다.

"특각이 거의 모두 파괴되어 건물 한 곳만 쓸 수 있습니다."

린리치가 장교에게 물었다.

"이 특각의 주둔병력은 몇 명입니까?"

"원래는 450명인데, 418여 명이 행방불명되고 32명만 남았습니다. 그 중 19명이 부상자입니다."

"피해가 심각하군요."

탱크 몇 대가 별장 마당에 뒤집혀진 채 흉물스러운 모습을 드러냈다.

그들은 지프에 올라 무너진 건물들을 바라보았다. 거대한 본관건물과 몇 채의 별채들은 다 부서졌고 숲가에 있는 작은 건물만 살아남았는데, 비상집무실이라고 부르는 곳이었다. 김정은이 비상시에 그곳에 들어가 공화국을 지휘하는 곳으로 꾸며졌다.

포태별장은 백두산에서 거리가 멀어서인지 못가별장보다 피해가 덜한 것 같았다. 당초 포태별장은 고(故) 김정일이 유사시를 대비해 지하에 첨단 군사시설을 만들었는데, 야전사령부의 역할을 하는 곳이었다. 중국의 지린성과는 철도와 도로로 연결되었고 김정일이 한미 합동군의 침략이 있을 경우 최종항전의 거점으로 마련한 곳이었다.

최향남은 김정은이 백두산 고원지대에 있는 못가별장 대신 이 별장에서 머물렀다면 저런 매몰사태는 당하지 않았을 것이라고 생각했다. 그들은 화산재로 가득 덮인 비상집무실 건물의 현관에서 내렸다.

천지사방이 온통 화산재였다. 최현이 이끄는 정치범 53명은 벌써 3시간째 북쪽을 향해 걷고 있었다. 누더기를 걸친 뼈만 앙상한 사람들이 온몸에 화산재를 뒤집어쓴 채 백두산을 향해 휘청대며 걸어갔다. 탄광에서 확보한 트럭과 식량을 수용소에 잔류할 사람들과 남쪽으로 가는 사람들에게 넘겨주고 먹을 물과 소총 15자루만 챙겼다.

화산이류가 휩쓸고 간 혜산은 시 전체가 진흙탕 속에 갇혔다. 화산재까지 쌓이자 을씨년스러운 풍경이었다. 김일성의 항일운동지역인 보천읍도 인적을 찾기 어려웠다.

앞장서 걸어가던 박민우가 최현에게 말했다.

"대좌 동지, 우리가 가려는 곳이 김정은 특각이라고 하셨습니까?"

"그렇소. 삼지연읍 남쪽에 있소."

"거긴 호위총국 병력이 몇 겹으로 둘러싼 곳 아닙니까?"

"지금은 다르오. 화산폭발로 병력 대부분이 죽었다고 들었소."

"누가 그러던가요?"

"아까 만난 제 42여단 소좌가 알려주었소."

"그가 어떻게 김정은 특각의 비밀을 알았답니까?"

"오전에 그곳을 지원하러 나갔다가 확인했답니다. 현재 경비병이 30명 정도인데, 대다수가 부상자라고 하오."

"그곳은 안전할까요?"

"무사히 들어갈 수만 있다면야 그곳만 한 안전지대는 없을 거요. 튼튼한 건물과 풍부한 식량, 좋은 통신시설에 자가발전시설까지 있소. 난 여단장 시절에 그곳에 여러 번 가봐 사정을 잘 압니다. 그곳을 점령하면 상당기간 버틸 수 있소."

"김정은 특각인데 호위총국에서 그곳을 방치하겠습니까?"

"그럼, 달리 갈 데가 있소? 화산재밖에 없는 허허벌판에서 어찌 살겠소? 어차피 잘못돼야 죽기밖에 더하겠소. 승부수를 던져 봅시다."

"그렇긴 하지만, 총을 든 경비병들이 있는데….."

"야간에 기습하면 불가능한 것도 아니오. 설마 우리가 쳐들어올 거라곤 상상조차 않고 있을 테니 말이오."

"우린 훈련받은 군인이 아닙니다. 위험한 도박이군요."

"백두산이 폭발하고 엄청난 재난을 당하면서 사람들은 인간성을 되찾는 것 같소. 토벌대가 우리를 살려준 걸 보시오. 포태별장을 지키는 군인들도 별반 다르지 않을 거요. 난 그들과 싸우지 않고 잘 설득할 거요. 함께 손잡고 꼭 살아나자고 말이오."

최현이 활짝 미소를 지었다. 하늘에서 함박눈이 쏟아졌다. 허공을 온통 채우는 눈발을 헤치며 일행은 북쪽을 향해 나아갔다.

임준 일행은 스노모빌을 타고 백두개발이 원시림을 뚫고 만든 백두산 외곽도로를 타고 3시간이나 계속 달렸다. 숲은 깡그리 불타 버렸다. 스노모빌이 하얀 화산재 위를 달리자 눈 속을 질주하는 기분이었다. 폭설이 내려 대지를 식혀 주었다.

박주연이 무전기로 임준에게 말했다.

"일단 압록강을 건너 포태별장으로 북진합시다."

"국경검문소가 있을 텐데 압록강 다리를 통과할 수 있겠습니까?"

"백두개발이 삼지연 일대의 공사를 하기 때문에 어렵지는 않을 것 같아요. 원래 이곳은 밀무역이 번성한 곳이라 돈만 주면 누구든 통행이 가능합니다. 황백호 회장은 겨울이면 꼭 스노모빌을 손수 운전해 그리로 가곤 했대요. 북한에서 백두개발의 마크가 새겨진 이 차는 특권의 상징입니다."

중국에서 유일한 조선족 자치현(縣)인 장백현은 북한과의 국경길이가 260㎞나 되는 지역인데 압록강을 사이에 두고 북한의 삼지연과 맞닿아 있었다. 이곳은 압록강 협곡이 깊어 철조망이 없었고 국경검문소는 화산폭발로 파괴돼 지키는 사람조차 없었다. 그들은 백두개발이 작년에 준공한 압록강 다리를 건넜다.

박주연이 임준에게 말했다.

"이제 목적지에 거의 다 온 것 같소."

밤 11시가 지났다.

도로가 끝나며 거대한 별장이 나타났다.

포태별장은 불이 꺼진 채 어둠에 잠겨 있었고 북쪽 멀리 못가별장에는 구조대가 켜놓은 휘황찬란한 빛이 번쩍거렸다. 매몰현장을 오가는 헬기 소리가 들려왔다.

삼지연읍은 30년 전 강원도의 탄광마을을 연상시킬 정도로 쇠락한 집들만 모여 있는 작은 읍이었다. 화산재로 뒤덮여 읍 전체가 폐허가 되어 있었다. 사람의 그림자 하나 보이지 않았다.

그들은 읍 외곽에 있는 백두개발 공사현장사무소에 도착했다. 무너진 사무소에는 인기척이 없었다. 그들은 컨테이너 박스로 만든 한 사무소 안에 들어가 난로에 불을 피우고 의자에 앉았다.

임준은 아버지에게 도착했음을 알리는 문자메시지를 보냈다.

> 아버지 저 백두개발 공사현장 사무소에 방금 도착했습니다. 어디로 가면 만날 수 있을까요?

답신이 금방 왔다.

오느라고 수고했다. 지금 나는 포태별장 지하벙커에 머물고 있다. 건강도 아무 이상이 없다. 기회가 나는 대로 연락하마.

임준은 상기된 얼굴로 말했다.
"아버지께서 무사하셔."
오수지가 미소 지으며 말했다.
"정말 다행이야. 고생해서 온 보람이 있네."
으르릉, 쾅!
그때 백두산이 굉음을 지르더니 거대한 불덩어리와 화산재를 토해 내기 시작했다. 밤 12시가 넘었다.
오수지가 소리쳤다.
"백두산이 다시 터지는 것 같은데."
백두산 화구에서 빠져나온 화쇄류가 산록을 타고 쏟아져 내려왔고 화산재를 다량으로 머금은 뜨거운 구름이 솟구쳐 허공 가득히 퍼져나갔다. 계란이 썩는 듯한 악취가 코를 찔렀다.
박주연이 말했다.
"안 되겠어요. 백두산이 잠잠해질 때까지 이곳에 머물며 임 박사님과 연락을 취합시다."

황우반은 헬기로 보하이 시와 백두산 일대를 돌아본 뒤 지하벙커 집무실에서 임준과 오수지의 행방을 추적했다. 그들이 쓰는 무전기는 도청되었다. 그들이 탄 백두개발 소유의 스노모빌은 위성추적장치가 달려 있었다.
"너희들이, 뛰어 봤자 벼룩이지."

컴퓨터 지도 화면에 그들의 움직임이 나타나자 황우반은 표정이 일그러졌다.

죽은 줄 알았던 임영민이 정말 살아 있단 말인가. 오수지는 갈 데까지 간 여자였다. 황우반은 간밤에 오수지가 벌인 행동을 일일이 뇌리에 새겼고 치욕감에 몸을 떨었다.

이들을 응징해야 했다. 이미 이곳은 법이 떠나버린 생지옥이어서 폭력과 살인은 문제도 되지 않았다. 백두산이 2차 폭발을 시작하자 장성택이 과연 약속을 지킬지가 의심스러웠다. 이 연놈들, 두고 보자.

2월 17일 밤 12시 20분. 북한 호위총국 장교와 사병 10여 명이 백두개발 공사현장사무소를 급습했다. 박주연과 임준은 군홧발에 차여 피투성이가 되었고 오수지도 곤욕을 치렀다.

장교가 박주연에게 말했다.

"남조선 간첩이 우리 최고 영수를 암살하러 온다는 첩보를 입수했다. 네가 박주연인가? 이 종간나 새끼, 맛 좀 보라우!"

이어지는 그의 발길질에 박주연은 모잡이로 구르면서 비명을 쏟아냈다.

"이놈들을 포태별장으루 끌고 가!"

그들은 포승줄에 매인 채 트럭에 실려 어둠에 휩싸인 거대한 별장으로 끌려갔다. 박주연은 임영민 박사가 살아 있다고 메일을 보낸 사람이 누굴까 생각했다. 그들은 세 사람의 신원을 다 알고 있었고 도착을 기다리고 있었다.

그는 수치스러웠다. 정보전문가가 어리석게도 유인공작에 말려들어가 이런 곤경에 처하다니 …. 절로 한숨이 나왔다.

그들이 끌려간 별장은 화산재에 덮여 엉망이었다.

한 건물 앞에 도착하자 그들은 트럭에서 끌어내려졌다. 하늘에서 화산재가 폭설처럼 떨어지고 있었다.

장교가 다시 명령했다.

"이놈들 나무에 묶어."

세 사람은 전나무 줄기에 밧줄로 묶였다.

박주연은 영하 30도를 밑도는 맹추위에 화산재까지 떨어지는데, 한 시간만 노출돼도 죽을 거라고 짐작했다. 뭇매질을 당한 박주연은 온몸이 피곤죽이었다. 아버지가 생존한 줄 알고 환호했던 임준은 그들을 유인하기 위한 공작임을 알고 크게 낙담했다.

잠시 후에 두꺼운 코트를 입은 여인이 별장 건물 안에서 나와 그들에게 다가왔다. 며칠 전에 만난 적이 있는 린리치였다. 짙은 화장을 한 그녀는 비웃듯이 말했다.

"생고생하며 먼 길을 왔는데, 안됐군."

오수지가 말했다.

"문자 메시지 당신 짓인가?"

그녀가 깔깔거리며 웃었다.

"난 아니야. 서울에 있는 국정원 직원이 전화를 해왔더군. 메일로 유인을 했으니 당신들을 죽여 달라고 말이야. 장성택 동지도 남조선 스파이가 올 거라고 전화를 해줬고. 어쨌든 반가워. 이제 어차피 죽을 목숨이니 임영민 박사가 죽은 진실을 알려주고 싶었어."

박주연이 쉰 목소리로 말했다.

"이수근을 죽인 한국인 킬러는 린리치 당신이 임 박사를 납치했다고 말했소. 킬러를 고용한 자는…."

"왜? 당신은 이미 알고 있지 않나? 신임 국정원장인 백선규지."

"왜 그가 임 박사를 죽였을까?"

"백선규는 임영민이 이수근의 망명을 돕고 북한 위기설을 퍼뜨리는 주범이라 확신하고 킬러를 시켜 죽여버렸지. 북조선의 환심을 사 정상회담을 끌어내야 하는데, 훼방꾼이라고 판단한 거지."

"한국인 킬러가 북조선이 화산정보를 팔아먹는다는 사실은 어떻게 알았지?"

"그자는 임영민을 납치해 고문했어. 이수근은 망명계획까지 임영민에게 다 털어놓았으니까."

"킬러가 임 박사를 어떻게 죽였소?"

"장백폭포 위에서 임영민 박사에게 눈덩이를 강제로 먹여 질식시킨 뒤에 폭포 아래로 던져버렸어."

박주연은 성난 목소리로 말했다.

"자살이나 실족사로 만든 거로군. 대통령 최측근이 정치적 욕망 때문에 죄 없는 민간인들을 죽이다니! 이수근은 목숨을 걸고 전쟁도발 계획까지 알린 사람인데…."

오수지가 린리치에게 대들 듯 물었다.

"당신은 모르는 게 없군. 대체 뭐 하는 사람이지?"

"난 중국안전부 비밀요원이야. 남조선 정보요원들이 중국에서 비밀통신을 하는 걸 우리는 샅샅이 잡아내고 있어. 한국의 첨단 IT기술이란 건 실상 아무것도 아니야."

그녀가 깔깔거리며 웃더니 이어 말했다.

"여기서 살아나갈 거라는 희망은 포기해. 잠시 후면 얼어 죽을 텐데, 불쌍해서 어쩌나."

숨죽여 듣고만 있던 임준이 아버지 죽음의 실상을 알자 울음을 터뜨렸다. 오수지도 따라 울었다. 박주연은 자신의 실수로 벌어진 일

같아 가슴이 찢어질 듯했다.
　새벽 2시가 되어 갔다. 박주연은 등골을 따라 오한이 스멀스멀 올라오자 온몸에 감각이 점점 없어지고 현기증에 시달렸다. 화산재 때문에 기침이 그치지 않았다. 눈앞이 희뿌예졌다. 머리로 공급되는 산소가 부족해지면서 환각증상이 나타났다. 그는 죽음이 눈앞에서 손짓하고 있음을 알았다. 이제 20분도 버티지 못할 것이다. 살아나갈 길은 전혀 보이지 않았다.

　새벽 2시 반. 최현이 지휘하는 53명의 정치범들은 화산재 벌판을 헤치며 11시간 만에 28㎞를 걸어가 포태별장을 덮쳤고 잠을 자던 경비병들과 린리치 일행을 제압했다. 정치범 용사들은 비상집무실이라 불리는 건물로 들어가 상대방을 한데로 몰아넣었다.
　최현은 미모의 린리치를 바라보더니 빙그레 웃었다.
　"보기 드문 미인이군. 김정은의 애첩인가?"
　린리치는 더러운 누더기를 걸친 깡마른 중늙은이가 김정은 이름을 존칭도 없이 부르는 것에 놀랐다.
　"누군데 최고지도자 이름을 함부로 부르는 거죠?"
　최현은 한쪽 입술로 빙그레 웃었다.
　"최고지도자? 그거야 당신들한테나 그렇지. 우리에겐 원수나 다름없소. 난 인민군 대좌출신 정치범이오."
　린리치가 눈을 동그랗게 뜨며 놀랐다.
　"뭐라고? 당신들이 정치범이라고?"
　"정치범이 김정은 특각을 점령하고 김정은 첩을 인질로 잡으니 세상 뒤바뀐 걸 실감하겠군. 네 서방님이 우릴 토벌하라는 명령을 내렸는데, 널 잡고 있으면 우릴 어쩌진 못하겠지."
 린리치는 깔깔거리고 웃으며 자신과 최향남을 소개했다.
 "김정은 특각에서 정치범의 인질이 되다니 정말 어처구니없군."
 최현이 잘라 말했다.
 "동무들은 우리들 포로지만 인간적으로 대우해 주겠소. 지금 백두산이 다시 폭발하고 있소. 이곳에 머물며 끝까지 살아남읍시다. 정치나 사상 따위는 말하지 말고. 서로 도우며 난관을 헤쳐 나갑시다."
 박민우가 최향남에게 물었다.
 "당신이 중국 화산학자란 말이오?"
 "그렇소."
 "어떻게 여길 오시게 되었소?"
 "이 여자한테 납치됐다가 강제로 끌려왔소."
 "그렇군요. 난 김책공대 지질학 교수였습니다."
 최현이 최향남에게 말했다.
 "최 박사가 박 교수와 함께 큰 힘이 돼 주셔야겠습니다. 백두산을 잘 관찰해 주시오. 우리 모두가 살아날 수 있도록 도움을 주시오."
 "그건 염려 마시오. 난 이곳에 계속 머물며 백두산을 관찰할 작정입니다. 그것보다 지금 별장 밖에 남조선 사람 세 명이 나무에 묶여 있소. 우선 그들을 살려 주시오."
 잠시 후 박주연 일행이 비틀거리며 끌려왔다. 맹추위에 얼어버린 세 사람은 따뜻한 실내에 들어오자 정신을 잃고 말았다. 라순옥이 달려가 그들의 사지를 주물렀다.
 라순옥은 넓고 아늑한 지하벙커의 푹신한 의자에 앉아 빵을 씹어 먹으며 상황이 정말 재미있게 돌아간다고 생각했다. 정치범들이 김정은 특각을 점령한 것은 백두산의 폭발이 가져온 격변의 하나였다.

최현 일행은 지하벙커를 샅샅이 뒤졌다. 말이 벙커지, 시설은 호텔 수준이었다. 공기순환기가 24시간 돌아갔고 기름보일러가 가동되고 있었다. 강화콘크리트로 만들어진 내부구조는 견고했다. 최첨단 통신시설로 전 세계 어디든 연결할 수 있었다. 창고에는 수많은 의약품과 피복, 식량이 가득했다. 거대한 물탱크는 수십만 리터의 맑은 물로 채워졌다.

최현이 일행에게 말했다.

"미국의 핵폭탄이 터져 조선 전체가 날아가도 김정일은 이곳에 편안하게 머물면서 10년을 버틸 수 있게 만들었소. 식량창고에는 호사스런 음식이 가득하오. 쌀과 고기는 물론 구라파 포도주에 위스키, 철갑상어알과 훈제연어까지 있소."

최현은 호위총국 병사들을 심문했다. 못가별장 지하벙커에 갇힌 김정은을 구조하기 위해 호위총국과 583부대가 화산재를 제거하고 구조 갱도를 한창 뚫고 있었다는 정보를 입수했다. 이제 김일성 왕국도 붕괴는 시간문제였다.

굉음과 함께 거대한 분연주가 하늘로 솟구치더니 낙하하면서 엄청난 화쇄류를 쏟아댔다. 사면을 타고 질주해온 거대한 화쇄류가 순식간에 삼지연 못가별장을 덮으면서 구조작업을 하던 구조대원들을 매몰시키고 있었다.

최현은 김정은의 행방불명과 계속되는 백두산의 분화가 포대별장에 자리를 잡은 자신들에겐 유리한 정황이라고 말했다. 그는 지하벙커의 통신망을 통해 옛 동료들과 통화를 시도하기로 했다.

서울테러

2월 17일 새벽 3시 30분. 김영철 정찰총국장은 최측근을 직승기(헬기)에 실어 강원도 평강에 주둔중인 경보군단장에게 보냈다. 김정은 명의로 된 비밀지령문을 군단장에게 하달했다. 그 지령문은 자신이 조작한 것이었다. 그는 재작년부터 북남관계가 급속도로 호전됨에 따라 자신의 입지가 줄어드는 것에 위기감을 느끼고 있었다.

1972년 남북공동성명 발표를 앞두고 김일성은 1·21 청와대 습격사건의 주모자인 김창봉 민족보위상을 숙청했다. 난민작전으로 남북관계가 좋아지면 당초 남침전쟁계획을 입안한 자신은 제 2의 김창봉이 되고 말 것이었다. 그를 미워하는 군 원로들은 김정은 동지가 없는 틈을 타 자신을 암살할 가능성도 있었다.

만약 장성택마저 자신의 숙청을 승인할 조짐만 보이면 쿠데타라도 벌일 작정이었다. 그는 땅굴 속에 살아남아 대기중인 경보군단 병력 2만 2천 명으로 마지막 승부를 걸기로 했다.

바람 하나로 세상이 아수라장이 되고 있었다. 기상청은 지난 밤 12시를 기해 한반도에 불어오는 바람이 이동성 고기압의 영향권에 들면서 풍향이 북서풍에서 북동풍으로 바뀌고 있다고 발표했다.

한국에서는 방송사마다 긴급뉴스를 보도하고 있었다. 앵커의 표정은 심각했다. 현란한 춤을 추며 노래를 부르는 연예 프로그램은 중단됐다.

"백두산이 밤 12시에 제 2차 분화를 시작했습니다. 백두산은 엄청난 화쇄류를 쏟아내고 있는데, 몇 시간 후면 방사능을 다량 함유한 화산재들이 휴전선을 넘어와 한국 전역에 비처럼 쏟아질 것으로 예상됩니다."

중국의 언론들은 이번 대지진으로 동북 3성의 주요도시인 선양, 지린, 하얼빈, 장춘 등에서 76만 채의 건물이 무너졌고 378만 명의 사상자가 발생했는데, 농촌지역의 피해는 아직 집계되지 않았다고 보도했다. 화산재가 중국 해안지방까지 강타하면 경제적 피해는 천문학적 규모가 될 것으로 예측했다.

당초 한국은 편서풍 때문에 화산재조차 비껴가리라는 낙관적 관측이 지배했으나 예상치 못한 바람의 변화로 전국에 비상사태가 선포되었다.

대지진으로 수도권에서 수만 채의 건물이 파괴되고 수십만 채가 침수돼 엄청난 사상자가 발생했다. 엎친 데 덮친 격으로 백두산에서 날아온 화산재 때문에 전국이 다시 들끓었다.

소방방재청은 화산재의 속성과 위험성에 대해 적극적인 대국민홍보에 나섰다. 신문과 방송에 화산재에 관한 기사가 폭주했다.

화산재는 2㎜ 이하의 먼지나 모래 크기로 분쇄된 암석을 말한다. 화산재는 화산 근방에서는 매우 뜨거우나 매우 먼 거리에서 떨어질 때는 냉각상태이다.

　낙하하는 화산재는 태양빛을 차단시켜 어둠을 야기하고 유아와 노인들에게 호흡기 질환을 일으키게 한다. 미세한 화산재는 눈알을 마모시키고 물을 오염시키고 기계를 마모시키고 전자회로를 망가뜨린다.

　마스크와 보안경을 착용하지 않고는 밖에 나오지 마라. 이동을 최소화하고 차운전을 하지 마라. 며칠 동안 마실 식수와 식량을 준비하고 배수관 하수도가 막히지 않도록 하라. 문과 창문, 통풍구를 차단해 화산재의 실내유입을 막아라. 젖은 화산재가 지붕에 10㎝ 이상 쌓이면 지붕이 무너질 수 있으므로 지붕과 처마에 쌓인 재를 수시로 쓸어내라.

　불가피하게 운전하게 된다면 천천히 운행하고 헤드라이트를 사용하고 워셔액을 많이 사용하고 공기필터를 자주 교체하라. 방사능 오염을 피하기 위해 우비를 착용하고 피폭에 대비해 요오드화칼륨을 준비하라.

　모든 학교에는 휴교령이 내려지고 모든 공단은 방사능 화산재의 공습에 대비하기 위해 비상사태에 들어갔다. 화산재는 항공기 운항에 결정적인 위험을 줄 수 있어 전국공항에서 비행기의 운항이 중단됐다.

　정홍일은 밤새 한숨도 자지 못했다. 신문사 관련자들은 연일 철야 근무를 강행할 수밖에 없었다.

　백두산이 2차 폭발하면서 새벽 4시부터 북동풍을 타고 날아온 화산재는 모든 건물의 지붕과 도로, 산과 들판, 강물에 함박눈처럼 쏟아졌다. 화산재가 방사능에 오염되었다는 긴급뉴스가 흘러나와 전 국민은 공포에 떨었다. 방사능 낙진의 침입을 막기 위해 집집마다 출입문과 창틀의 틈마저 테이프로 틀어막느라 부산을 떨었다.
　재난의학 전문가라는 어느 병원장이 방송에 출연해 다음과 같은 발언을 함으로써 대다수 국민들은 패닉 상태에 빠졌다.
　"화산재는 흡착성이 매우 강해 사람의 폐에 들어가면 폐 운동이 둔화되거나 정지될 수 있습니다. 폐 속의 습기를 흡수해 시멘트 덩어리를 만듭니다. 천식환자는 호흡이 더더욱 곤란해지지요. 화산재가 피부를 덮으면 피부가 문둥이 살갗처럼 벗겨져요. 화산재에 붙은 황, 염소, 불소가 물에 녹아 강산(强酸)이 되어 피부조직을 파괴하기 때문이지요. 무조건 외출은 안 됩니다. …"
　물 확보에 비상이 걸렸다. 모든 물이 방사능에 오염돼 상당 기간 쓸 수 없게 된다는 소식에 집집마다 담을 수 있는 모든 통에 물을 받았다. 신새벽부터 생수 사재기 소동도 벌어졌다. 화산재가 도달하기 전 몇 시간은 남한 전체가 공포의 도가니에 빠졌다.
　자정 넘어 마트마다 수많은 시민들이 몰려와 아수라장을 만들자 매장 측은 문을 닫으려 했다. 고객 모두가 폭도로 돌변해 난동을 피웠고 매장에는 물건을 강탈해가는 손님들로 넘쳐났다. 침수된 지역의 상가 지역에서는 보트를 탄 청년들이 대형매장이나 전문상가의 물건들을 훔쳐내고 있었다.
　화산재가 뒤덮은 농촌들은 공황상태였다. 재배식물들은 먹을 수 없게 됐다. 대다수 공장들은 기계고장을 우려해 가동을 중단했다. 정부는 화산재가 도착한 첫날부터 외출을 하지 말라는 방송을 시작했고 휴교령이 내려졌으며 공무원과 군인과 경찰, 국가기간시설을 제외한 직장들은 대부분 휴업이었다.
　모든 공항에서는 항공기의 이착륙이 금지되어 물류대란이 일어날 것이다. 지하철 5~9호선을 제외한 차량들은 운행을 중단했고 거리에는 사람의 그림자가 보이지 않았다.

정홍일은 신문사 창문을 통해 어둑어둑한 하늘을 바라보며 대한민국에서 움직이는 것은 허공을 가득 채운 화산재밖에 없다고 생각했다.

2월 17일 새벽 5시쯤에 서울거리에서 총성이 울려 퍼졌다.

새우잠을 자던 정홍일은 놀라 얼른 TV를 켰다.

"긴급뉴스를 말씀드리겠습니다. 서울외곽 곳곳에서 전투가 벌어졌습니다. 한국군 군복을 입은 무장괴한들 수만 명이 파주와 동두천 쪽에서 나타났습니다. 이들은 총을 쏘고 민간인 주택이나 상가에 몰려가 난동을 부리고 있습니다. 이들의 정체는 확인되지 않았습니다만, 북한의 특수부대원들인 것으로 추정됩니다."

기관총과 무반동포를 단 지프 수백 대가 자유로와 3번 국도를 타고 서울로 진입하면서 계엄군과 치열한 전투를 벌이는 장면이 방송되고 있었다. 북한특작 부대원들의 SA-16 견착식 미사일들이 아군의 헬기들을 격추시키고 있었다. 일부 대원들은 행주대교를 건너 김포공항 내에 진입해 난동을 부렸다.

계엄사령부 대변인은 흥분이 가라앉지 않은 목소리로 발표문을 읽어나갔다.

"북한군으로 추정되는 무장괴한들은 동두천과 파주의 땅굴 속에서 나왔고 숫자는 2만 명가량입니다. 수도권의 모든 군부대가 동원되어 이들을 진압하고 있으니 국민 여러분은 안심하기 바랍니다."

국방부는 새벽 4시까지 유입된 북한 난민수가 167만 명이라 집계했다. 국방부는 휴전선을 통한 난민유입을 막겠다고 발표했다.

청와대 대변인도 기자들 앞에 나타나 발표문을 읽었다.

"한국정부가 북한의 난민을 받아주고 구호물자까지 보내주는데,

혼란을 틈타 북한이 무장특수부대를 남파한 것은 비열한 도발행위입니다. 정부는 이에 대해 강력한 대응책을 강구하겠습니다.”

서울의 거리는 절망과 공포의 한숨소리로 가득했다. 백두산 때문에 온 세상이 초토화되고 있었다.

황우반은 초조해졌다. 새벽까지 장성택으로부터 아무런 연락이 오지 않았다. 오수지와 임준, 박주연이 잡혔는지 궁금해 견딜 수가 없었다. 그는 이른 아침 화산분화가 그칠 조짐이 보이자, 비서에게 북한에 들어갈 준비를 하라고 지시했다.

“적토마를 대기시켜. 기름 가득 채우고 방열복과 방독면 준비해. 비상식량과 식수 넣어두고. 내 라이플도 차안에 집어넣어.”

“제가 따라 갈까요?”

“그럴 필요 없어. 나 혼자 갈 거야.”

“위험하지 않으시겠어요?”

“걱정 말게. 한두 번 다닌 것도 아니잖나. 무슨 일이 생기면 연락하겠네.”

황우반은 방한복을 입으며 어린 시절을 생각했다.

그는 어머니를 여섯 살 때 잃었다. 그의 친부는 그가 뱃속에 있을 때 라스베이거스에서 술과 도박에 빠져 있다가 미국 깡패에게 살해당했다. 초등학교 시절 그는 외가에서 외할아버지와 살았다. 아버지인 황백호는 이따금 찾아와 그에게 용돈을 건네는 낯선 사내에 불과했다. 그의 외할아버지 김광진은 외동딸인 우반의 모친을 자살로 내몬 사위를 좋아하지 않았다. 우반은 커갈수록 양부 황백호에 대한 적개심을 키워갔고 그가 물려준 이름을 혐오했다.

우반이 중학교 1학년 때 외할아버지의 임종을 맞이했다.

바짝 여윈 외할아버지는 황백호를 불렀다. 그 곁에 우반이 서 있었다. 김광진이 사위에게 말했다.

"자네는 다산그룹의 모체가 나 김광진의 재산임을 인정하는가?"

황백호가 고개를 끄덕였다.

"네. 인정합니다."

김광진이 어린 우반을 손으로 가리키며 말했다.

"쟤는 겉모양만 황씨야. 우리 김씨 집안의 적자는 쟤야. 내 지분을 몽땅 우반이에게 넘길 테니까, 다산그룹의 상속자는 우반이가 돼야 하네."

"염려 마십시오. 쟤는 내 유일한 적자이자 다산그룹의 상속자가 될 겁니다. 제게 자손은 쟤 하나뿐이니까요."

"고맙네. 우반이를 잘 챙겨 주게. 내 마지막 부탁일세. 그렇게만 해 주면 자네에 대한 원망은 다 털어버리고 가겠네."

외할아버지가 타계하자 황백호는 그룹을 몇 배나 키웠고 우반은 조기유학이란 미명 아래 미국에 버려져 고국과 동떨어진 채 살아야 했다. 황백호가 그를 불러들인 것은 자신의 후계구도와 재산상속을 이미 마무리 지은 뒤였다. 그는 장인과의 약속을 저버렸다.

하지만 황백호가 별세한 뒤 몇 달 만에 그의 구도를 깨버린 것은 황우반이었다. 그는 이종사촌 동생 김태일과 죽음의 축제라는 계략 하나로 황백호 일가를 무덤 속으로 몰아넣었다. 두 시간 전에 숙부가 전화를 했다.

"그룹 내 보험전문가와 상의했단다. 다산생명의 피보험자 중 죽거나 행방불명된 6천 명은 위험한 곳에서 위험한 활동을 하고도 그를 알리지 않은 '고지의무'(告知義務)를 위반했단다. 그래서 우리가 보험금 지급을 거부할 수 있지. 민법상으로도 보험사가 유리하더구나. 하지만 엄청난 인명손실에도 보험금을 지급하지 않을 경우 대기업의 사회적 책임문제가 부각되고 집안싸움으로 그룹 이미지가 나빠질까 봐 내가 양보하기로 했다. 네가 제시한 조건을 수락하마. 내 지분을 몽땅 네게 넘기고 그룹회장 자리에서 물러나겠다. 이제 속이 후련하냐?"

황우반은 마침내 그룹의 최대주주가 돼 그룹의 경영권을 쥐게 됐다.

"숙부님, 고맙습니다. 앞으로 숙부님을 친아버님처럼 모시고 다산그룹을 세계적 기업으로 성장시키겠습니다."

그는 자신의 계획을 마무리 지을 심산이었다. 그는 한국으로 돌아가면 이번에 희생된 익스트림 스포츠협회 회원 6천 명의 소송에 대비해 법무법인과 접촉할 계획이었다. 피보험자들은 김태일의 권유로 개별적으로 다산생명에 보험을 들었지만 실질적인 계약자는 익스트림 스포츠협회이고, 그 협회는 처음부터 백두산과의 연계사실을 고의로 숨겼을 뿐 아니라 숙부가 말한 것처럼 피보험자들이 고지의무를 위반했음을 주장하며 보험금 지급을 거부할 작정이었다.

그러면 3조원의 손실을 막고 다산그룹을 보존할 수 있었다. 김태일과 잘 상의해서 계획을 세울 작정이었다.

그는 회사로고가 박힌 방한용 점퍼를 입었다. 비서에게 임준 일행의 행적을 추적할 수 있는 GPS 차량 위치추적기를 차에 실으라고 지시했다. 마지막 남은 두 명의 적을 직접 제거해야 했다. 둘만 죽이면 세상은 그의 것이었다.

아침이 되자 백두산이 두 번째 분화를 멈추고 하늘이 개기 시작했다. 고원지대인 삼지연 일대는 숲의 나무들이 불타 버렸고 온통 화산재로 덮여 버렸다. 삼지연 읍내에 있는 대부분의 건물들은 붕괴되었고 거리마다 시체들이 즐비했다. 읍내 복판의 아파트 단지가 한꺼번에 무너져 거주민의 대다수는 즉사했다.

거대한 삼지연 호수는 이류에 의해 오염되었다. 수면에는 부석들이 둥둥 떠다녔다. 쓸려 내려온 거목과 암석들로 가득 채워졌다. 삼지연의 고급호텔인 베개봉 호텔과 소백수 초대소도 반파되었다.

오수지는 읍내로 들어갔다. 폭발 후 나흘째가 되자 폐허가 된 거리에 살아난 사람들이 나타났다. 그녀는 생존자들이 어디선가 나타나 무리를 이루는 모습을 바라보았다. 온몸에 화산재를 뒤집어쓴 사람들이 반 넋이 나간 모습으로 걷고 있었다.

처음에는 수십 명에 불과하던 사람들이 한 시간쯤 지나자 수백 명으로 불어났다. 그들은 압록강 협곡 다리로 몰려가고 있었다.

사람들이 먹을 물을 달라고 소리쳤다. 화산폭발 후 식수와 식량을 얻을 수가 없었다. 남한 방송에서는 영변과 갑산에서 핵시설이 무너져 방사능이 유출된다는 뉴스가 흘러나왔고 그 소식은 들불처럼 번져 나갔다.

북한에는 도망쳐 살아날 곳이 없었다. 그들은 변경무역을 통해 중국 사정에 밝았다. 다리 건너 조선족 마을 장백현이 먹을 것이 풍부한 곳이었다. 살기 위해서는 중국으로 피난을 가야 했다. 강 건너 중국에서는 국가차원의 대대적인 구난활동이 벌어져 이재민들이 풍족한 지원을 받는다는 소식이 들려왔다.

정오 무렵에는 협곡다리는 난민들로 북적였고 인접한 대홍단군과 보천군, 운홍군, 백암군 등에서 생존자들이 몰려와 다리를 가득 채웠다. 압록강 상류의 유일한 다리였다. 오수지는 모여든 사람들 숫자를 3천 명으로 추정했다. 난민들이 다리를 건너려고 하자 총을 쥔 중국군대가 그들 앞을 가로막았다.

　난민들은 외쳤다.

　"제발 살려 줘! 먹을 물을 줘! 먹을 물 좀 줘!!"

　난민들은 화산재가 섞인 물을 마실 수가 없었고 어린아이들의 성화를 달랠 수가 없었다. 그들은 중국군이 친 바리게이트를 막무가내로 밀고 들어갔다. 중국군이 발포해 난민 여러 명이 쓰러졌으나 군중들은 소리를 지르며 다리 너머를 향해 밀물처럼 몰려갔다. 총알이 빗발처럼 쏟아져 수십 명이 쓰러졌다. 군중들은 총알을 피해 뒤로 갈팡질팡 달아났다.

　삼지연을 비롯한 량강도와 함경북도 사람들이 흥분하는 이유는 김정은과 그의 추종세력들이 백두산 폭발정보를 미리 알고 군부대는 물론 김일성 동상과 부자의 사진틀, 서적이나 혁명유적지의 통나무집, 심지어는 나무까지 파 옮기면서 인민들에겐 알리지 않고 죽음을 방치했다는 사실 때문이었다. 인민들의 동요로 정권이 무너질까 봐 겁을 낸 것이었다.

　중국으로의 피난길이 막히자 군중들은 읍내로 몰려가 반파된 삼지연 군당위원회, 인민위원회 건물 앞에서 시위를 벌이기 시작했다. 커다란 외침이 군중들 속에서 울려왔다.

　"김정은 동지는 뭘 하는가? 왜 우리를 구해 주지 않는가?"

　"남조선이 보냈다는 구호품을 왜 나눠 주지 않는가?"

　"당장 목말라 죽갓다! 먹을 물을 달라!"

　"김정은 동지는 제 할아비 동상과 구호나무는 미리 옮기고 우리 인민들 죽음을 방치했다. 과연 김정은이 우리의 최고영수 맞는가?"

　"량강도와 함경도 인민들은 천대받는 노예다."

　"남조선은 북조선 인민들을 받아주고 있다. 우리는 거리가 멀어 피난 갈 생각도 못하고 있다."

인민보안서(경찰서)에서 나온 보안원 여러 명이 나타나 시위대에 몽둥이질을 하다가 성난 군중들에게 붙잡혀 짓밟히고 말았다. 시위대는 몽둥이와 쇠막대, 곡괭이를 들고 공공건물들에 난입해 닥치는 대로 파괴하기 시작했다.

시위대의 누군가가 외쳤다.

"김정은 특각에 먹을 것이 많답니다. 그리로 갑시다!"

가까운 김정은 별장에 먹을 것이 많다는 소문이 퍼져나가자, 시위대는 삼지연 별장과 포태별장으로 몰려가기 시작했다. 시위군중은 점점 불어났다. 그들의 손에는 삼지연읍, 보천읍, 대홍단읍 등의 인민보안서에서 강탈한 총들이 쥐어졌다.

삼지연에 주둔한 인민군 10군단 병력 수백 명이 시위대 진압명령을 받고 나타났으나 시위대에 가세해 버렸다. 혜산시에는 군단 사령부가 있고 대홍단군과 보천군에는 교도사단이 있었지만 모든 부대들은 폐허가 되었고 숱한 사상자가 발생했다. 겨우 살아났지만 굶주림에 지친 젊은 병사들이었다. 그들은 자신들을 죽음의 수렁에 빠뜨린 최고지도자를 증오했다.

드넓은 포태별장 안으로 수천 명의 시위대가 들이닥쳤다.

별장 외곽초소들과 철책과 특각건물들은 무너져 있었다.

지하벙커가 있는 비상집무실 건물에서 누군가가 문을 열고 걸어나왔다.

소총을 쥔 최현이 산발한 머리를 흔들며 시위대 앞에 섰다.

"나는 삼수군에 있는 31호 정치범 수용소에 갇혔던 정치범 최현입니다. 어젯밤 우리 정치범들이 이 특각을 점령하고 내부를 조사했습니다. 이 특각은 지하벙커가 평양의 능라경기장보다 넓습니다. 비상식량은 1개 연대가 수년간 먹을 수 있을 만큼 쌓여 있습니다. 이 나라 인민들은 날마다 굶고 있는데 최고지도자 한 사람이 이런 사치를 누린다는 걸 여러분은 두 눈으로 똑똑히 확인할 수 있습니다."

그는 군중을 바라보며 분노에 찬 목소리로 소리쳤다.

"우리의 최고지도자는 백두산 폭발을 미리 알고도 삼지연과 량강도, 함경도 인민들과 10군단 군인들을 죽음으로 몰아넣었습니다. 우리 인민들 목숨은 5년 전에 죽은 김정일 사진이나 구호나무보다 못합니다. 삼지연에서 살아남은 건물은 이곳뿐이고 식량이 있는 곳도 이곳뿐입니다. 이곳은 이제 김정은의 특각이 아니라 여러분의 집입니다. 안으로 들어가 푹 쉬고 마음껏 잡수십시오. 그간 삼지연은 김일성 가문을 위한 정치선전장이었는데, 혁명유물도 없어졌으니 이제 삼지연의 주인은 인민 여러분입니다. 어서들 들어갑시다."

군중들 속에서 우레 같은 박수가 터져나왔다. 군중들은 환성을 지르며 지하벙커로 몰려 들어갔다.

임준과 박주연은 시위대 뒤에서 그 광경을 구경하고 있었다.

임준이 말했다.

"이거야말로 극적인 반전이군요. 김정은 개인별장이 난민들의 피난처가 되었군요."

스마트폰에 그 광경을 담던 박주연이 대꾸했다.

"정치범들이 김정은 별장을 점령하고 문을 열어 주다니 대단해요."

린리치 일행이 그 틈을 타 헬기를 타고 달아났다.

성훈은 오늘따라 운이 좋았다. 누더기를 입은 아홉 살 아이는 머리부터 발끝까지 화산재를 뒤집어쓰고 있었다. 아이의 키는 1m가 될까

말까했다. 뼈만 남은 피폐한 몰골이었다. 그는 더러운 수건을 마스크처럼 쓰고 있었다.

아이는 온통 폐허가 된 고향마을을 둘러보았다. 화산재가 마을 전체를 1m 두께로 덮어버렸다. 아이는 긴 작대기를 가지고 마을 곳곳을 뒤지고 다녔다.

건물잔해 속에서 낡은 고리짝 하나를 찾아냈고 고리짝 안에서 고구마 하나와 낡은 내복 한 벌, 페트병에 담긴 물 한 병을 찾아내더니 환성을 질렀다. 성훈네 집은 방 하나짜리 흙집이었으나 이류에 휩쓸려 흔적조차 남아 있지 않았다. 온통 부서진 집들의 잔해 속에서 낯익은 시체 한 구가 누워 있었다.

이웃집 할머니였다. 할머니는 누런 진흙탕 속에 범벅이 되어 얼굴만 겨우 드러났는데, 꽁꽁 얼어 버려진 인형처럼 보였다. 늘 굶주린 채 지내는 아이에게 이따금 강냉이죽이나 삶은 고구마를 건네주곤 하던 고마운 이웃이었다.

할머니는 딸이 한국에서 부쳐주는 돈으로 굶지 않고 산다는 것을 자랑하곤 했다. 아이는 할머니가 신고 있는 털신을 벗겨 신어보았다. 그의 발엔 너무 컸으나 물에 잘 씻어 말리면 겨울을 나는 데 도움이 될 듯했다. 내복은 할머니가 입던 것이었다. 할머니는 피난하려고 고리짝에 물건을 넣다가 일을 당한 것 같았다. 아이는 아버지가 입던 더러운 잠바를 벗고 얼른 내복을 껴입었다.

아이는 오늘은 정말 운이 좋다고 생각했다.

백두산이 폭발하던 날 그는 삼지연 읍내 소년학생궁전 도서관에서 책을 읽고 있었다. 재작년에 학교를 1년간 다니다 아버지가 사라진 후 그만두었지만 한글은 깨우쳤다. 아이는 그날따라 오후 늦게까지 동화책을 읽었다.

별주부전을 읽고 있을 때였다. 별안간 굉음과 함께 거대한 건물전체가 휘청거렸다. 창문 밖으로 백두산 정상에서 불기둥이 솟구치는 것을 보자 아이는 얼어붙었다. 거대한 화산재 구름이 하늘 가득히 퍼져나가고 읍내에 있는 숱한 건물들이 요동치며 무너지고 있었다. 거리를 걷던 사람들이 이리저리 날뛰었다.

도서관의 서가들이 넘어지며 책을 고르던 아이들을 덮쳤고 비명이 터져나왔다. 커다란 무쇠난로가 넘어지며 불타는 장작들이 바닥에 쏟아진 책 더미에 불을 붙였다. 불길이 커지자 아이들은 출입문으로 달아났다. 성훈이 문을 열고 나오는 순간 천장이 무너져 내려 복도를 덮쳤다. 콘크리트 더미에 깔린 아이들이 자지러진 비명을 질러댔다.

성훈은 복도를 지나 계단을 뛰어내려왔다. 계단 유리창을 통해 백두산 산봉우리가 무너지면서 거대한 암석들이 읍내를 향해 쏜살같이 달려오는 모습을 보았다. 많은 아이들과 어른들이 1층 현관을 향해 달려갔다. 성훈은 1층 계단 밑에 열려 있는 작은 창고문을 보았다.

암석들이 소년궁전의 후면을 강타하자 건물 전체가 휘청거리며 주저앉았다. 아이는 창고 안으로 빨려 들어가 바람벽에 처박혀 정신을 잃고 말았다. 치명적인 화쇄류와 이류가 해일처럼 덮쳤으나 건물이 얕은 구릉 위에 있는 덕에 가까스로 재난을 피할 수 있었다.

한참 후 아이는 다시 정신이 들었지만 창고문이 닫힌 채 무언가가 눌려 있어서 계속 어둠 속에 갇혀 있어야 했다. 그 창고는 청소도구를 넣어두는 곳이었다. 마른 걸레들을 몸에 덮어 추위를 견디며 새우잠을 잤다. 다음날 오후가 돼서야 창고문이 열리며 어른 한 사람이 들어와 아이를 꺼내주었.

화산재를 뒤집어쓴 늙은 할아버지였다.

"넌 운이 좋다. 이 건물 안에서 살아난 아이는 니가 처음이다. 참 용하구나."

 소년궁전 밖으로 나오자 세상은 쑥대밭이 되어 있었다. 살던 동네로 돌아갔지만 멀쩡한 집은 한 채도 없었고 화산재와 시체들만 가득했다.

 아이는 주먹만 한 고구마를 보자 눈물이 절로 났다. 사흘 만에 먹는 음식이었다. 한입 베어 물고 조금씩 씹어대자 단물이 입에 가득 퍼져갔다. 행복감이 밀려왔다. 아이는 벌써 7개월째 혼자 살고 있었다. 압록강을 넘어가 중국인 농가에서 막일을 하던 아버지는 작년 여름에 중국공안에 잡혀 돌아왔는데, 량강도 삼수군에 있는 강제수용소에 갇히고 말았다.

 넉 달 전, 수용소에서 나왔다는 낯선 아주머니가 그를 찾아왔다.
"네가 리성훈인가?"
"네."
"네 아버지 이름이 리갑용인가? 삼지연 소학교 교사였지?"
"네. 맞아요."
"나도 삼지연에 산단다."
 아이는 아버지가 소학교 교사라는 이야기를 익히 들어 알고 있었다. 하지만 생활고에 시달리는 아버지는 학교엘 나가지 않은 지 오래였다.

 병자처럼 깡마른 아주머니는 퀭한 눈으로 아이를 내려다보았다.
"네 아버지는 수용소에서 돌아가셨다."
 아버지가 죽었다는 말에도 성훈은 별로 슬프단 생각이 들지 않았다. 아버지 없이 살아온 지난 나날은 굶주림뿐이었고 생존을 위한 처절한 전쟁이었다. 아이는 먹을 것을 찾아 삼지연 장마당을 돌며 꽃제비들과 치열한 싸움을 마다하지 않았다. 옆집 소가 눈 누런 똥 속에서 강냉이알을 끄집어내 씹어 먹고 행복해했던 기억이 났다.

아주머니가 이어 말했다.

"네 아버진 수용소 탄광에서 돌아가셨어. 눈을 감으면서 나한테 부탁을 하더구나. 너를 찾으면 꼭 전해달라며 이것을 주셨단다."

아주머니는 조그만 자루 하나를 아이에게 건네주었다.

"네 아버지가 주는 마지막 선물이야. 이거 먹고 힘내. 널 걱정하며 돌아가신 아버질 생각해서라도 꼭 살아나야 해."

아주머니는 아이의 손을 잡고 눈물을 흘리더니 종종걸음으로 사라졌다. 아이는 울지 않았다. 엄마는 그가 태어나자마자 압록강을 건너간 후론 소식조차 알 수 없었다. 형제도 친척도 없이 고아가 되었다는 사실이 슬펐지만 오랫동안 소식이 끊겼던 아버지가 강냉이 자루와 함께 살아 돌아온 것 같아 반가웠다.

그 강냉이는 베개 크기만 한 분량이었다. 아이는 한동안 그걸 먹지 않고 며칠간 그 자루를 끌어안고 잠을 잤다. 매일 끌어안고 자던 아버지의 체온이 그대로 느껴졌다.

아이는 강냉이 자루에게 이야기했다.

"아버지, 배불러요. 우리 그만 먹어요."

"더 먹어라 애야. 많이 먹어야 키가 큰단다."

배불러요. 더 먹어라. 배불러요. 더 먹어라….

아이는 태어난 이후로 강냉이 이외는 먹어본 게 거의 없었다. 쌀이란 걸 본 적은 있으나 하얀 이밥을 먹어 본 적은 없었다. 이웃집 할머니가 준 꽁보리 주먹밥을 먹었다가 체해 고생하기도 했고, 장마당에 버려진 생선 한 점을 먹었다가 심하게 설사한 적이 있었다. 설사에 걸리면 약을 먹지 못해 죽기 십상이었다. 결국 아이가 먹을 수 있는 건 강냉이뿐이었다.

아이는 그 생강냉이로 넉 달을 버텼다. 아이는 매끼마다 생강냉이 아홉 알을 한 알씩 천천히 음미하며 오래오래 씹어 삼켰다. 자신의 나이만큼만 먹는다면 굶어죽지는 않을 것 같았다.

하지만 강냉이는 며칠 전에 다 떨어지고 말았다. 그 후론 매일 굶었다.

인구 3만이 산다는 삼지연에서 살아남은 사람들은 거의 없었다. 읍내 건물들은 일부 관공서를 제외하고 거의 전부 파괴되었고 거리에는 시체들로 넘쳐났다. 읍내 복판에 있는 삼지연 문화회관으로 피난한 사람들은 상당수가 살아났다. 그 건물은 지은 지 얼마 안 된 튼튼한 건물이어선지 절반만 무너진 상태였다.

살아난 사람들은 유령처럼 거리를 배회하고 있었다. 이류에 젖은 옷이 얼음장처럼 얼어붙었는데, 먹고 마실 것을 찾아 미친 듯이 돌아다니고 있었다. 무너진 집터에서 장작불을 피우고 둘러앉은 마을사람들은 말을 잊고 있었다.

성훈은 엊저녁에는 너무 춥고 배가 고파 외국손님들이 많이 찾는다는 베개봉 호텔과 소백수 초대소로 가보았다. 반파된 호텔과 초대소에는 총을 든 병사들이 외부인 출입을 막고 있었다. 근방 군부대에서 탈영한 젊은 병사들이 그곳을 점령한 채 무언가를 먹으며 웃음을 터뜨리고 있었다.

아이는 간밤을 하수구 안에서 보냈다. 구정물이 흐르는 하수구에는 온기가 살아 있었다. 백두산의 지열이 전해진 탓이었다.

이제 아이가 늘 보던 마을풍경은 아주 사라졌다. 꽃제비들 모습도 보이지 않았다. 장마당을 기웃거리며 버려진 음식찌꺼기를 두고 아귀다툼을 벌이던 아이들이 장마당 곳곳에 시체로 뒹굴고 있었다. 마을에서 악명을 떨치던 보안서장 집도 잿더미가 되고 부부는 흔적도 없이 사라졌고 부모 잃은 아이들만 악을 쓰며 울다 지쳤는지 훌쩍이고 있었다. 성훈은 부러움의 대상이던 아이들이 자신과 같은 신세가 된 걸 보자 절로 피식 웃음이 나왔다.

아이는 남은 고구마를 입에 넣고 다시 씹기 시작했다. 페트병의 깨끗한 물을 한 입 털어 넣자 속이 다 시원했다. 배를 채우자 기운이 솟았다. 아이는 읍내로 나가기로 했다. 뭔가 기분 좋은 일이 생길 것만 같았다.

2월 17일. 정홍일은 온종일 북한특작부대에 의한 피해를 취재하고 다녔다. 침수된 수도권 전체는 하루가 지나자 물이 많이 빠졌으나 거의 모든 거리는 맹추위로 얼어붙어 차량통행이 거의 불가능했다. 방사능 화산재가 덮인 얼음판 거리에는 인적을 찾기 어려웠다. 정홍일은 마스크를 쓴 채 스케이트를 타고 돌아다녔다.

오후 2시가 넘었는데도 서울외곽과 시내거리에서 전투는 계속되고 있었다. 새벽에 점령당한 김포공항에는 수십 명의 무장괴한들이 진입해 야간근무를 하던 공항직원들을 사살하고 82㎜ 무반동총으로 민간항공기 여러 대를 폭파시켰다. 아군은 공수부대와 탱크까지 동원해 정오 무렵 이들을 진압했으나 피해가 너무 커 공항을 폐쇄했다.

시내에 난입한 무장괴한들은 곳곳으로 흩어져 난동을 부렸다. 주택가와 상가거리에 총에 맞거나 칼에 찔려 죽은 시민들이 드러누워 있었다. 경찰과 계엄군, 예비군이 총을 들고 거리 곳곳을 수색하며 소탕작전을 벌이고 있었다. 괴한 수백 명이 명동과 남대문 일대에서 난동을 부리다가 광화문까지 진출해 총을 쏘며 경찰과 대치했다.

공수부대 2개 대대가 광화문 상공에서 떨어져 거리보호와 무장공비 진압에 나섰다. 북한군 견착식 미사일에 맞은 아군 헬기 한 대가 광화문 광장에 떨어져 커다란 폭음과 함께 불길을 일으켰다. 괴한들이 쏜 무반동총 포탄들이 마구 날아가 청와대와 미대사관, 경복궁을 불바다로 만들었다.

정홍일은 끼니도 거른 채 현장에서 뛰다가 오후 3시쯤 편집국으로 들어갔다.

그는 눈앞에 벌어진 믿지 못할 광경에 경악했다. 수십 명의 동료기자들이 피투성이가 된 채 편집국 곳곳에 쓰러져 있었다. 무장괴한들이 칼부림을 한 현장이었다. 뒤늦게 계엄군이 달려와 진압했지만 신문사는 온통 피로 물들었다.

그는 벽에 빨간 스프레이로 써진 글자들을 보았다.

수구반동 보수언론 〈한성일보〉는 끝장났다. 조선민주주의 인민공화국 위대한 령도자 김정은 최고사령관 만세!

앰뷸런스 수십 대가 도착했고 경찰들이 들이닥쳐 부상자들을 실어 나르고 있었다. 정홍일은 충격에서 헤어나지 못하고 건물바닥에 주저앉아 오열했다.

지상파 TV 방송국 세 곳이 점령되었고 방송이 중단되었다. 화산대책을 논의하기 위해 임시국회가 열린 여의도 의사당에 북한특공대가 난입해 보수당 국회의원 10여 명을 죽이고 나머지를 인질로 잡고 계엄군과 대치중이라는 긴급뉴스가 흘러나오고 있었다. 광화문 미국 대사관도 점령돼 많은 대사관원들이 살해되고 대사가 인질로 잡혔다는 소식도 뒤따랐다.

정홍일은 자리를 털고 비틀거리며 일어나 담배를 피워 물었다. 라디오에서는 미국 대통령이 북한의 김정은을 비난하면서 전쟁도발을 계속할 경우 북한전역을 공격하겠다고 선포했다.

권혁수 통일부 장관은 장성택의 전화를 받았다.
"이번 서울 공격은 우리의 결정이 아니오. 강경파인 김영철 정찰총국장이 김정은 동지의 명령서를 조작해 벌인 미치광이 짓이었소. 김정은 동지의 사과를 전해드리겠소. 지금 김영철은 반역죄로 체포돼 심문을 받고 있소."
장성택은 애걸조였다.
권혁수는 잘라 말했다.
"서울은 북한 특수부대의 난동으로 엄청난 인명피해를 보았소. 이것은 전쟁행위이기 때문에 우린 UN에 제소하고 합당한 조치를 할 거요. 남북 간의 평화는 이제 끝났소."
"권 장관. 잘 생각하시오. 분명히 밝히지만 우리는 전쟁을 원치 않고 있소. 당장 김정은 동지의 사과성명도 내겠소."
"당신들 말은 단 한 마디도 믿을 수 없소. 대화는 끝났습니다."
"권 동지, 그러지 마시오. 상황을 냉정히 바라보시오. 가뜩이나…."
권혁수는 전화를 끊었다. 어쩌면 장성택의 말대로 북한 강경파가 사태를 파국으로 이끌어가기 위해 전쟁도발을 했을지도 모른다. 하지만 이번 사태는 북한의 사과로 끝날 수준을 넘어섰다.

국정원장 백선규는 통일부 장관실 소파에 앉아 한숨을 내쉬었다. 자신이 고용한 살인전문가 안창선이 이수근을 죽이다가 연극배우와 여기자 따위한테 당하더니 국정원 정보팀에 붙잡히고 말았다. 여권 전체에 불똥이 튈 상황에서 국정원장의 교체라는 카드가 그를 겨우 살려냈다.

백선규는 킬러를 비밀회담 장소에 미리 보내 회담을 방해하는 위험요인을 제거해왔다. 백선규는 이수근을 붙잡아 북송하라고 킬러에게 지시를 내렸다. 이수근이 한국으로 망명하면 비밀회담은 물 건너가기 때문이었다. 백두산 폭발설을 유포시키고 이수근의 망명을 주선하던 임영민도 남북관계를 훼손하는 존재였다. 북한을 자극하는 훼방꾼들을 제거해야 남북이 화합할 수 있다고 백선규는 믿었다. 김원중 전임 원장 같은 비전 없는 대북 강경론자도 사라져야 했다.

백선규는 자신의 출판기념회 사진이 악용될까 봐 전전긍긍했다. 그는 국정원장에 취임 즉시 요원들을 시켜 김원중의 사택을 봉쇄했다. 그가 그 정보를 외부에 퍼트릴 조짐만 보이면 그를 제거할 작정이었다. 북한 특수부대원의 무기 하나만 집안 마당에 던져 놓으면 되는 것이다.

이 모든 것이 안창선이 임준과 오수지를 제거하지 못한 탓이었다. 그들이 백두산 폭발로 죽지 않았다면 무슨 수단을 써서라도 입국 전에 죽여야 했다.

그는 인왕산이 올려다 보이는 창가에 서서 어두침침한 하늘을 바라보았다. 며칠 전에 보았던 백두산의 멋진 설경이 생각났다. 그는 양손으로 뒤통수를 감싸 쥐고 하품을 했다. 그는 대통령이 주재하는 안보장관회의에 참석하기 위해 자리에서 일어났다.

파멸

 오수지는 포대별장 지하벙커로 들어가 최현을 인터뷰하고 있었다. 최현은 남한 기자가 신분을 밝히자 반가워했다. 그는 정치범수용소의 현실을 자세하게 설명했다.
 "그 수용소는 한번 갇히면 죽을 때까지 나오지 못하는 완전통제구역입니다. 하지만 철통같은 그곳도 백두산이 터지자 단번에 무너집디다. 우리 스스로가 자유를 찾은 게 아니구, 백두산이 우리를 풀어준 겁니다. 그래서 민족의 명산 아니겠습니까?"
 오수지는 웃었다.
 "앞으로 뭘 하실 겁니까?"
 "우선은 재난을 당한 삼지연 사람들에게 먹을 곳과 잘 곳을 마련해 줄 겁니다. 지금까지 삼지연과 인근지역 인민 4천 명이 수용됐고 10군단 병력 800명도 수용됐어요."
 "김정은 개인별장을 점령했는데, 북한당국이 가만히 있겠습니까?"
 "백두산이 터진 지 사흘이 지났지만 그들은 인민을 위해 아무 일도 하지 않았습니다. 인민들은 자신들을 죽음으로 몰아넣은 김정은에 대해 분노하고 있습니다. 사람 생명이 동상이나 책, 사진이나 나무 한 그루보다 못합니까? 삼지연에 주둔한 군인들마저 인민 편에 섰습니다. 우리를 이곳으로 가라고 보내준 사람들도 우리를 토벌하러 온 군대였습니다. 인민들과 병사들이 힘을 합쳐 이 재난을 극복하고 끝까지 살아날 겁니다."

"북한당국의 보복을 막을 군사적 대책이 있습니까?"

"죽은 김정일이 자신의 마지막 피난처로 만든 개인 특각이 인민들의 피난처가 되고 우리의 살길을 찾아주고 있습니다. 지하 50m 아래 건설된 지하벙커는 핵폭탄이 터져도 끄떡하지 않을 튼튼한 시설입니다. 이곳 입구만 막으면 어떤 공격도 막아낼 수 있습니다. 호위총국이 방치한 탱크 20여 대도 곧 회수할 것입니다. 직승기(헬기)도 두 대 확보했습니다. 혜산시에 주둔한 10군단 병력 중 살아남은 모든 병사들을 우리 편으로 만들 겁니다."

"당신의 최종목표는 무엇입니까? 새로운 정부를 만드는 겁니까?"

"우선은 화산피해가 가장 심각한 삼지연을 인민의 자유가 보장되는 해방구로 만들 예정입니다. 자유를 원하는 모든 사람들을 받아들이고 함께 살아갈 생각입니다."

최향남이 최현을 찾아가 금장 휴대폰을 내밀었다.

"어제 못가별장에서 주운 겁니다. 활용하세요."

최현은 그걸 꼼꼼히 살펴보더니 말했다.

"이 고급 손전화기는 북조선 최고위층이 쓰던 것이 틀림없습니다. 이것을 잘만 활용하면 북조선 핵심부의 개인통신을 도청할 수 있을 것 같군요."

오수지는 정치범과의 인터뷰를 PC로 정리하고 그의 사진을 찍어 본사로 송고했다. 최현은 병사들을 이끌고 북쪽 못가별장을 조사하러 간다고 군용트럭에 올랐다.

 익스트림 스포츠협회장 김태일은 얼다오바이허에서 머물다가 둔화시로 가는 버스에 몸을 실었다. 버스에는 죽음의 레이스를 주관했던 동료들과 방송중계진들, 협회의 간부들이 타고 있었다. 입술이 부르튼 김태일은 피곤에 절어 지친 표정이었다.
 대회가 성공리에 끝났지만 몇 차례 홍역을 치렀다. 백두산 폭발은 그들이 예상한 것보다 워낙 규모가 컸다. 스펙터클한 폭발장면 덕분에 세계의 수많은 사람들이 대회를 보며 베팅에 참가했다. 예상수익보다 5배를 초과했다. 그는 그저께 국정원 공작원에 붙잡혀 자술서를 쓰는 등 곤욕을 치렀고 어제는 그들의 돈을 빼앗으려는 삼합회 조직원들의 습격을 받았다. 긴급전화를 받은 황우반이 중국공안에 도움을 청하는 바람에 겨우 살아났지만 그 사건으로 동료 2명이 죽고 3명이 중상을 입었다.
 사촌형 황우반은 마무리할 일이 있어 북한에 갔다가 온다고 했다. 그는 둔화에 가서 회계사들과 대회의 수익을 정산하고 사망자와 부상자들을 위한 보상금을 지급할 예정이었다. 협회의 홍보요원들은 김태일의 귀국과 체포에 대비해 협회의 웹사이트에 대대적인 홍보를 하고 있었다. 익스트림 스포츠의 순수성과 백두산에 대한 김태일의 애국적 열정, 대회수익 전체를 사상자와 제3세계 빈민들에게 제공한다는 사실을 크게 부각시켰다.
 이미 수백 개의 팬카페가 결성되었고 수십만의 추종자들은 그를 영웅으로 추앙했다. 만약 그가 귀국할 때 검찰이 그를 체포하면 폭동을 일으키자는 선동적 문구가 카페마다 난무했다.

제 1야당에서는 이번 총선에 김태일에게 서울강남에서 출마할 것을 권유했지만 그는 거절했다. 자신은 순수한 스포츠맨이라는 확신을 가졌다. 그가 추구하는 것은 스포츠에 대한 열정이었다.

죽음의 레이스를 펼치다 죽은 수천 명의 혼령들은 열정적 모험을 추구한 것이었다. 순수한 사람들을 황우반과 모의해 죽음으로 몰아넣은 자신이 혐오스러웠다. 지난 이틀간 죄책감으로 잠을 이루지 못했다.

이제는 귀국해서 대미를 장식할 때였다. 그는 기꺼이 포승줄에 묶일 것이다. 십자가에 매달린 예수처럼 고난의 모습을 대중의 뇌리에 각인시킬 것이다. 그는 인천항 부두에서 낭독할 성명서를 읽기 시작했다.

"우리는 민족의 성산인 백두산을 잃었습니다. 천지호의 위대한 풍광과 거대한 원시림은 이제 영원히 사라졌습니다. 우리는 백두산이 퍼부은 불덩어리와 싸운 게 아닙니다. 인간과 자연이 극한 스포츠를 통해 교감할 수 있었습니다. 언젠가 백두산은 새로운 모습으로 다시 태어날 겁니다. 우리들은 다시 백두산을 숭배할 겁니다. 우리의 도전은 계속될 겁니다. …"

오후 4시였다. 스노모빌에 승차하려던 오수지는 그들을 물끄러미 바라보는 작은 아이 하나를 발견했다. 그녀는 허리를 낮춰 쪼그리고 앉아 말했다.

"넌 이름이 뭐니?"
"리성훈이에요."
"몇 살이야?"
"아홉 살이에요."

"부모님은?"

"다 돌아가셨어요."

"누구랑 살아?"

"혼자 살아요."

오수지는 눈물을 흘리며 말했다.

"참 슬픈 눈을 가졌구나. 너, 나 따라갈래? 나랑 가면 널 잘 먹여 줄게."

눈이 동그란 아이는 고개를 끄덕였다.

"나랑 가면 이곳에 다시는 못 돌아올지도 몰라. 그래도 괜찮겠어?"

아이는 오수지의 얼굴을 한참 들여다보더니 고개를 끄덕였다.

오수지는 아이를 번쩍 들어 올리며 탄식했다.

"어쩜 이럴 수가 있지? 몸무게가 10kg도 안 되는 것 같아."

임준이 출발을 재촉하자 그녀는 아이 손을 잡고 그에게 다가가 말했다.

"이 아이는 고아야. 며칠 동안 아무것도 못 먹은 모양이야. 이대로 뒀다간 굶어 죽을 거야. 데려가."

임준이 고개를 끄덕이며 말했다.

"압록강 다리에서 검문이 있을 텐데."

"워낙 작은 아이니 배낭에 숨기지, 뭐."

박주연이 오수지와 임준에게 작별인사를 했다.

"난 북한에 남아 할 일이 있어요. 이 스노모빌 한 대는 제가 사용하겠습니다."

임준이 최향남에게 말했다.

"최 박사님은 어쩌실 계획이세요? 저희와 중국으로 돌아가시죠."

최향남은 웃으며 말했다.

"나도 떠나지 않을 겁니다. 여기서 백두산을 관측하고 기록할 거요. 두 사람이나 조심해서 가도록 해요."

임준은 검문에 대비해 아이를 배낭 속에 넣어 스노모빌 뒷좌석에 태웠다.

그들은 삼지연을 떠나 압록강 협곡다리를 건너갔다. 국경검문소에 이르자 중국군이 스노모빌을 멈춰 세웠다.

임준은 여권을 건네며 상황을 설명했다.

"우린 삼지연 일대를 개발하는 백두개발 직원들이오. 어젯밤 이 다리를 건넜을 때는 검문소가 무너지고 경비대원들이 없었소. 우리는 중국을 통해 한국으로 돌아갈 것이오."

검문을 통과한 그들은 다시 달렸다.

오수지가 배낭을 열고 아이를 꺼내 무릎에 앉혔다.

성훈은 오수지를 보고 웃었다.

오수지는 아이를 데리고 귀국하면 황우반과의 관계를 정리하고 임준과 미래를 설계해야겠다고 다짐했다. 임준은 든든한 동반자가 될 것 같았다. 그녀는 운전하는 그의 뒷모습을 바라보며 행복감에 젖었다.

그들은 화산재가 덮인 외곽도로를 달려갔다. 백두산 서쪽의 작은 도시 쏭지앙호어 근방이었다.

쿠르르릉….

굉음과 함께 백두산이 다시 분화를 시작했다.

산이 요동치며 거대한 불기둥과 화산재 구름을 뿜어댔다. 천둥소리에 귀가 멍멍했고 화산번개의 섬광에 눈이 아찔했다.

임준은 백두산을 올려다보며 말했다.

"발해시는 아직도 30㎞ 정도 남았는데, 낭패인 걸."

뜨거운 용암과 화쇄류가 산의 사면을 타고 쏟아져 내려왔다.

오수지가 불안한 얼굴로 말했다.

"3차 폭발이야. 불기둥이 솟구치네. 1, 2차 폭발보다 더 거센 것 같아. 아무래도 어딘가에 대피해야 할 것 같아."

하늘이 온통 컴컴해졌다.

그때 그들이 달리는 길 전면에 거대한 물체가 으르렁대면서 달려왔다.

장갑차 비슷하게 생긴 무한궤도 차량이 좁은 도로를 가득 채운 채 그들을 향해 맹렬하게 달려왔다.

스노모빌이 멈춰 섰다.

오수지가 말했다.

"저건 황우반이 소유한 특수차량이야. 내게 저 차 사진을 보여주며 자랑한 적이 있었지. 왜 저렇게 미친 듯 달려올까?"

"아무래도 우리를 공격할 낌새군. 우선은 피하는 게 좋을 것 같아."

오수지는 예감이 좋지 않았다.

캐터필러가 달린 황우반의 설상차는 엄청난 속력으로 그들에게 달려들었다. 스노모빌은 U턴해 오던 길을 다시 달려갔다.

마침내 거대한 행성이 지구에 부딪히고 말았다. 지구 최후의 날이 닥쳐왔다. 아버지와 함께 건설한 도시는 폼페이가 되고 말았다. 도시는 붕괴되었으나 나는 파멸하지 않았다. 아버지를 죽이고 아버지 회사의 경영권을 쥐게 됐다. 완결이 되려면 반드시 해치워야 할 일이 있다.

황우반은 고성능 설상차인 적토마를 혼자 몰았다.

그의 공격 목표는 임준과 박주연이었다.

엄청난 힘과 기동성을 가진 장갑차는 전속력으로 그들을 쫓아갔다.

액셀러레이터를 힘껏 밟자 그들과의 거리는 점점 줄어들었다.

뱀 같은 혀로 약혼녀를 유혹한 연극쟁이 임준이 미웠다. 자신을 파멸시키려는 박주연을 찾아서 화근을 없애야 했다. 그는 액셀러레이터를 힘껏 밟으면서 적개심을 외쳤다.

임준이 오수지에게 말했다.
"황우반이 우리를 깔아 죽이려고 덤비는군. 갈 길은 까마득한데, 야단이군."
"저 사람, 지금 제정신이 아니야. 우선은 달아나야 해."
콰르르릉….
엄청난 굉음이 연속해서 울리며 백두산은 요동치고 있었다.
오수지는 백두산 정상에서 수백m나 솟구치는 시뻘건 불기둥과 하늘 가득 퍼져나가는 거대한 화산재를 바라보면서 이 세상을 끝장낼 듯한 백두산의 기세에 극한의 공포심을 느꼈다. 스노모빌이 지진에 흔들거렸다.
뒤에서 다시 돌진해오는 설상차를 모는 황우반의 모습은 실성한 사람 같았다.
그녀는 어젯밤 황우반의 문자메시지를 받았다.

하늘이 무너지고 땅이 뒤집어졌다. 기어이 날 배반한 거야. 재앙의 늪에 빠진 날 버리고 떠났단 말인가. 절대 용서할 수 없어.

그녀는 답장을 보냈다.

적반하장이야. 날 납치한 게 누군데? 임준을 백두산 동굴에 가둔 것도 당신 소행이잖아. 이중인격자!

그녀는 자신이 처한 상황이 괴로웠다. 사방천지는 불구덩이고 우리는 살아날 가능성도 많지 않은데 왜 이런 갈등에 빠져야 할까.

임준은 전속력으로 스노모빌을 몰았으나 뒤쫓아 오는 황우반의 설상차를 당해낼 수 없었다. 압록강 다리를 몇 km 앞두고 뒤차와의 거리가 수 m 안으로 좁혀졌다. 불타 버렸으나 거목들이 쓰러지지 않은 작은 숲과 협곡 사이로 길이 이어졌다. 당장 깔려 죽을 것 같아 차의 방향을 틀어 숲속으로 들어갔다. 수십 m도 못 가 스노모빌은 화산재 속에 처박혔다.

거대한 설상차가 길옆에 멈춰 섰다.

임준은 스노모빌 안에서 설상차를 올려다보았다.

설상차의 창문이 내려지더니 총신이 불쑥 나타났다.

황우반이었다. 그가 총을 들고 살기를 뿜고 있었다.

임준은 두려웠다.

정신이 나가버린 살인자의 기세가 한눈에 역력했다.

탕, 타앙!

황우반의 라이플이 발사됐다. 연달아 총소리가 나더니 총알이 스노모빌 곳곳에 처박혔다.

임준이 오수지에게 말했다.

"저놈이 일단 날 노리는 것 같아. 내가 하는 데까지 저놈을 유인할 테니, 그 틈을 타 빨리 도망쳐."

임준 일행은 모빌에서 내렸다.

황우반이 실탄을 다시 장전할 때였다. 임준은 아이를 안고 오수지의 손을 잡고 거목 뒤로 숨었다. 가지가 다 타버리고 줄기만 남은 거목이었다. 총알이 다시 날아왔다.

임준은 자신은 죽더라도 오수지와 아이를 살려야겠다는 각오를 다졌다.

황우반은 설상차 문을 열고 길 위로 뛰어내렸다.

임준의 눈에는 그의 몸짓은 신나는 서바이벌 게임이라도 하는 듯이 보였다. 그가 다시 거목을 향해 총을 난사했다.

임준이 반대편으로 뛰려는 순간, 오수지가 길을 향해 뛰쳐나오며 소리쳤다.

"우반 씨, 당장 그만둬! 미친 짓 제발 그만해!"

황우반이 웃음을 터뜨렸다.

"오호라, 이게 누구야. 그 유명한 오수지 기자님 아니신가. 내가 미쳤다고? 내 눈엔 저놈과 밤낮으로 돌아다닌 네년이 더 미쳐 보여."

"백두산이 다시 터지고 있는데, 우선은 함께 이곳을 빠져나가자. 어린애도 있으니 안전한 곳으로 가서 진지하게 얘기해 봐."

"늦었어. 대화는 필요 없어."

그가 임준을 향해 다시 총을 난사했다.

오수지가 외쳐 말했다.

"제발 그만해. 그만하라구. 백두산은 끝났어. 다 잊어버리고 새 출발해."

"그래, 죽어도 끝까지 저놈을 감싸겠다 그거지. 좋아, 소원이라면 너희 둘을 같이 보내주지."

그가 오수지의 가슴에 라이플을 겨눴다.

빨갛게 핏발이 선 그의 두 눈엔 적의가 가득했다. 유령처럼 괴기스러웠다.

"백두산이 처음 터지던 날 밤, 난 네가 걱정이 돼 밤새 기다렸는데, 네년은 내가 관리하는 건물 안에서 저놈과 질펀하게 놀아나더군. 아주 대단하던데, 창녀 같은 년. 그것도 우리 약혼식 날 말이야."

그녀가 정색하고 말했다.

"당신은 너무 많이 날 실망시켰어. 당신이란 인간하고 약혼할 뻔했다는 생각만 해도 너무 끔찍해."

황우반의 얼굴이 붉어지면서 노기를 띠었다.

"그 방은 경기용 카메라가 설치된 스키점핑 타워 선수대기실이야. 너희들은 내 인내심을 시험하기 위해 일부러 도발했어."

"유치하게 남을 몰래 감시한 걸 자랑해? 당신은 내가 자유의지를 가진 성인이라는 걸 인정 못하나?"

"날 농락한 너희 연놈을 처단할 거야. 네년을 어떻게 죽여줄까? 네년 가슴에 총구멍을 백두산 화구만큼 내줄까?"

어린아이가 울음을 터뜨렸다.

황우반이 오수지에게 정신 팔려 있는 사이, 길가로 올라온 임준이 황우반에게 달려들어 총을 빼앗으려고 했다.

두 사람은 길 위에서 뒹굴었다. 그들의 몸은 화산재로 하얗게 범벅이 되었다. 임준의 위에 올라탄 황우반이 개머리판으로 그의 얼굴을 내려쳤다.

선혈이 터져 나왔다.

황우반은 총신으로 그의 목을 졸랐다.

"넌 내 삶에 끼어들지 말아야 했어. 그게 네놈의 실수야."

임준은 총신을 쥐고 버둥거렸으나 역부족이었다. 헐떡이며 말했다.

"황우반, 그만하자. 원하면 날 죽이고 오수지와 애는 살려줘. 제발 부탁이야."

"끝까지 흑기사 노릇을 하시겠다! 그래, 좋아. 아주 멋져. 자, 일어나 보실까."

피투성이가 된 임준이 허리를 펴며 일어섰다.

"저 앞 벼랑 끝으로 가!"

둘은 도로 반대편 벼랑 쪽으로 걸어갔다. 압록강 상류의 거대한 협곡지대가 눈앞에 펼쳐졌다.

오수지가 발을 구르며 소리쳤다.

"제발 그만해! 왜 아무 잘못 없는 사람을 죽이려는 거야? 놔두라구."

임준은 벼랑을 등지고 섰다.

황우반이 임준의 가슴을 총구로 겨누며 말했다.

"지긋지긋한 놈. 네놈과는 전생에 철천지원수였음에 틀림없어. 그렇지 않고서야 2대에 걸쳐 이런 악연이 있을 수 없지. 이제 여기서 끝내자구. 아니, 내가 끝내 주지. 너희 두 연놈은 날 욕보이고 파멸시키려고 했어. 버러지보다 못한 것들, 널 먼저 죽이고 저년을 죽일 거야!"

황우반이 라이플의 방아쇠를 천천히 당겼다.

타앙!

"으윽!"

임준의 왼쪽 다리에 총알이 관통했다. 금방 그의 신발에서 핏물이 새어나왔다. 그는 망가진 다리를 제대로 세우지도 못하며 신음했다.

황우반이 웃으면서 말했다.

"쉽게 보낼 순 없지. 암, 우리가 어떤 사인데. 바로 보내긴 서운해서 안 되지. 이 탄창에 있는 총알 수만큼 넌 고통을 느끼며 천천히 죽어야 해."

임준은 두 눈을 감았다.

두 번째 총알이 그의 어깨뼈 밑을 관통했다.

그는 비틀거리며 비명을 질렀다.

처참한 광경에 오수지와 아이는 울음을 터뜨렸다.

황우반은 미친 듯 웃고 있었다.

임준은 피를 철철 흘리면서도 어떻게든 오수지와 아이를 살리기 위해 황우반의 분노를 자신에게 집중시켜야 한다고 생각했다.

그는 사력을 다해 황우반에게 소리쳤다. 작년 가을에 공연한 연극 〈오이디푸스 왕〉의 한 대사를 읊기 시작했다. 하얀 화산재를 머리부터 발끝까지 뒤집어쓴 채 열연하는 무대배우처럼 카랑카랑한 목소리가 허공을 갈랐다.

오, 인간들이 차마 볼 수 없는 끔찍한 재앙이여!
내가 만났던 재앙 중에 가장 끔찍하구나!
오, 불행한 사람, 도대체 무슨 광기가 당신을 덮쳤습니까?
그때 내가 죽었더라면
아버지의 살인자가 되지 않고
나를 낳아준 사람의 신랑이라는 소리도 듣지 않았을 텐데.
지금 나는 신들에게 버림받은 자이고
불경한 부모의 자식이고
나 자신이 태어난 곳에서
자식을 태어나게 하였으니.
재앙조차 능가하는 재앙이 있다면
그게 바로 오이디푸스의 몫이로구나 …

황우반은 놀란 눈으로 임준을 바라보았다.

"오이디푸스? 지금 네놈이 날 조롱하는 거야?"

임준은 노골적으로 이죽거렸다.

"왜, 아니라고 부정할 텐가? 넌 오이디푸스 콤플렉스가 심한 신경증 환자야. 중증환자지. 네가 우리 아버질 증오하지만 그 증오는 실은 네 아비에 대한 증오야. 네 아비는 우리 어머니와 오래 사귀었지. 하지만 어머니는 우리 아버지와 결혼했지."

황백호와 임영민은 고등학교 동창에다 같은 대학 지질학과 동창생이었다. 절친했던 둘은 여자문제를 놓고 사이가 틀어졌다. 둘이 결혼하자 황백호는 임영민을 원수처럼 증오했다. 임준은 이것이 황우반이 갖고 있는 편견이라고 생각했다. 그는 실제 내막을 잘 몰랐던 것이다.

총을 쥔 황우반은 허탈한 표정으로 말했다.

"그래, 묘한 인연이야. 네 아비와 내 아비는 젊어서는 여자를 두고 으르렁대더니 늙어서는 백두산을 두고 싸웠지. 네 어미 때문에 우리 어머니는 버려졌어. 우리 어머닌 어린 날 놔두고 자살했어. 아버지가 옛 여자를 잊지 못했고 내 어머니를 멸시했기 때문이지. 네 말대로 오이디푸스 콤플렉스가 맞아. 그런데 말이야…."

그가 목을 돌리며 말을 이었다.

"네 애비가 우리 아버지 애인을 빼앗아가듯 너도 내 애인을 빼앗아갔어. 이건 교묘한 각본인 것 같아. 죽었다고 생각했던 네 아비가 죽지 않았기 때문이지. 네 아비는 린리치와 짜고 우리 백두개발을 파멸시키려고 오래전부터 수작을 부렸어. 연극배우 아들을 동원해 날 파멸시키려고 일부러 접근해 약혼녀까지 빼돌리며 날 교묘하게 자극한 건지도 몰라."

임준은 자신의 부친이 살아 있다고 황우반이 믿는 게 놀라웠다. 한국인 킬러의 말을 그도 들었을까. 황우반이 다시 숨을 몰아쉬었다.

"내가 널 죽이는 건 네 아비가 연출하는 사기극을 깨부수기 위해서야. 네 아비가 우리 아버지 수명을 단축시켰듯이 나도 널 죽여 네 아비 명을 단축시킬 거야."

"넌 거짓말을 하고 있어. 날 죽이면 네가 모든 걸 차지하기 때문이지. 난 너하고 연극을 할 생각이 없어. 그저 오수지와 아이를 살리고 싶어."

"넌 방금 오이디푸스 각본을 읽었어. 그게 바로 날 기만하기 위한 연극이야. 널 죽이고 오수지를 죽여 주지. 아들을 이용하려다가 아들을 잃은 임영민의 비극을 내가 연출해 주지."

"오수지를 증오하지 마라, 황우반. 넌 그녀를 납치하고 속였어. 그녀에 대한 증오는 터무니없어."

"그래, 난 내 어머니를 죽인 내 가짜 아비를 증오하고 날 배반한 오수지를 증오하고 오수지를 빼앗아간 널 증오해. 이 모든 걸 연출하는 네 아비를 증오해."

"넌, 내 아버지가 살아 있는 걸 어떻게 알았지?"

"멍청한 놈. 너의 일거수일투족은 다 내 손바닥이야. 이수근 알지? 그자 옷에 도청장치를 달았지. 킬러가 아니었다면 그날 밤 너흰 내 손에 다 죽었을 거야!"

출혈이 심해 비틀거리는 임준은 고통스런 목소리로 말했다.

"한 가지 사실을 얘기해 주지. 지난 12월에 난 죽어가는 네 아비를 만났다."

병원침대에 누워 있는 중늙은이는 뼈만 앙상했고 병색이 완연했으나 눈빛만은 매서웠다. 늙은이는 눈을 크게 뜨고 한동안 그의 얼굴만 노려보았다.

"네 이름이?"

"임준입니다."

늙은이의 눈가에 눈물이 맺혔다. 그의 목소리가 떨렸다.

"그래, 네 어미 장례식 때 한 번 본 기억이 난다. 애야, 정말 미안하구나. 내가 네게 몹쓸 짓을 했고 네 어미에게도 죽을죄를 졌다. … 30년 전의 이야기란다. 당시는 네 아버지와 난 가장 절친한 친구였다. 중학교 때부터 지질학자가 되는 꿈을 함께 꿨지. 같은 대학 지질학과에 함께 입학했어. 그러다가 내가 한 여자를 사랑하게 됐고 우리 셋은 함께 공부하고 함께 놀았지. 학교를 졸업한 뒤 나는 광업공사에 취직해 해외자원개발파트에서 근무했고 네 아버진 대학원에 들어갔지. 내가 파견 나간 곳은 러시아였어. … "

임준은 인생대박을 위해 사랑하는 여자를 버렸던 황백호의 사정을 들었다.

"그해 여름 난 강남부자의 딸과 결혼해 모스크바로 이주했고 자네 아버지랑 오랫동안 만나지 못했어. 나와 헤어진 그 여자는 실연의 아픔을 견딜 수 없어 자네 아버지에게 많이 기댔더군. 그러다 두 사람은 가까워졌고 연말에 결혼을 했지. 난 그 사실을 오랫동안 몰랐어. 러시아 광산회사를 인수해 구조조정을 하고 런던 주식시장에 올리는 데 8년 세월이 흘렀으니까. 장인이 죽자 그 회사는 내 것이 됐지. 그 후 다산그룹은 승승장구했어.

하지만 내 결혼생활은 비참했어. 성격차로 하루하루가 가시방석이었어. 마누라는 나보다 세 살 위였는데 성격이 거만했고 갓난애가 달린 이혼녀였어. 한마디로 부잣집 성질 못된 외동딸이었지. 내 아들 우반이는 그녀의 전 남편 자식이야. 날마다 가정불화였지. 우반이 에미는 알코올 중독자가 됐지. 우린 서로를 멸시했지. 어느 날 우반이 에미는 자살했어. 어린 나이에 우반이 그 애는 충격이 컸을 거야. 그

때부터 삐딱하게 자라기 시작하더군. 그 애를 사랑했지만 받아들이지 못하더군. 어떻게 알았는지 나와 피 한 방울 섞이지 않았다는 걸 눈치 챈 모양이야. 난 정말 몹쓸 짓을 했어.

임영민이 내가 사랑했던 여인과 결혼했음을 알게 된 것은 내가 러시아에서 돌아온 직후 참석한 고교동창 모임에서였지. 임영민은 냉랭했지만 난 진심으로 축하해 줬어. 네 부친은 모친의 옛 상처를 건드리지 않으려고 날 일부러 기피했을 거야. 15년 전인가. 그가 네 모친의 장례식에 날 부르더군. 장례식 날 상복을 입은 널 보자마자 내 아들임을 직감했지. 사지가 떨려 말 한 마디 할 수 없었어. 그 후로 네 아버지에게 여러 차례 연락을 하고 편지를 보냈으나 반응이 없었지. 그가 날 장례식에 부른 건 네 어미의 고통을 알고 내 아들인 널 보라는 뜻이 아닐까 생각해.

우리는 백두산 폭발설로 대립했으나 그건 사소한 문제였어. 난 네 모친을 사랑해 준 임영민이 고마웠어. 자기 자식이 아닌 것을 뻔히 알면서도 널 사랑으로 키운 그를 존경했어. 넌 내 유일한 혈육이야. 하지만 네 아비라고 주장하진 않겠다. 그건 염치없는 짓이지. 네게 한 가지를 남기려고 한다. 내가 너에게 남긴 재산으로 사회복지재단을 만들었으면 한다. 네가 그걸 잘 운영해 소외된 사람들의 등불이 되었으면 해. …"

"우리 아버진 제가 남의 씨앗임을 일찍부터 알았지만 제게 한 번도 내색을 하진 않았어요. 어머니도 저 때문에 늘 고통 속에 사셨죠. 황백호 회장님은 내겐 생물학적 존재 그 이상은 아닙니다. 내 진짜 아버지는 임영민입니다."

황백호는 미소를 지었다.

"영민이가 아들 하나는 정말 잘 키웠군. 어제 난 네 아버지를 만나

사죄했어. 내 마지막 길에 널 만나 참 행복하구나. 미안하고 고맙다. 이리 와 손 좀 잡아보자꾸나."

황백호는 임준의 손을 감싸 쥔 채 오래도록 가만히 누워 있었다.

"재벌 아버지를 찾아 좋았겠군!"

황우반이 비웃었다.

임준이 침착한 어조로 말했다.

"이미 넌 나에 대한 비밀을 잘 알고 있어. 황백호 회장이 나에게 다산그룹 지분을 많이 물려주자 날 증오하고 있어. 넌 많은 사람들을 죽게 해 다산그룹을 파산시키려 들었어. 삐뚤어진 증오심이 네 문제야."

황우반은 얼굴을 찌푸리며 소리쳤다.

"그런 헛소릴랑 집어치워! 황백호의 법적인 적자는 나야. 다산그룹의 자금줄은 우리 외가였어. 우리 외할아버지 김광진이 투자했고 상속인인 우리 어머니가 자신을 희생해 황백호를 키웠어. 난 어릴 적부터 가짜 아버지 황백호가 싫었어. 내 어머니를 죽인 황백호를 증오했어. 넌 아무것도 아냐. 황백호가 씨를 뿌린 서자에 불과해. 너는 임영민을 닮아 사기꾼이야!"

임준은 고개를 끄덕였다.

"넌 백두개발의 주식을 이미 다 매각했어. 황우반, 넌 숙부를 협박해 경영권을 헐값으로 사들였어. 다 네 뜻대로 됐지. 뭘 더 원해?"

황우반은 음침한 목소리로 미친 듯이 웃어댔다.

"내가 30년간 상속자가 되기 위해 황백호의 비위를 맞추고 살았는데, 네놈은 황백호의 정자를 받았다는 이유로 그 많은 유산을 며칠 만에 날로 먹었어. 무자격자가 가진 마지막 지분을 되찾아야겠어. 그래서 널 죽일 거야."

임준이 비웃음을 던졌다.

"황우반, 실망 마라. 미안해서 어쩌나? 황백호 회장이 내게 남긴 지분은 그분과의 약속대로 모두 가난한 사람들을 위해 사회복지재단에 기부했거든. 천만다행으로 말이야. 중국으로 오기 사흘 전에 법적 정리가 끝났지."

황우반은 얼굴을 찌푸리며 고개를 갸우뚱거렸다.

"그래? 네놈 끝까지 재를 뿌리는군. 그럼, 나머지 선택은 하나뿐이군."

"너와 나는 어른들의 실수로 불행히 함께 엮이었어. 하지만 세상이 다 뒤집어졌는데, 그 따위 증오는 이젠 화산 불에 다 태워버려. 이제 다 잊어버리자."

임준은 다리를 질질 끌며 황우반을 향해 걸어갔다.

황우반이 눈을 부릅뜨며 소리쳤다.

"내가 연극이 아닌 현실을 보여주지! 우리 사이에는 종지부가 필요해. 그래, 이제 우리의 악연을 끝내자구. 이번엔 네 머리통을 날려주지. 내가 다산그룹의 주인이라는 것을 입증해 주지! 저 오수지의 애인은 바로 나야!"

황우반이 소름 끼치는 미소를 지으며 방아쇠를 당기려는 찰나였다.

"아악!"

황우반은 갑자기 날카로운 비명을 질렀다. 어디선가 뜨거운 불덩이가 날아와 황우반의 얼굴을 덮쳤다. 용암탄이었다.

찰떡처럼 달라붙은 용암 덩어리가 그의 얼굴을 산 채로 태우고 있었다.

그는 비틀거리며 라이플을 사방에 난사하기 시작했다. 엄청난 괴력이었다. 그는 야수처럼 울부짖었다.

　백두산이 폭음을 내며 다시 시뻘건 불길을 토해냈다. 지진으로 땅이 흔들거렸다.

　복부에 다시 총을 맞은 임준은 황우반을 향해 비틀거리며 걸어갔다.

　임준은 황우반과 총을 맞잡고 벼랑을 향해 밀어붙였다. 그는 어떻게든 여자와 아이를 살려야 한다는 일념을 버리지 않았다. 온몸에 기운이 빠지고 고통 때문에 한 발짝도 움직이기가 어려웠다. 있는 힘을 다 짜냈다.

　그는 오수지에게 목청껏 소리쳤다.

　"오수지, 어서 아이 데리고 도망쳐! 어서!"

　황우반의 총이 다시 허공에 난사되었다.

　용암탄이 사방에 떨어지고 있었다. 벼랑 끝에서 황우반이 울부짖었다.

　임준이 오수지를 향해 뜨거운 눈길을 보냈다. 그녀에 대한 감정이 불길처럼 치솟았다. 이제 그녀를 다시는 볼 수 없었다. 숨이 막혀 말 한 마디 할 수 없었다. 눈물이 흘러나왔다.

　벼랑 아래는 뜨거운 용암이 흐르는 협곡이었다.

　임준이 황우반의 몸을 끌어안고 협곡으로 뛰어내렸다. 그들은 서로 몸이 엉켜 허공을 날았고 용암에 처박혀 순식간에 사라졌다.

마지막 도전

 화산재를 흠뻑 뒤집어쓴 오수지는 비명을 질렀다. 휘청거리며 벼랑 끝으로 걸어갔다. 망연자실한 표정으로 벼랑 아래를 내려다보며 흐느껴 울었다.
 그녀는 정신이 번쩍 들었다. 백두산은 점점 사납게 폭발하고 있었다. 그래, 이 어린 성훈이라도 살려야 해. 그녀는 황우반의 설상차에 올라가 아이를 옆자리에 앉히고 운전대를 잡았다. 차안에 황우반이 가져온 방열복과 방독면이 있었다. 커다란 옷 속에 아이를 집어넣고 방독면을 씌웠다.
 뜨거운 화산재가 설상차 지붕에 쏟아지고 있었다.
 눈물이 앞을 가렸지만 발해시를 향해 가속페달을 밟았다. 그곳을 거쳐 얼다오바이허로 피난할 작정이었다.
 백두산 산록을 타고 뜨거운 화쇄류가 강물처럼 흐르고 있었다. 그들을 태운 설상차는 시속 80㎞의 속력으로 미친 듯이 달아났다. 전면 차유리에 덮인 화산재를 와이퍼가 털어내지 못하고 있었다. 불타버린 원시림 속에 달려온 자국조차 남지 않은 외곽도로를 내비게이션에 의

지해 달렸다.

　황우반이 임준에게 총을 쏘고 임준이 그를 끌어안고 벼랑 아래로 몸을 던지던 광경이 눈에 선했다. 두 집안의 인연이 피로 종지부를 찍고 만 것은 비극이었다.

　발해시 곳곳에서는 화쇄류가 흐르고 있었다. 화산재로 가득 덮인 도시는 완전히 폐허가 되었고 사람들이 보이지 않았다.

　오수지는 백두산 일대의 지리에 익숙하지 않았다. 왔던 길을 되돌아갈 뿐이었다. 여긴 생지옥이군. 이리로 오지 말 걸 그랬나.

　설상차를 타고 발해시 외곽 고속도로를 타고 얼다오바이허로 가려고 했다. 하지만 엄청난 힘을 발휘하던 황우반의 설상차는 화산재 위를 많이 달린 탓에 엔진이 고물차처럼 덜컹거리기 시작했다. 이러다 멈추기라도 하면 오도 가도 못하고 죽을 판이었다.

　순간 그녀는 발해시 정수장이 떠올랐다. 방공호만큼이나 견고했던 지하통로가 생각났다. 유상석이 그곳에 살 길이 있다고 말한 것과 황우반이 보낸 음성메시지가 떠올랐다. 무작정 그곳으로 달려갔다.

　죽음의 도시라는 말이 실감났다. 건물의 흔적은 없어졌고 도시 전체가 활활 타는 용광로 속이었다. 매캐한 유황냄새가 코를 찔렀다. 허공은 화산재로 가득했고 지상의 모든 것을 화쇄류가 남김없이 태우고 있었다.

　설상차에 내비게이션이 없었다면 길조차 못 찾았을 것이다. 가까스로 발해시 정수장에 도착했다. 헤드라이트로 부석으로 가득 덮인 제2 정수장 건물과 출입문을 겨우 찾아냈다.

　그녀는 잔뜩 겁에 질린 병약한 아이를 품에 안고 설상차에서 내렸다. 아이를 위해서도, 장렬하게 산화한 임준을 생각해서도 반드시 살아야 했다. 그녀는 한참 씨름을 한 끝에 정수장 문을 겨우 열었다.

밤늦게까지 박주연은 포태별장 안에서 태블릿 PC로 한국의 뉴스를 살폈다. 무장공비들의 난동으로 수도권 주민 3,400여 명의 사상자가 발생했고 이들의 난동이 진압되지 않아 피해가 확산되고 있었다.

서울거리 곳곳에서는 폭음이 터지고 거대한 불길이 치솟았다. 북한의 장거리 미사일 수십 발이 국가기간시설과 군 기지들에 떨어졌고 몇 발은 유류저장시설을 파괴하여 큰 화재를 일으켰다.

한국 국방장관이 마이크 앞에 직접 나섰다.

"한국 공군의 신형 전투기 90대와 장거리 미사일 120기가 북한의 군사시설 70곳을 폭격해 대파시켰습니다. 북한의 공군력과 미사일 기지들은 궤멸됐습니다. 더 이상의 확전을 원하지 않습니다만 북한의 추가도발이 있을 경우 주한미군과 주일미군의 대대적인 전면공격이 있을 것입니다."

이 소식을 인터넷으로 검색한 박주연이 옆에 앉은 라순옥에게 말했다.

"서울시민들이 많이 살해당하니까, 총선을 앞둔 대통령이 보복을 하지 않으면 안 된다는 압박감에 시달린 것 같아요."

"한 번씩 주고받았으니 이제라도 더 이상 확전되지 않으면 해요."

"이게 웬 비극인지. 같은 민족끼리 두 번씩이나 상잔의 아픔을 겪다니….".

오수지가 포태별장에서 인터뷰한 기사는 긴급뉴스로 퍼져나가고 있었다. 김정은이 못가별장 지하에 갇혔다는 소식을 〈한성일보〉는 호외로 발행했고 그 소식은 세계적인 톱뉴스가 되고 있었다.

라순옥이 별장 휴게실에 있는 TV를 틀자 북한의 조선중앙방송이 나왔다. 방송은 청진과 김책 같은 해안 도시들에 화산재가 50㎝ 이상 덮였고 식수를 구할 수 없어 발을 동동 구르는 인민들의 모습을 보여주었다.

박주연이 누적된 피로를 못 이겨 하품을 하며 말했다.

"남북 간에 큰 전투가 있었는데, 북조선 방송에서 언급도 없군요."

"최현 대좌가 그러는데, 핵심고위층 내부에 심각한 갈등이 있답니다. 강온파로 갈라져 격론을 벌인대요."

"오늘 저녁 8시 중국정부는 백두산 반경 300㎞를 '재난관리구역'으로 선포하고 중국군대를 동원해 본격적인 구난활동에 돌입하고 남북한의 전쟁행위를 막겠다고 선포했어요. 중국군 30만 명과 자원봉사자 20만 명을 사회주의 형제국인 북한에 투입해 생존 위기에 처한 북한인민들을 돕는다고 발표했어요."

"남조선이 반격하고 북조선이 붕괴위기에 처하자 북조선을 차지하려는 계략 같습니다."

"백두산 반경 300㎞면 북한의 량강도 전체가 포함되고 함경북도 전체와 자강도 3분의 1이 포함되지요. 북한 전체의 30%쯤은 됩니다."

"중국은 북조선 점령을 사실상 선포한 것이고 북조선 일부는 중국령이 될 겁니다. 마오쩌둥 말대로 북조선은 중국의 입술이라서 소유해야 한다는 거지요. 미국과 남조선 연합군과 한바탕 전쟁이 벌어지겠어요."

"중국은 한미 연합군이 상륙하기 전에 북한을 먼저 점령하려는 겁니다. 하지만 백두산이 지금 폭발중이라 당장 군대를 투입하지는 못할 겁니다. 6·25의 비극이 또 재현되는군요."

라순옥이 두 눈을 깜박이며 말했다.

"지금 우리 조선군부의 지도자들은 소장파 장교들에게 극심한 불신을 받고 있어요. 조만간 그들은 쫓겨날 겁니다. 참, 최향남 박사가 못가별장에서 주운 손전화기 주인이 누군지 알아요? 바로 김정은을 경호하는 신변안전담당비서 곽춘식이래요."
"신변안전담당비서라면 남조선에서는 대통령 경호실장인데."
"그자 손전화기가 왜 별장 바깥에 버려져 있었을까 다들 궁금해해요."
"백두산이 터지자 제 주군을 버리고 꽁지 빠지게 달아난 건 아닐까요?"
"저도 그렇게 생각해요."
둘은 웃음을 터뜨렸다.
박주연은 포태별장의 지하벙커 통신실에 틀어박혀 비밀공작을 하는 최현의 활동이 몹시 궁금했다. 10군단의 젊은 장교들이 하루에도 수십 명씩 그의 부름을 받고 별장으로 몰려들고 있었다.
저녁 늦게 최현 대좌가 올라가 새로운 소식을 전해 주었다. 백두산 화산폭발 피해지역인 량강도 혜산시, 갑산, 보천, 백암, 함경북도 청진시, 나진시, 함경남도 단천시, 신포시, 압록강변인 만포시와 신의주시에서 대규모 인민폭동이 일어나고 있다고 했다. 이번 폭동에는 많은 북한병사들이 가세하고 있어 내란으로 비화할 가능성이 크다고 말했다.

오수지가 정수장 문을 열고 들어갔다. 휴대용 손전등을 켰다.
불 꺼진 정수장 안에는 사람 그림자 하나 보이지 않았다. 자가발전시설의 가동도 중단된 모양이었다.
그녀는 유상석에게 전화를 걸었다. 그가 놀라 소리쳤다.
"살아서 돌아왔군요. 지금 어딥니까?"
"발해시 정수장이에요."

"생지옥 한가운데로 잘못 들어가셨군요. 그리 가지 말고 쑹지앙흐어에서 서쪽으로 빠져나갔어야 했는데. 저도 3시간 전에 정수장에 있던 마지막 이재민들을 차에 태우고 발해시를 떠났어요. 지금 백두산에서 용암과 화산재가 너무 많이 쏟아져 지상으로 탈출하는 건 불가능해요."

"그럼 여기 죽치고 앉아 화산폭발이 그칠 때까지 기다려야 하나요?"

"정수장 건물이 아주 튼튼하지만 언제 부서질지 몰라요."

"그런 것 같아요. 건물 곳곳에 금이 가고 무너질 조짐이 보여요."

"그거 큰일인데. 어린애가 있으니 빨리 후방으로 피난해야 합니다."

화쇄류의 공세에 거대한 정수장 건물이 흔들거렸다.

정수장 건물 한쪽 벽면이 굉음을 지르며 무너져 내렸다. 건물 안으로 뜨거운 화산재가 쏟아져 들어왔다. 그들은 계단을 타고 지하 1층으로 내려갔다.

아이가 공포에 질려 울음을 터뜨리자 오수지는 아이를 끌어안았다. 다시 지하 2층의 송수펌프실로 내려갔다. 거대한 펌프와 파이프들이 공간을 채우고 있었다.

그녀는 스마트폰에서 황우반의 음성메시지를 다시 들었다.

"이거 하나 알아 둬. 백두산이 폭발하고 이 도시가 전부 불바다가 되고 탈출구가 보이지 않을 때 지금 내가 알려주는 곳으로 당장 피해. 아마 당분간은 지내는 데 지장이 없을 거야. 그곳은 바로 정수장이야. 발해시에서 얼다오바이허까지 천지물을 공급하는 송수파이프 공사가 끝났어. 직경 130㎝ 짜리 스테인리스 파이프가 얼다오바이허까지 30㎞나 깔려 있는데, 그 관은 지금 텅 비어 있지. 파이프는 포항제철에서 특수강으로 만들었고 초강화 콘크리트로 덮어 굉장히 튼튼하거든. 통행이 가능할 것으로 생각해."

그녀는 펌프실 귀퉁이에 있는 텅 빈 송수관 입구를 손전등으로 비춰보았다. 공사용 자재들이 지하관랑(地下菅廊) 여기저기에 널려 있었다.

유상석에게 다시 전화를 걸어 그 문제를 의논했다.

"대지진에 지하 송수관이 무너지거나 뒤틀리지 않았을까요? 송수관 안을 조사해본 건 아니잖아요. 텅 빈 관속으로 용암이나 화산가스가 침투했을 수도 있고, 지열 때문에 송수관이 뜨겁게 달아올랐을 수도 있고요."

"맞아요. 처음부터 그건 물을 이동시키는 파이프지 사람의 탈출로는 아니잖아요. 그곳으로 탈출하려다가 사고를 당할 수도 있지요. 그렇긴 하지만 달리 대안이 없잖소? 그 도시에서 유일한 대피로는 그곳 뿐입니다."

그녀는 미간을 찌푸리며 말했다.

"다른 방법이 없으니 죽고 사는 건 하늘에 맡기고 갈까요?"

"방열복과 방독면은 꼭 쓰고 가야 해요. 송수관 직경이 작아 기어가야 해요."

"불빛도 없는 미지의 터널을 30㎞나 기어가야 한다니. 얼다오바이허도 화산폭격을 받아 쑥대밭 아닌가요?"

"그곳보단 형편이 훨씬 나아요. 이곳 기차역에 피난열차가 대기하고 있어요. 수만 명의 군대가 철도변에 둑을 쌓고 철도를 지키고 있죠."

오수지는 스마트폰으로 발해시 송수관이 지옥의 도시 발해시에서 살아남은 마지막 2인이 빠져나가는 유일한 탈출로가 될지도 모른다는 짤막한 기사를 써 송고했다. 그 기사는 유언장과 같은 내용이었다. 죽더라도 행적은 남기고 죽고 싶었다.

밤 11시 15분. 칠흑 같은 어둠 속에서 정수장 건물 천장이 무너졌다. 커다란 기둥들이 지하 2층 펌프장에 떨어지면서 그들에게 달려들었다. 그들은 가까스로 송수관로에 몸을 숨겼다. 달리 탈출로가 없다는 것은 알았지만 송수관이 망가졌을까 봐 끝까지 망설였다.

오수지는 손전등을 비추면서 실내에서 핸드볼만 한 고무공 하나를 주웠다. 다시 유상석에게 전화했다.

"얼다오바이허 정수장에 아는 사람 있나요?"

"제 중학 동창이 거기서 근무해요."

"그럼 그리로 전화를 해서 제 부탁 좀 전해 주실래요?"

그녀가 발해시 정수장에서 고무공을 송수관에 던져 넣으면 유상석이 얼다오바이허 정수장에 전화를 걸어 공이 도착했는지를 확인해 달라는 것이었다. 고무공이 그곳에 도착했다면 송수관은 틀어지지 않고 제대로 이어졌음을 확인하는 셈이었다.

정수장 건물은 시간이 갈수록 무너져가는데 그녀는 초조하게 기다렸다.

한참 만에 유상석이 전화를 걸어왔다.

"공이 도착했답니다. 정말 다행입니다."

오수지는 아이를 끌어안고 안도의 한숨을 쉬었다.

방독면은 2개가 있었으나 방열복이 한 벌뿐이었다.

둘은 방독면을 썼다. 오수지는 아이를 등에 업고 허리띠로 묶은 다음 방열복을 입었다. 송수관로를 타고 얼다오바이허로 기어가기 시작했다. 시커먼 송수관로는 지옥의 터널이었다. 헤드랜턴 불빛을 따라 15분간 긴긴 어둠 속을 뚫고 기어갔다. 지열 때문에 송수관은 찜통처럼 열기로 가득 했다. 송수관 이음새 곳곳에서 화산가스가 새어나왔다. 온몸이 땀으로 푹 젖었다.

오수지는 고개를 가로저었다. 산소조차 희박한 파이프를 통하여 30㎞를 기어간다는 것은 무리였다. 숨이 막혀 죽을 지경이었다. 어린 성훈이가 등에서 숨을 헐떡거렸다. 이건 미친 짓이었다.

돌아 나올 수밖에 없었다.

뒤돌아오니 천장이 사라진 정수장 안에 화산재와 열기, 유독가스로 가득했다.

살아날 길이 막막했다. 그녀는 송수관에 드러누워 한숨을 쉬었다.

이대로 죽는 수밖에 없는 걸까. 침울한 표정으로 아이의 얼굴을 쓰다듬으며 울먹였다.

"난 최선을 다했단다. 너만이라도 살리고 싶었는데. 더 이상 어찌할 도리가 없구나. 아홉 살짜리가 백두산 밑에서 겨우 살아났는데, 미안해, 성훈아."

그녀는 눈물을 흘렸다. 지난 며칠간 온갖 난관을 헤쳐 왔는데 이렇게 죽는구나 생각하니 허무했다. 죽은 임준을 위해서도 살아야 하는데…. 그런데 방법이 없었다.

아이가 고사리 같은 손으로 그녀의 눈물을 훔쳐 주었다.

"누나, 우린 살아날 수 있어요."

아이는 밝게 웃었다.

"나도 그렇게 믿고 있어."

그녀는 아이의 웃음에 고무되었다. 만난 지 하루도 되지 않았지만 아이는 영리하고 침착했다. 산전수전 다 겪은 어른 하나가 아이 몸속에 들어앉은 듯했다. 그래서 더욱 측은했다.

그래, 마지막까지 최선을 다해야지. 그녀는 이곳을 벗어날 것이고 살아날 것이다. 아이를 위해서도 꼭 그래야 했다.

아이가 송수관로 끝에 앉아 손전등을 한참 지하관랑을 비추더니 소리쳤다.

"누나, 저걸 봐요!"

아이가 환성을 질렀다.

지하관랑 한구석에 쌓여 있는 공사용 기자재 속에 무언가를 발견했다.

오수지도 그것을 보았다.

그것은 FRP로 만든 눈썰매였다. 정수장 직원들이 타던 것 같았다.

오수지는 눈썰매를 가져온 다음 유상석에게 연락했다.

"정수장 창고에서 눈썰매를 찾아냈어요."

"하늘이 당신을 돕는군요. 거기서 얼다오바이허까지는 완만한 내리막길이니까 그걸 타고 오세요."

오수지는 아이를 안고 썰매에 탔다.

눈썰매는 미끄러운 송수관을 천천히 달렸다. 뜨겁게 달아오른 송수관은 갈라진 틈은 여러 곳 있었지만 붕괴된 곳은 없었다.

썰매는 두 시간쯤 달려 얼다오바이허 정수장에 도착했다.

새벽 2시가 넘었다. 그들은 거대한 착수정 수조에서 빠져나와 철제 계단을 타고 지상으로 올라갔다.

정수장 밖으로 나온 그녀는 지친 표정으로 허공을 바라보았다.

하늘에서 화산재가 폭설처럼 쏟아지고 있었다. 진이 빠진 오수지가 바닥에 주저앉아 아이를 안고 울었다. 기다리던 유상석이 그녀를 일으켜 주었다.

"생환을 축하합니다. 기적적으로 생지옥에서 빠져나왔군요."

"유 선생님 덕분이에요. 그리고 썰매가 없었더라면…."

오수지는 생각했다. 화산재 위에서 스노모빌을 타고 지하송수관에서 눈썰매를 탔지. 두 남자가 죽었어. 잔혹하고 기이한 여로였어. 그들이 죽고 내가 살아났다는 게 무슨 의미일까. 지난 며칠 동안 너무나 많은 죽음을 보았다. 죽은 자의 얼굴들이 허공에 떠다녔다.

백두산에서 57㎞ 떨어진 얼다오바이허는 화산폭발로 쑥대밭이 되었다. 장백폭포 골짜기가 이어지는 그곳은 화산재와 부석으로 온통 덮여 있었다.

파괴된 도시 곳곳에 장갑차와 탱크, 군용트럭, 불도저, 덤프트럭, 포크레인 등 중장비가 가득했다. 하늘에는 헬기들이 끊임없이 떠돌고 있었다. 수만 명의 군인들이 방열복과 방독면을 착용한 채 분주하게 오갔다. 어느 새 백두산의 분화가 그쳤다.

화산의 공세가 나흘 째 접어들자 중국군대는 조직적으로 움직였다. 지하수를 가득 담은 소방차가 소방호스로 거리 곳곳에 물을 뿌려대고 있었다. 중국정부는 구난대책본부를 이곳에 세워 총력전을 벌이고 있었다.

오수지와 아이는 난민들이 탄 군용트럭을 탔다. 트럭에는 부상자들이 타고 있었다.

2월 18일 새벽 2시 반. 트럭은 쏭지앙쩐 외곽에 있는 난민수용소를 향해 북서쪽으로 달리기 시작했다. 눈이 다시 내리기 시작했다.

도로에는 수많은 트럭들이 오가고 있었다. 도로에 떨어지는 화산재와 부석들을 불도저들이 치우고 있었다.

오수지는 지난 열흘간 두 남자 사이에서 혼란을 겪었다. 임준과 황우반 가계의 얽힌 비밀을 도저히 이해할 수 없었다. 그녀의 가슴에 고통이 끊임없이 이어졌다.

그녀는 지난 며칠간 백두산 폭발현장 속에서 생사를 넘나드는 경험을 했다. 화산폭발은 백두산의 순수한 모습이었고 자연의 파괴가 아닌 창조였다. 곤충이 껍질을 벗듯 백두산의 예정된 변신이었다. 일찍

이 인간이 그걸 알고 자리를 피해 줬어야 했다. 그녀는 추위에 떠는 아이를 품안에 감싸 안았다.

2월 20일 오전 9시. 박주연은 강호길에게 몇 번이나 전화를 했으나 통화가 되지 않았다. 쑹지앙쩐 민가에 있는 공작관 심동일과 겨우 연락이 됐다.
"강 선임정보관은 어디 있나?"
"어제부터 연락이 안 됩니다. 팀장님께서는 언제 돌아오시죠?"
"북한의 상황이 급변해 여기서 정보수집을 더 해야겠네."
"어제 서울에서 팀장님 귀국명령이 떨어졌습니다."
"이 중차대한 시기에 귀국명령?"
"일단은 쑹지앙쩐으로 돌아와 명령을 기다리랍니다."
"젠장. 할 수 없지. 지금 출발하겠네. 오후에나 도착할 거야."
박주연은 신임 국정원장 백선규가 대북조직을 교체할 것임을 직감했다. 하지만 지금은 때가 때이니만큼 설마 했다. 중국이 북한에 진주하겠다고 발표한 중대한 시기에 조직개편이라니. 중국이 북한에 진주하면 미국과 한국도 가만있지 않을 것이다. 동북아의 균형이 무너지고 군사대결이 벌어질 가능성이 컸다.
이런 상황에서 이미 북한에 들어와 김정은 별장이라는 좋은 공작거점을 마련하고 소장 군부세력과 유대를 맺은 노련한 정보분석관을 돌아오라고 하다니. 이건 정신 나간 짓이었다. 그는 백선규의 농간이라고 판단했다. 전임 원장이 구축한 대북 정보조직을 불신하는 것이다.
그는 끓어오르는 분노를 억누르며 일단은 중국으로 돌아가기로 했다. 단둥에 주재하는 공작원들이 야간에 보트를 빌려 신의주 압록강변에 나와 있는 핵물리학자 이영근 가족을 태우고 단둥시내 안전가옥으로 데려갔다고 했다.

2월 20일 오전 10시 반. 오수지는 난민수용소에서 박주연의 전화를 받았다. 쏭지앙쩐에서 북서쪽으로 15㎞ 떨어진 곳에 세워진 난민수용소에는 수만 명의 난민들이 지린성 정부의 지원으로 보호됐다. 중국난민뿐만 아니라 보하이 시에서 피난온 한국인 관광객들도 수천 명이 갇혀 있었다. 간단한 식사와 물, 수십 명이 함께 기거하는 대형천막이 전부였다.
"오 기자님, 수용소는 지낼 만합니까?"
"네, 그럭저럭이요."
"임준 씨는 어때요?"
오 기자는 가슴이 턱 막혔다.
"나중에 말씀드리죠. 지금 어디 계세요?"
"지금 쏭지앙쩐으로 가고 있습니다."
"왜 한국정부는 우리 관광객이 수용소에 수천 명이나 갇혀 있는데, 수송기나 배를 안 보내는 거죠?"
"백두산 폭발로 항공기 운행이 불가능합니다. 한국정부는 자국인 관광객의 귀국을 위해 카페리 몇 척을 다롄이나 단둥항으로 보내려고 했으나 중국정부가 입항을 거부하고 있습니다."
"중국군이 북한에 진주하려고 하기 때문이겠죠."
"그건 그렇고. 오 기자와 상의할 게 있습니다. 저희 직원 한 명을 그리로 보낼 테니 쏭지앙쩐에서 만납시다."
"좋은 기사거리가 있는 모양이죠?"

"자세한 건 만나서 얘기합시다."

"알겠어요."

한 시간 후에 그녀는 수용소로 찾아온 키 작은 공작관 심동일을 만났다.

"팀장님 연락받으셨죠? 모시러 왔습니다."

그는 승합차를 몰고 왔다.

"오시느라 수고했어요."

"쏭지앙쩐에 괜찮은 숙소를 마련해 두었습니다. 난방이나 음식이 여기보다 훨씬 나을 겁니다. 팀장님도 그쪽으로 오실 겁니다."

오수지는 성훈이를 데리고 심동일이 몰고온 승합차에 올랐다.

차는 쏜살같이 달려갔다. 백두산의 분화가 멈추자 도로에 쌓인 화산재를 불도저들이 치우고 있었다. 하늘은 여전히 화산재가 떠돌았으나 어제보다는 훨씬 맑아져 있었다.

간밤에 난민수용소 막사에서 잠자던 오수지는 기묘한 꿈을 꾸었다. 커다란 보랏빛 별이 그녀의 머리 위에서 춤을 추다가 그녀의 가슴에 안기는 황홀한 꿈이었다. 돌아가신 엄마가 그녀를 낳을 때 꾸었다는 보름달을 품는 태몽과 닮아 있었다. 백두산이 터지던 날 밤 내가 그 사람의 씨를···. 그녀는 상상만으로 가슴을 떨며 기쁨의 눈물을 흘렸다.

차는 30분 만에 쏭지앙쩐에 있는 민가에 도착했다. 쏭지앙쩐은 얼다오바이허에서 북서쪽으로 30㎞, 백두산에서 90㎞ 정도 떨어진 소도시였다. 오수지와 아이는 큰방으로 안내되었다. 방구석에 한 남자가 팔을 등 뒤로 결박당한 채 비스듬히 누워 있었다. 그녀가 여러 번 보았던 선임정보관 강호길이었다.

심동일의 표정이 살벌해졌다. 그가 총을 꺼내들었다.

"오수지, 당신을 체포한다. 반항하면 총을 쏘겠다."

오수지는 휘둥그레 뜬 채 따져 물었다.

"무슨 이유로 날 체포하는 거예요?"

"그건 나중에 자연히 알게 될 거야. 허튼 생각 하지 말고 얌전히 있기나 해."

심동일이 오수지의 오른팔을 잡았다. 그녀가 반항했으나 그가 팔을 꺾자 그녀는 비명을 질렀다. 심동일은 그녀와 아이의 두 팔을 결박하고 재갈을 물렸다. 방구석에서 재갈이 물린 채 잠을 자던 강호길이 눈을 떴다.

심동일은 문을 열고 나가 버렸다.

박주연은 백두산의 3차 분화가 끝나자 스노모빌을 몰고 쑹지앙호어를 거쳐 순환도로를 타고 쑹지앙쩐까지 달려갔다. 오후 3시가 넘어서 조선족 과부가 사는 민가에 도착했다.

집은 반쯤 허물어져 있었다. 집안을 둘러보았다. 큰방 하나는 잠겨 있었고 작은 방에 결박됐던 킬러 안창선은 목이 졸려 숨져 있었다. 누가 그랬을까. 이자를 병원에서 데려온 것은 그의 배후를 밝히기 위해서였다. 그런데, 증인은 죽고 말았다.

백두산이 폭발되기 전까지 그의 요원들은 이 집을 지키고 있었다. 아무리 백두산이 터지는 위기상황이라고 해도 그의 허락을 받지 않고 용의자를 죽일 수는 없었다. 중국공안들이 습격한 것일까.

그는 강호길에게 전화했으나 불통이었다. 그는 마당 의자에 걸터앉아 생각에 잠겼다. 자리를 비운 나흘 사이에 무슨 일이 생긴 것일까. 인기척이 느껴졌다. 키 작은 공작관 심동일이 집안에 나타났다.

박주연이 반가움에 외쳐 말했다.

"오, 자넨가? 그간 무슨 일이 생긴 거야?"

심동일은 차가운 표정으로 말했다.

"선배님이 안 계신 동안 많은 변화가 생겼습니다."

"변화?"

"선배님은 보직해임 되셨습니다. 강호길 씨도 마찬가집니다."

"누가 그런 통보를 해왔는가?"

"서울 본부에섭니다."

"해임 사유는?"

"모릅니다."

"귀국명령이 내렸다고 했지?"

"그렇습니다."

"강호길은 귀국했는가?"

"어제 귀국했습니다."

"그거 참 이상하군. 백두산 화산재 때문에 비행기가 안 떴을 텐데."

심동일이 흠칫 놀라며 더듬거렸다.

"단동으로 배를 타러 가셨습니다."

"살인범 안창선은 어떻게 된 거야?"

"모릅니다."

박주연은 심동일의 무표정에서 범의(犯意)를 느꼈다. 머리를 굴려 상황을 정리해 보았다.

"자네군."

"……."

"누가 그런 명령을 내렸나?"

백선규의 짓이 분명했다. 이제 어떻게 해야 할 것인가.

"……."

마지막 도전 251

"서울본부 공작기획관인가?"

"……."

"왜 말 못하지? 백 원장인가?"

심동일의 얼굴이 일그러졌다.

"이제 당신은 내 상관이 아니잖소."

그는 재빨리 권총을 뽑아들었다. 소음기가 달려 있었다.

"날 죽일 건가? 백 원장 지시겠지. 하지만 자네가 이럴 줄 몰랐네."

"저도 이러고 싶진 않습니다. 당신을 제거하라는 공작명령이 내려왔소. 죄송하지만 어쩔 수 없소."

숱한 나날 대북공작을 함께 했던 동료가 배신을 하고 있었다. 오늘 누가 그의 동지이고 적인가. 박주연은 고개를 끄덕였다.

"좋아. 한 가지만 묻겠다. 솔직하게 대답해 줘. 자네가 강호길도 죽였나? 그리고 오 기자와 아이는?"

심동일이 비웃음을 흘리며 말받이 했다.

"강호길은 방안에 결박돼 있소. 오수지와 어린아이와 함께."

"여자와 아이는 놔 주게. 그들은 죄 없는 민간인이야."

"서울본부의 주문이었소."

"그들을 어찌할 건가?"

"용암이 흐르는 계곡에 던져버릴 거요."

"그러지 말게. 자네도 아내와 어린 자식이 있잖은가."

"난 명령을 수행하는 거요."

"잘못된 명령이야. 마지막 부탁이야. 나와의 옛정을 생각해서라도 그들은 살려 주게."

"비밀 공작원에게 사람 죽이는 건 일도 아니죠. 명령을 어기는 공작원은 존재할 수 없다는 걸 당신도 알잖소. 난 당신과 저들을 죽일 수밖에 없소. 안 그러면 내가 죽어요. 날 비난하지 말아요. 명령을 내린 자들을 원망하쇼. …"

박주연은 상대가 곧 총을 발사하리라는 것을 알았다. 이대로 끝나는 건가. 부하의 손에 죽다니.

그때 부서진 대문으로 집주인인 중년과부가 막 들어서며 소리쳤다.
"아이구, 선생님들 살아계셨군요! 어머, 저 아저씨가 왜 총을 들고 난리야? 백두산이 터져 겨우 살아났는데, 왜 싸우고 그래? 지금 장난하는 거죠?"

심동일이 문 쪽으로 고개를 돌렸다. 그는 당황한 표정이었다.

박주연은 그 순간을 놓치지 않았다. 번개같이 달려들어 그의 손목을 내리쳤다. 권총이 땅바닥에 떨어졌다.

둘 사이 육박전이 벌어졌다. 그들은 땅바닥에서 몇 번이나 굴렀다. 나이가 어린 심동일이 그를 깔고 올라타 주먹으로 얼굴과 가슴을 난타했다. 피가 솟구쳤다. 역부족이었다. 박주연은 거의 실신 지경이었다. 그는 싸우기를 포기했다.

"저 아저씨, 나쁜 사람이야."

어린아이의 목소리가 들려왔다.

심동일이 뒤돌아보았다. 그는 깜짝 놀랐다. 그가 방안에 결박한 아이가 마당에서 싸움을 지켜보고 있었다. 아이 곁에는 오수지와 강호길이 서 있었다. 그가 죽이려고 밧줄로 결박한 사람들이 결박을 풀고 나와 그들의 싸움을 무표정하게 구경하고 있었다. 강호길은 자기 앞에 떨어진 심동일의 권총을 주워들 생각조차 하지 않고 있었다. 일부러 그러는 것이었다.

심동일은 이들이 자신을 압박하고 있음을 알았다. 순간 그도 깨달았다. 그는 이들을 제압할 가능성이 없었다. 강호길은 이상한 기미만 보이면 눈앞에 있는 총을 쥐고 그를 쏠 것이다. 특종기자인 오수지가 가담하면 이들의 힘은 더 커진다. 그녀는 당장이라도 박주연이 가진 정보를 활용해 기사화할 수 있다. 심동일은 자신은 지는 패에 승산을 거는 사람이 아니라고 생각했다.

심동일은 얼른 생각을 바꿨다. 자신은 정의를 지켰는가. 서울본부에서 내려온 명령이라고 그의 상사들을 처치하려고 했다. 팀장과 선임정보관은 그와 함께 목숨을 걸고 연쇄살인범의 정체와 배후를 밝혔다. 신임 국정원장이 자신의 연루사실이 드러나자 부당한 제거명령을 내린 것이다. 누가 잘못한 것인가. 정의를 무시하고 부당한 명령을 수행한 내가 잘못한 것이다.

패를 바꿔야 한다. 그는 연기를 해야 했다. 부끄러워하는 표정을 지었다. 일어나서 박주연을 일으켜 세웠다. 아무 말 없이 마당을 가로질러 대문 밖으로 천천히 걸어 나갔다.

박주연은 비틀거리며 옷을 털었다. 그의 얼굴은 엉망진창이었다. 이틀 사이에 두 번이나 두들겨 맞았다. 온몸이 짓이겨져 숨쉬기조차 힘들었다. 내려앉은 코뼈가 욱신거렸다. 빙긋 웃으며 강호길에게 말했다.

"방안에 결박돼 있다더니 어떻게 풀려났나?"

"심동일이 꼬마를 대충 묶었죠. 영리한 요 녀석이 용케 결박을 풀고 나와 내 손을 풀어줬죠."

박주연은 대문 밖으로 걸어가는 심동일을 향해 말했다.

"심동일, 내가 결박은 잘해야 한다고 가르치지 않았나? 자네는 결박에는 소질이 없어. 그래, 자네가 뭘 어쩔 수 있었겠어. 오늘 일은 없던 것으로 하세. 자네는 우리를 만나지 못한 거야. 알겠나?"

오수지는 박주연과 포옹하며 눈물을 글썽였다.

그들은 마당에 있는 의자에 둘러앉아 그간 있었던 일을 털어놓기 시작했다. 그녀는 그저께 포태별장에서 헤어진 직후에 일어난 사건에 대해 설명했다. 박주연은 다소 무덤덤한 어조로 말하는 그녀가 이미 많은 시간 눈물을 흘렸음을 짐작할 수 있었다.

박주연이 말했다.

"애석하군요. 황우반은 재산싸움에 정신이 나갔습니다. 운이 좋지 않게도 임준 씨는 희생양이 된 겁니다."

오수지는 화제를 돌렸다.

"최향남 박사께 아무리 전화를 걸어도 안 받아요. 그분 지금 어디 계시죠?"

박주연은 어두운 표정으로 담배연기를 길게 내뿜었다.

"어제 오후부터 백두산의 3차 분화가 시작되었죠. 당신들이 떠난 지 한 시간쯤 후였어요. 그때 최향남 박사와 북한 지질학자 박민우 씨가 백두산의 분화를 관찰한다고 스노모빌을 타고 백두산으로 올라갔어요. 그리곤 소식이 끊겼습니다. 최현 대좌의 부하들과 제가 백방으로 수소문했으나 헛수고였지요."

오수지는 울먹였다.

"그럼, 그분도….."

"의욕이 지나쳤던 것 같습니다. 변변한 장비도 없이 출발하였으니까요."

박주연은 화산학자들이 화산분화 과정을 관측하다가 죽는 것을 영광으로 생각한다는 최향남의 말을 기억했다.

눈시울이 붉어진 오수지가 허탈한 목소리로 말했다.

"좋은 분이셨는데 … 임영민 박사도 … 그분들은 많은 사람들의 목숨을 살리려고 애를 쓰다가 죽었군요."

뜨거운 눈물이 그녀의 뺨을 타고 흘러내렸다.

"돌아가면 뭘 하실 겁니까?"

박주연이 물었다.

그녀가 아이를 꼭 껴안으며 결연한 표정으로 말했다.

"과거의 상처는 지울 거예요. 이 아이를 입양하고 잘 키울 거예요."

"난 서울본부로부터 보직해임 명령을 받았습니다."

오수지는 놀라워했다.

"무슨 이유죠?"

"몰라요. 서울로 돌아가면 사표를 던지고 시골로 내려갈 겁니다."

"그러기에는 아직 젊으시잖아요?"

"그 전에 오 기자와 할 일이 한 건 있습니다."

"그것 때문에 저를 이곳으로 부르신 건 아닌가요?"

"맞습니다."

그들은 한 시간가량 이야기를 나눴다.

박주연은 오수지에게 백 원장과 살인마 안창선과의 관계 등 얽히고설킨 권력다툼의 내막을 증거와 함께 자세히 털어놓았다. 오수지는 살해당한 안창선의 시체를 사진과 동영상에 담았다. 박주연은 속이 후련했다. 고향마을로 돌아가 아버지가 물려주신 과수원이나 꾸려나가야겠다고 작정했다. 백두산 폭발로 몇 년간 작황이 좋지 않을 텐데 입에 풀칠이나 가능할지 걱정이었다. 그래도 실업자 신세보단 나을 것이다.

눈이 동그란 아이가 두꺼운 점퍼를 입고 박주연을 올려다보았다. 그는 활짝 웃으며 아이를 들어올렸다.

"네 이름이 성훈이지? 네가 우리들 생명을 구해 준 은인이구나."

아이가 그의 신발을 보고 방긋 웃었다.

그는 자신의 낡은 랜드로버 신발을 내려다보았다. 앞창이 너덜거리고 양발이 보였다. 벌써 15년이나 신었어. 이제는 새 신발을 사 신을 때가 됐지. 하지만 이 신발을 신어야 영감이 샘솟는데, 새 신발을 사지 말고 밑창을 한 번 더 갈까.

에필로그

　3월 5일 정오, 청와대 대변인은 중국군이 한반도에서 철군하지 않으면 한미 연합군 15만 명이 서해안 남포항과 동해안 원산항에 상륙해 평양을 점령할 예정이라고 발표했다.
　"단동에 주둔한 중국군의 38집단군과 39집단군 16만 명이 압록강을 넘어와 청천강 일대에 교두보를 구축하고 있습니다. 유엔 안보리가 소집돼 중국군 철군결의안이 상정됐으나 중국의 거부권 행사로 부결됐습니다. 지난 사흘간 북한 군대의 소장파 장교들이 군권을 장악했고 그들은 한미 연합군의 북한진입을 허용했습니다. 한미 연합군은 중국의 침략행위에 단호히 맞설 겁니다."
　대변인은 주일미군 소속 해군함정들과 태평양사령부 소속 3개의 항모전단, 이지스함, 순양함 등 160여 척이 서해와 동해를 통해 북한으로 들어갈 예정이고, 하와이, 알래스카, 미 본토에서 1천여 대의 항공기가 한반도로 날아왔으며, 탈북자로 구성된 2만 명의 재난구조대원들이 구호물품들을 가지고 경의선을 타고 방북했다고 말했다.
　반기문 유엔 사무총장은 동북아에서 시작된 화산폭발이 동서 간의 핵전쟁으로 번질 가능성이 있기 때문에 미중 양국이 서로 양보해 한반도를 평화지대로 만들자고 호소했다.

CNN은 미국 대통령 특사가 베이징으로 날아가 중국수뇌부와 비밀회담을 시작했고, 미국의 무역대표부는 4월 1일부터 중국과의 무역거래에 제재를 가하겠다고 발표했다. 러시아 대통령은 중국과 미국의 북한 진주를 용인하지 않겠으며 이를 저지하기 위해 러시아 군대의 파견을 검토하겠다고 발표했다.

중국의 주요 포털사이트에서 핵시설 파괴로 방사능 오염이 심각한 북조선에 중국군대를 파견해 숱한 중국 젊은이들을 죽음의 구렁텅이에 빠뜨리냐는 비난이 빗발쳤다.

6·25 전쟁 때는 남의 나라 전쟁에 뛰어들어 90만 명의 중국청년들을 사상자로 만들었지만 이번만은 용납할 수 없다는 것이었다. 수천만 개의 비난성 글이 난무하자 중국정부는 인터넷에 방화벽을 둘러쳤지만 비난의 물결을 막을 수가 없었다.

서울의 방송들은 남한이 휴전선을 막았는데도 비밀땅굴로 북한난민들이 계속 쏟아져 나온다고 보도했다. 휴전선 차단 후에도 55만 명이 남하해 난민수가 벌써 200만 명을 넘었고, 바다에서도 배를 타고 이날 하루만 3만 명 정도가 들어왔다고 했다. 백령도와 강화도, 인천은 수십만 명의 피난민들로 가득 찼다고 했다.

3월 11일 오후 4시, 박주연은 근 한 달 만에 중국 다롄항에서 인천으로 가는 카페리에 승선했다. 한국정부가 특별히 보낸 배였다. 중국군과 한미 연합군의 격돌로 서해의 모든 배 운항이 중지되었기 때문이었다. 비행기가 운항되려면 한 달은 더 있어야 한다고 했다.

그는 북한에 관한 정보를 서울로 보냈다. 숱한 피해를 속출했던 백두산 분화활동도 보름 전에 중지되어 안정을 찾고 있었다. 북한의 북부인 함경도와 자강도, 량강도, 평안도 지역은 화산재와 방사능 때문에 생존자들은 다 달아나고 말았다.

중국정부가 중국군의 한반도 철수를 선언하자 세계 각국은 중국의 결단을 환영한다고 발표했다. 한미 연합군도 곧 철군할 것이라고 발표했다.

2등실 좌석에 앉은 박주연은 강호길에게 말했다.

"중국의 철군은 자국 젊은이들을 방사능에 오염된 사지로 내몬다는 중국인민들의 비난이 결정적 역할을 했어. 인터넷의 위력이 정말 대단해."

"중국정부는 인민들의 요구를 거절할 순 없었어요. 중국도 경제발전과 함께 민주주의가 성장한 겁니다."

"중국은 쓸모없는 땅이 돼버린 북한에 흥미를 잃었을 거야. 권력의 구심점이던 김정은의 부재가 북한해방을 촉발시켰어."

"그가 있었어도 생지옥이 된 북한에서 도망쳤을 겁니다."

"일주일 전에 북한 광부들이 삼지연 못가별장 지하통로를 뚫고 들어가 벙커 전체를 샅샅이 뒤졌는데, 김정은을 찾지 못했어. 귀신 같이 사라졌어."

"중국으로 통하는 지하터널이 있다는데 그리로 도망친 것은 아닐까요?"

"나도 이튿날 거기에 들어가 확인했는데, 그런 터널은 존재하지 않았어."

"김정은이 지하에 갇힌 걸 장성택이 확인했다는 최향남 박사의 증언은 뭡니까?"

"글쎄, 나도 그게 의문이야. 최현 대좌도 여러 경로로 그가 갇혔다는 정보를 확인했었지."

"김정은이 그곳에 갇혔다는 정보 자체가 그를 보호하기 위한 흑색 선전술이 아니었을까요? 최향남이나 최현은 거기에 놀아난 거구요."

"내 생각에도 그럴 가능성이 커. 못가별장에서 중국과 기밀회담을 한다는 정보부터 기만술일 거야. 장성택이 중국의 비밀회담 요청을 받아들인 척하면서 중국을 속였을 거야."

"그럼 김정은이 지금 어디 있을까요?"

"어딘가에 숨어서 기회를 노리겠지."

강호길이 고개를 가로저었다.

"그가 북한을 통치할 의사가 있다면 벌써 생존 동영상이 담긴 성명서를 발표했을 겁니다. 김정일도 첫 번째 중풍을 맞은 2008년도에 숨지고 가짜 김정일이 김정은의 권력을 공고히 하기 위해 가케무샤〔影武者〕처럼 3년간 통치해왔다는 추론이 유력하죠. 금수산 궁전의 미라는 그 이전에 만들어진 거랍니다. 그래서 숨진 지 이틀 만에 전시가 가능했다죠."

"북한은 오래전부터 이런 위기에 대응해서 김정은 증발 시나리오를 준비했을 거야. 안전한 곳으로 달아날 시간을 벌려고 말이야."

"북한 최고위층들은 북한에서 벌어진 초대형 재난을 보고 수습이 불가능하다는 것을 알았죠. 그들은 권력을 놓치지 않으려고 애를 쓰지도 않았죠. 방사능에 오염될까 봐 식구들을 데리고 해외로 달아난 겁니다."

"결국, 김정은의 행방은 영원한 미스터리가 되겠군. 한반도에 엄청난 재난이 일어났지만 파국만은 면했어. 백두산이 재앙과 함께 평화를 가져다준 거야. 이번 사태의 주역은 량강도와 함경도 인민들이었지. 인민들과 하급병사들이 봉기하고 남한에서 올라간 탈북자들이 합세해 시민혁명이 일어났지."

"혁명이라고 할 게 있나요? 북한 특권층이 사라지자 지옥이 된 땅에서 달아날 수 없는 불쌍한 생존자들만 남은 거죠."

박주연이 김정은 별장에서 만났던 인민군 대좌 출신 정치범은 10군단의 소장과 장교들부터 포섭해 군부장악을 위해 암투중이었다.

관제언론인 평양의 조선중앙방송이 돌연 자유언론처럼 북한의 실상과 인민들의 희망을 그대로 전하기 시작했다.

이번 백두산 폭발로 조선인민 320만 명의 사상자가 생겼고 조선의 중북부지역이 궤멸적 피해를 보았다고 집계했다. 박주연은 그 방송의 뉴스를 시간마다 보았다. 북한난민들이 중국동북 3성과 해안지대로 350만 명, 한국으로 250만 명, 70만 명은 배를 타고 일본 해안으로 도착했고, 120만 명은 러시아로 넘어갔다고 전했다. 북한인구의 절반 가량이 사라지고 말았다.

그러던 차에 평양의 조선중앙방송 여자 아나운서가 감격에 겨워 떨리는 목소리로 성명을 발표했다.

"북조선은 봉건체제와 개인독재를 청산하고 인민을 위한 민주국가로 새로 탄생할 것이며 과감한 개혁개방에 나설 것이다. 북조선 노동당은 한 달 안에 해체될 것이다. 민주혁명중앙위원회는 곧 새로운 헌법을 제정하고 6개월 이내에 자유선거를 실시해 인민대의원과 총리를 뽑을 것이다."

귀가 의심스러운 획기적인 조처였다. 노동당을 해체하다니…. 박주연은 중동의 재스민 혁명을 떠올렸다. 평양을 비롯한 모든 도시의 거리는 환호하는 시민들로 넘쳐날 것이고 밧줄에 걸린 수천 개의 김일성 동상들이 길바닥에 쓰러지고 오물이 뿌려질 것이고, 김일성 부자의 미라가 안치된 평양시내 금수산 기념궁전은 성난 시민들에 의해 불태워지고 부서질 것이다. 인민들이 노동당 간부나 보위부원들을 집단 폭행할 것이다.

하지만 북한의 거리는 침묵뿐이었다. 돌아다니는 사람들도 눈에 띄지 않았다. 어디를 보아도 부서진 건물들뿐이었다. 밤에는 불빛 하나 보이지 않았다. 나라 전체가 공동화(空洞化) 된 것 같았다. 박주연은 텅 빈 거리를 보면서 온몸에 소름이 쫙 끼쳤다.

통일부는 쌀 100만 톤과 50억 달러 상당의 구호물자를 북한에 제공하고 북한 총리가 뽑히면 한국 대통령이 평양을 방문해 평화통일에 대해 정상회담을 열겠다고 발표했다.

한국의 언론들은 국토의 60%가 사람이 살 수 없는 오염지대가 된 북한은 자체생존이 불가능하고 그 많은 주민들을 남한이 수용하다가는 경제파탄이 불가피하다고 보도하고 있었다.

여야의 차기 대선주자들은 대통령을 현실감각이 없는 감상적 통일주의자라고 맹비난하고 자신들은 실익 없는 남북통일에 반대한다고 주장했다.

"통일반대! 통일반대!"

"우리의 소원은 통일, 꿈에도 소원은 통일!"

전국 곳곳엔 통일반대와 통일지지 세력들의 시위로 연일 시끄러웠다.

북한의 민주혁명중앙위원회는 남조선이 통일의사가 있다면 D.M.Z의 대치상태를 종식시키고 휴전선에 밀집한 인민군의 상당수를 조중국경지대로 이동시키겠으나 남조선이 통일의사가 없다면 우리는 중국과의 병합을 검토하겠다고 발표했다.

이에 대해 중국정부는 즉각적인 환영성명을 발표하면서 연변조선족 자치주와 북조선을 합쳐 중국 최초의 자치공화국으로 만들겠다고 공언했다.

박주연은 어쩜 민주혁명위원회가 현재의 집권층이 정권연장을 위해 만든 교묘한 위장단체일지도 모른다고 생각했다. 불모의 땅이 되어버린 북한을 남한인들은 통일의 가치가 없다고 평가절하하고 있는데 그런 반응에 북한인들은 분개했다. 통일은 영원히 불가능할 것 같았다.

박주연은 갑판으로 나가 배의 난간에 기대서서 담배를 피워 물었다. 너른 바다 황해의 물결도 잔잔했고 뱃전을 때리는 파도소리도 부드러웠다.

그는 함께 귀국중인 오수지가 머무는 선실로 찾아갔다. 선실의 불빛에 드러난 그녀의 얼굴은 병색이 완연할 정도로 핼쑥했다. 고통이 그녀에게서 아직도 떠나지 못하는 것 같았다. 박주연이 물었다.

"오랜만에 귀국하는 심정이 어떠십니까?"

그녀는 침울한 얼굴로 한참 만에 입을 열었다.

"아주 오래전에 잊은 고향을 찾아가는 기분이네요."

"백두산이 이번 폭발로 높이가 수백 m 낮아지고 천지호가 더 커질 거랍니다. 마그마가 많이 빠져나가 천지바닥이 함몰돼서 그렇대요."

"예전 같은 아름다움을 언제 되찾게 될까요?"

"몇 세대가 지나야 되지 않겠습니까?"

지난달 하순에 오수지가 쓴 기사는 한국을 뒤흔들어 놓았다. 임영민 박사와 북한학자 이수근을 살해하도록 지시한 자는 4월 총선에서 여당의 지지율을 높이려고 남북정상회담을 추진한 국정원장 백선규와 통일부 장관 권혁수라는 것이었다. 연쇄살인사건은 선거판을 태풍 속으로 몰아넣었다. 한국검찰은 박주연이 보낸 증거자료를 확보하고 백선규와 권혁수를 긴급체포하고 수사에 착수했다. 대통령은 사과성명을 두 번이나 발표했으나, 그 사건으로 여당의 지지율은 10%도 되지 않았다. 언론은 이번 총선에서 여당이 전체 의석의 30%도 차지하지 못할 것이라고 전망했다.

배가 인천항에 닻을 내리고 승객들은 부두로 내려갔다.

입국수속 절차를 밟는 사람들 속에 죽음의 레이스를 주관했던 김태일이 나타나자 항구 전체가 소란해졌다. 김태일이 입국장에서 검찰 수사관들에게 체포되자 부두에 몰려든 수천 명의 지지자들이 그들을 둘러싸고 소란을 피웠다. 이미 김태일은 젊은이들의 우상이었다. 수십만 명의 추종자들이 그의 웹사이트에서 그를 영웅으로 칭송하고 있었다.

박주연이 한마디 했다.

"백두산이 만든 민족의 영웅입니다. 저 친구는 철장에 갇혀도 배가 부를 겁니다."

어린애와 손을 잡고 걷던 오수지가 대꾸했다.

"박 선생님은 정말 낙향하실 계획이세요?"

"그럼요. 이미 사표를 던졌거든요."

"참, 북한 과학자 이영근 선생 가족은 어떻게 됐죠?"

"이영근 씨는 단둥에서 치료를 받다가 오후 6시에 떠나는 카페리로 한국으로 돌아올 예정입니다. 가족들 모두 잘 있습니다."

박주연은 오수지에게 백선규에 관한 기사거리를 줄 때 직장을 떠나리라 각오했다. 그는 정치와는 거리를 두는 공무원이었지만 대한민국 공직의 현실은 정치에 철저히 물들어 있었다. 그의 행위는 범죄를 파헤친 순수한 짓이었으나 내부에서는 현직 대통령과 국정원장에게 물을 먹인 고의적인 정치공작으로 두고두고 성토될 것이다. 그는 그런 고역을 견딜 자신이 없었다.

그때 스마트폰이 울렸다. 그는 예예, 라는 말만 반복하다가 전화를 끊었다. 곁에 있던 강호길이 물었다.

"누구예요?"

"전 국정원장 김원중."

"그분이 왜? 무슨 일이시래요?"

"이번 총선에 출마하는데, 나보고 선거캠프 사무장을 맡아 달라고 하시네."

"어느 당으로 나간대요?"

"제 1야당."

"잘 됐네요. 이젠 실업잔데, 의원 보좌관이라도 하셔야죠."

"정치판은 워낙 더러워서 마음이 안 당겨."

오수지가 말했다.

"박 선생님, 그러지 말고 저와 함께 사회복지법인의 일을 하면 어때요?"

황백호 회장의 동생인 황민호가 작고한 형과 친조카인 임준의 뜻을 기려 사회복지법인을 설립하려는데 그 일을 맡아 달라고 오수지에게 제의해왔다고 했다.

"소년소녀 가장과 무연고 노인들, 가난한 탈북자들, 장애인들을 돕는 일입니다. 큰 보람이 있을 거예요."

박주연은 고개를 끄덕였다.

"그것 참 좋은 일이군요. 맡겨만 주신다면야 기꺼이 하겠습니다."

강호길이 공손한 어조로 말했다.

"저는 어떻게 안 될까요. 일할 자리가 있나요?"

그의 처지도 박주연과 같았다. 오수지가 대꾸했다.

"그럼요. 일은 많고 사람이 부족하지요. 근데, 연봉이 절반 이하로 줄어들 텐데, 괜찮겠어요?"
"괜찮고 말구요. 우린 소외된 사람을 돕는 비밀공작을 벌일 겁니다."
세 사람은 손을 맞잡고 함박웃음을 터뜨렸다.

(끝)

용어해설

경사계(*clinometer*) 어느 기준면에 대한 지반, 지층 등의 경사를 측정하는 장치 혹은 그러한 계기의 총칭.

마그마(*magma*) 지표면 아래에서 암석이 고온에서 용융된 것. 지표로 분출되면 용암이라고 하며 마그마가 고화되면 화성암이 형성된다. 마그마는 보통 규산염의 용융체에 휘발성 성분이 섞여 있는데 탄산염, 유황 등의 용융체도 있다고 알려져 있다.

부석(浮石, *pumice*) 다공질의 화산분출물로서 물에 뜰 정도로 비중이 작으며 속돌, 경석이라고도 한다. 마그마가 대기 중에 방출될 때 휘발성 성분이 빠져나가면서 기공이 생기며 이 다공질 구조 때문에 부석은 매우 가볍고 방열 및 방음특성을 가진다.

분연주(*volcanic column*) 화산폭발에 의해 만들어지는 화산쇄설물과 화산가스의 기둥.

수증기 마그마 폭발(*phreatomagmatic eruption*) 물이 고온의 마그마와 만나 대량의 수증기가 발생하면서 그 압력 증가에 의해 일어나는 화산활동. 마그마가 지하수나 바닷물 등과 접촉할 때 발생한다.

신축계(*extensometer*) 지표면의 늘어나고 줄어드는 정도를 측정하는 장치.

쓰나미(津波, *tsunami*) 해저의 급격한 지각변동으로 발생하는 파장이 긴 해일로서 일본어로 '지진 해일'이란 뜻이다. 수심이 깊은 바다에서는 파고가 높지 않지만 육지 쪽으로 전파되면서 파장이 짧아지고 에너지가 축

적되면서 파고가 높아져 큰 피해를 일으킬 수 있다. 대개 진도 7 이상의 지진과 함께 일어나고 해일의 주기는 수 분에서 수십 분, 파장은 수백 km에 달한다.

암설(岩屑, debris) 산체의 붕괴, 풍화, 침식 등 각종 외적 작용에 의해 만들어지는 암석파편. 이 암석파편이나 토양, 진흙 등이 이동하는 현상을 암설류라고 한다. 암설은 중력, 바람, 유수 등에 의해 이동하며 여러 지형을 형성한다.

용암(熔岩, lava) 지하에 녹아 있던 마그마가 화구에서 분출되어 용융상태에 있는 것, 또는 그것이 고화되어 만들어진 암석. 고화되기 전까지 이동하며 흐를 수 있으며 일반적으로 온도가 높고 휘발성 기체가 많으며 이산화규소의 양이 적을수록 유동성이 좋다.

칼데라(caldera) 화산활동에 의해 형성된 지름 3km 이상인 화구 모양의 와지. 다량의 용암과 화산쇄설물의 방출로 지반이 함몰되면서 형성되는 경우가 많고, 이 구덩이에 물이 고여 만들어진 호수 중 지름이 3km 이상인 것을 '칼데라호'라 한다.

테프라(tephra) 파편의 크기나 구성성분 등에 상관없이 화산폭발로 만들어진 쇄설물질의 총칭. 화산재, 부석 등을 포함한다. 이 테프라 쇄설물의 퇴적층은 화산의 분출과 폭발시기를 추정하는 데 유용해 중요한 시간 기준층이 된다.

화산유리(volcanic glass) 마그마가 급격하게 냉각되면서 만들어진 유리질 화산암. 규장질의 용암이 분출되어 급속하게 식으면 결정형성이 이루어지지 않아 비결정질 유리가 된다. 시멘트 첨가제나 가벼운 골재, 보온재 등으로 쓴다.

화산 이류(火山泥流, volcanic mudflow) 화산쇄설물이 사면에 쌓여 있다가 물과 혼합해 하천, 계곡 등으로 흘러내리는 현상. 일반적으로 토석류, 라하르라고도 하며 규모가 클 경우 심각한 재해를 일으킨다.

화산성 지진(*volcanic tremor*) 화산체 또는 그 주변에서 마그마가 이동하면서 주위 암석이 파괴되어 발생하는 지진. 조산운동이나 단층 등에 의해 일어나는 지진과는 다르며 보통 진원이 얕고 진폭이 작으며 장시간 지속되는 특징이 있다.

화산쇄설물(火山碎屑物, *pyroclastic material* = 화성쇄설물) 화산 분화로 마그마가 직접 분출되거나 기존의 화산체와 기반암이 부서짐으로써 방출되는 크고 작은 암석. 화산쇄설물의 크기에 따라 화산진, 화산재, 화산력, 화산암괴 등으로 분류된다. 다공질인 화산쇄설물 중 이산화규소가 많아 밝은 색을 띠는 것을 경석 또는 부석이라 하고, 이산화규소가 적어 어두운 색을 띠는 것을 스코리아(*scoria*) 라고 한다.

화산재(*volcanic ash*) 화산쇄설물 중 크기가 0.25~4㎜ 정도인 것. 용암 또는 화구 근처의 암석이 분쇄되면서 만들어진다. 화산유리, 용암편, 광물 입자 등으로 이루어져 있으며 다량의 화산재가 상공으로 올라가 햇빛을 가리면 이상기후가 발생하기도 한다.

화쇄류(火碎流, *pyroclastic flow*) 화산쇄설물과 고온의 가스가 혼합되어 화산의 사면을 고속으로 흘러내리는 현상 또는 그 분출물. 최고 시속 150㎞를 넘는 경우도 있으며 가장 위험한 분화현상 중 하나이다.

부록

지진의 진도와 규모*

표 1 | 수정 메르칼리 진도 계급 (MM Scale)

진도	상황
1	미세한 진동. 특수한 조건에서 극히 소수 느낌
2	실내에서 극히 소수 느낌
3	실내에서 소수 느낌. 매달린 물체가 약하게 움직임
4	실내에서 다수 느낌. 실외에서는 감지하지 못함
5	건물 전체가 흔들림. 물체의 파손, 뒤집힘, 추락. 가벼운 물체의 위치 이동
6	똑바로 걷기 어려움. 약한 건물의 회벽이 떨어지거나 금이 감. 무거운 물체의 이동 또는 뒤집힘
7	서 있기 곤란함. 운전중에도 지진을 느낌. 회벽이 무너지고 느슨한 적재물과 담장이 무너짐
8	차량 운전 곤란. 일부 건물 붕괴. 사면이나 지표의 균열. 탑, 굴뚝 붕괴
9	견고한 건물의 피해가 심하거나 붕괴. 지표의 균열이 발생하고 지하 파이프관 파손
10	대다수 견고한 건물과 구조물 파괴. 지표 균열, 대규모 사태, 아스팔트 균열
11	철로가 심하게 휨. 구조물 거의 파괴. 지하 파이프관 작동 불가
12	지면이 파도 형태로 움직임. 물체가 공중으로 튀어 오름

표 2 | 일본 기상청 계급(JMA Scale)

구분 (M)	영향
0~1.9	지진계에 의해서만 탐지가 가능하며 대부분의 사람이 진동을 느끼지 못함
2~2.9	대부분의 사람이 느끼며 창문이나 전등과 같은 매달린 물체가 흔들림
3~3.9	대형트럭이 지나갈 때의 진동과 비슷함. 일부 사람은 놀라 건물 밖으로 나옴
4~4.9	집이 크게 흔들리고 창문이 파손됨. 작고 불안정한 위치의 물체들이 떨어짐
5~5.9	서 있기 곤란해지고 가구들이 움직이며 내벽의 내장재 따위가 떨어짐
6~6.9	제대로 지어진 구조물에도 피해가 발생하며 빈약한 건조물은 큰 피해를 입음
7~7.9	지표면에 균열이 발생하며 건물 기초가 파괴됨. 돌담, 축대 등이 파손됨
8~8.9	교량과 같은 대형 구조물도 대부분 파괴됨. 산사태가 발생할 수 있음
9 이상	건물들의 전면적 파괴. 철로가 휘고 지면에 단층현상이 발생함

표 3 | 진도 계급

진도	상황
0	사람이 느낄 수 없음.
1	조용한 실내에서 흔들림을 어렴풋이 느끼는 사람이 있음.
2	조용한 실내에서 대부분의 사람들이 흔들림을 느낌.
3	실내에 있는 사람의 대부분이 흔들림을 느낌.
4	대부분의 사람이 놀람. 전등 등 달려 있는 물건들이 크게 흔들림. 잘못 둔 물건이 쓰러지는 경우가 있음.
5약	대부분의 사람이 공포를 느끼고, 물건을 잡으려 함. 선반에 있는 식기류와 책이 떨어지는 경우가 있음. 고정되어 있지 않은 가구가 이동하는 경우가 있고, 불안정한 것은 쓰러지는 경우가 있음.
5강	물건을 잡지 않으면 걷기 어려움. 선반에 있는 식기류와 책 중 떨어지는 것이 많아짐. 고정되어 있지 않은 가구가 쓰러지는 경우가 있음. 보강(補强)되어 있지 않은 콘크리트벽이 무너지는 경우가 있음.
6약	서 있는 것이 어려워짐. 고정되어 있지 않은 가구의 대부분이 이동하고, 쓰러지는 것도 있음. 문이 안 열리는 경우가 있음. 벽의 타일과 창문 유리가 파손, 낙하라는 경우가 있음. 내진성이 낮은 목조건물은 기와가 떨어지기도 하고, 건물이 기울어지기도 함.
6강	엎드리지 않으면 움직일 수가 없음. 튀어 오르는 경우가 있음. 고정되어 있지 않은 가구는 대부분이 움직이고, 떨어지는 것이 많아짐. 내진성이 낮은 목조건물은 기울어지기도 하고 쓰러지는 경우가 많아짐. 땅의 갈라짐이 일어나기도 하고, 산의 붕괴가 발생하는 경우가 있음.
7	내진성이 낮은 목조건물은 기울어지거나 쓰러지는 경우가 보다 많아짐. 내진성이 높은 목조건물이라도 기울어지는 경우가 있음. 내진성이 낮은 철근 콘크리트제 건물이 쓰러지는 경우가 많아짐.

* 작성자: 부산대 윤성효 교수.

원자력 사고: 원자력 사고등급과 주요사고*

원자력 사고(nuclear and radiation accidents)란 원자력시설이나 원자력 이용에서 발생하는 사고이다. 원자력 사고는 폭발에 의한 피해뿐 아니라 눈에 보이지 않는 방사능에 의한 피해가 수반되어 공포와 두려움의 대상이다. 원자력 사고는 사고가 시설 내부로 국한되는 내부 사고에서부터 외부로 방사능이 누출되어 수많은 사람들이 방사능에 피폭되는 대사고까지 다양하다.

국제원자력기구(IAEA)는 1992년부터 원자력 사고의 정도를 일관성 있고 또 일반인들이 이해하기 쉽게 사건등급(Event Scale)을 도입하여 평가하고 있다. 이것이 국제원자력 사고등급(INES: International Nuclear Event Scale)이며 0~7등급으로 구분됩니다. 0등급은 변이(deviation), 1~3등급은 사건(incident), 4~7등급은 사고(accident)로 구분된다. '사건'은 위험이 시설 내부로 국한된 경우이고, '사고'는 위험이 외부로 확대된 경우이다. 그동안 5등급까지의 사고는 여러 차례 발생했으나, 6등급과 7등급의 사고는 각각 한 차례씩밖에 발생하지 않았다. 가장 큰 사고는 1986년에 구소련(현재 우크라이나)에서 발생한 체르노빌 원전폭발 사고이다. 다음은 국제원자력사고등급에 대한 설명이다.

*작성자: 김용철 핵물리학 박사

원자력 사고등급

- 0등급 – 척도 미만(*Deviation*; *No Safety Significance*) : 경미한 이상. 사건이 발생했으나 안전에 중요하지 않아서 사건으로 간주하지 않는다.
- 1등급 – 이례적 사건(*Anomaly*) : 운전제한 범위에서의 이탈. 큰 문제는 아니지만 사건이 생기면 세계 뉴스에 오른다.
- 2등급 – 이상(*Incident*) : 시설물 내의 상당한 방사능 오염. 시설 종사자들의 법정 연간 피폭한계치 내의 방사선 노출. 시설 내부에서 방사능 오염과 피폭이 있었지만 안전상 심각한 정도는 아니다.
- 3등급 – 중대한 이상(*Serious Incident*) : 시설물 내의 심각한 방사능 오염. 시설 종사자들의 심각한 피폭. 시설 내부에서 안전상 심각한 방사능 오염과 피폭이 발생했다.
- 4등급 – 시설 내부의 위험 사고(*Accident with Local Consequences*) : 원자로 노심이 상당한 손상을 입었고 시설 종사자들이 심각한 피폭으로 사망. 소량의 방사능이 외부로 유출되어 주변 지역에 대한 경고가 시작된다.
- 5등급 – 시설 외부로의 위험 사고(*Accident with Wider Consequences*) : 원자로 용기에 중대한 손상을 입은 경우. 노심 용해가 시작되고 원자로 격벽의 일부가 파손되어 방사능이 외부로 누출되어 시설 및 주변 지역에 대한 대피 권고가 발동된다.
- 6등급 – 심각한 사고(*Serious Accident*) : 상당량의 방사성 물질 외부 유출. 사고지점과 인근 지역에서 신속하게 대피하지 않으면 매우 위험하다.
- 7등급 – 대형사고(*Major Accident*) : 대량의 방사성 물질 외부 유출. 생태계에 심각한 영향 초래. 광범위한 지역에 방사능 물질을 누출시켜 엄청난 재앙을 몰고 온다.

주요 원자력 사고

원자력 사고가 발생하기 시작한 것은 인류가 원자력을 발견하고 이용하기 시작한 20세기 중반부터이다. 그 후 크고 작은 많은 원자력 사고가 일어났다. 원자력 사고는 다른 어떤 사고보다도 초기 대응이 중요하다. 초기 대응 방법에 따라 원자력 사고의 규모나 사태의 추이가 전혀 달라질 수 있다. 하지만 불행하게도 많은 사고들의 경우 책임자들이 기밀이나 보안 등의 이유로 사고를 은폐하다가 사고가 걷잡을 수 없이 확대되는 경우가 많았다. 때로는 방사능에 대한 무지나 공포로 인하여 작은 사고가 큰 사고로 발전하기도 하고 엄청난 혼란이 초래되기도 했다.

• 체르노빌 원자력 발전소 사고 (1986년 구소련, 7등급)

1986년 4월 26일에 구소련(현재 우크라이나)의 체르노빌(Chernobyl) 원자력 발전소에서 발생한 폭발에 의한 방사능 누출사고이다. 현재까지 발생한 원자력 사고 중 최악의 사고이다. 발전소에서 원자로의 가동중단에 대비한 실험을 진행하다가 증기폭발이 일어나 원자로의 콘크리트 천장이 파괴되어 대량의 방사성 물질이 대기 중으로 누출되었다. 56명이 사망하고, 20만 명 이상이 방사선에 피폭되어 2만 5천 명 이상이 사망했다. 누출된 방사성 물질은 우크라이나, 벨라루스, 러시아 등으로 떨어져 심각한 방사능 오염을 초래했다. 낙진의 80%가 떨어진 벨라루스는 전 국토의 1/4이 출입금지 구역이 되었다. 이 사고를 수습하기 위해 소련이 투입한 비용도 천문학적 액수여서 결과적으로 소련이 붕괴되는 한 원인으로 작용했다.

체르노빌 사고로 주민대피령이 내려져서 주민들이 모두 떠나버려 지금은 사람이 살지 않는 유령도시가 된 곳이 있다. 소련은 '안전한 원자력'이라는 슬로건을 내걸고 체르노빌 원자력 발전소와 함께 도시를 계획하여 프리피야트(Припʹять, Pripyat, 프리피야티)란 도시를 건설했다. 프리피야트는 약 1만 4천 가구, 5만 명의 주민이 거주하는 중소도시로 성장했으나, 사고로 유령도시가 되고 말았다. 그로부터 20여 년이 지난 오늘날 프리피야트는 텅 빈 아파트와 빌딩들 사이로 수목과 잡초가 무성할 뿐이다. 현재 프리피야트는 접근이 가능하지만 장기간 체류 시에는 매우 위험하다. 또 시내 곳곳에는 체르노빌 사고 당시 떨어져 내린 낙진들을 모아서 묻어놓은 곳이 많아서 가이거 계수기 없이 함부로 돌아다니면 안 된다. 앞으로도 위험한 방사성 원소가 충분히 감소하려면 900년은 걸릴 것으로 예상된다.

• 키시팀 사고(1957년 구소련, 6등급)

1957년 9월 29일에 구소련의 마야크(Маяк) 핵연료 재처리 공장에서 일어난 사고이다. 이 공장은 오조르스크(Озёрск) 시에 있었지만 오조르스크는 여행이나 거주가 제한된 폐쇄도시여서 가까운 이웃 도시인 키시팀(Кыштым, Kyshtym) 시의 이름을 따서 키시팀 사고라 불린다. 사고는 70~80톤의 방사성 폐기물을 모아둔 저장탱크가 냉각장치 이상으로 온도가 올라가 폭발하여 발생했다. 이 폭발로 방사성폐기물을 모아둔 콘크리트 뚜껑이 날아가 방사성 물질이 대기 중으로 유출됐다. 하지만 이 공장은 비밀시설이어서 사고를 숨기고 있다가 사고발생 1주일 후에야 이유를 설명하지 않고 주변 지역의 주민 1만 명에게 대피령을 내렸다. 그 결과 47만 명이 방사능에 피폭되어 최소한 200명 이상이 사망한 것으로 추정된다. 방사성 물질은 바람을 타고 퍼져 800㎢에 달하는 넓은 지역을 오염시켰다. 소련은 오염된 지역을 자연보호구역으로 위장하고 주민들의 출입을 금지시켰다. 이 오염지역은 '동우랄 방사능 흔적'(EURT: East Urals Radioactive Trace)이라 불린다. 이 사고는 조레스 메드베데프(Zhores Medvedev)가 〈네이처〉지에 폭로하여 서방세계에 알려졌으며 체르노빌 사고가 일어나기 전 최악의 사고로 기록되었다.

• 스리마일 섬 원자력 발전소 사고(1979년 미국, 5등급)

1979년 3월 28일 미국 펜실베이니아주 미들타운의 스리마일 섬(Three Mile Island) 원자력 발전소에서 일어난 노심용해 사고이다. 이 발전소에는 2대의 가압수형 원자로가 있었는데, 가압수형 원자로는 압력을 가한 물을 원자로의 냉각재 및 중성자 감속재로 사용한다. 따라서 가압수형 원자로는 압력을 가한 물을 끊임없이 순환시켜서 물이 끓지 않도록 하는 것이 중요하다. 사고는 이 급수 시스템에 문제가 생겨서 발생했다. 하지만 관리자들이 사고 원인을 찾지 못하는 동안 노심의 절반 이상이 녹아내리는 대형사고로 발전했다. 주 정부는 만약의 경우에 대비해 인근 지역 주민들에게 대피령을 내렸고 주민들은 충격과 공포에 질려 정신없이 탈출하기에 이르렀다. 다행히 사고 발생 16시간 만에 사고원인이 파악되어 원자로가 파괴되거나 붕괴되는 사태는 모면하였다. 또 외부로 누출된 방사선량도 자연방사선량에 못 미쳐 민간인들의 피폭피해는 없었다. 하지만 이 사고는 미국 내에서 반핵여론을 불러일으켜서 카터 대통령은 미국에서는 더 이상의 원자력 발전소를 건설하지 않는다고 선언하게 되었다. 이로 인해 70여 개 원전 건설계획이 백지화되고 30년 동안 원전건설이 중단되기에 이르렀다.

• 윈드스케일 원자로 사고(1957년 영국, 5등급)

1957년 10월 10일 영국의 윈드스케일(Windscale)이라고 불리던 원자력 단지에서 발생한 방사능 누출사고이다. 현재는 그 원자력 단지를 셀라필드(Sellafield)라 부른다. 사고는 원자로 내에서 중성자 감속재로 쓰이는 흑연에 쌓인 위그너 에너지(Wigner Energy)를 줄이기 위해 흑연을 가열하는 과정에서 발생했다. 흑연을 가열하는 동안 과열되어 원자로의 온도가 높아지는 사고가 발생했다. 이틀 후 원자로의 온도는 다시 낮아졌으나 감시 모니터 상에는 계속 온도가 상승하는 것으로 나타나 냉각팬을 가동시켜 공기를 집어넣어서 방사성 물질이 외부로 퍼져나가는 사고가 발생했다. 이 사고로 인명피해는 없었으나 방사성 동위원소를 머금은 지역 주변에서 생산한 우유와 기타 작물들을 폐기처분하였다. 셀라필드 원자력 단지는 영국의 주요 핵시설 중 하나로 여러 공장과 원자력 발전소가 같이 붙어 있는데, 이 원자력 단지에서는 이 사건 외에도 1955년도부터 1979년까지 수차례나 4등급의 원자력 사고가 발생하기도 했다.

- 고이아니아 방사능 물질 누출사고(1987년 브라질, 5등급)

1987년 9월 13일 브라질의 고이아니아(Goiânia) 시에서 발생한 방사능 물질 누출사고이다. 고이아니아는 고이아스 주의 주도이며 2006년 현재 인구가 160만인 대도시이다. 이 사고는 방사능 물질 관리를 잘못하면 어떤 재앙이 닥칠 수 있는지 보여주는 사례가 되었다. 발단은 이 도시에 있던 암 전문 의료원이 이전을 하면서 건물주와의 법적분쟁으로 방사선치료기를 이전하지 못해 발생했다. 법원에서는 경비원을 배치하여 지키게 하였으나 경비원이 무단결근을 한 날 도둑이 들어 방사선치료기를 훔쳐갔다. 사고는 도둑들이 그 기기가 무엇인지 모르고 그 안에 있던 방사성 물질인 염화세슘가루를 꺼내어 고물상에 팔았고, 그 후 염화세슘가루는 여러 사람의 손에 들어가게 되었다. 보름 후, 주변 사람들이 동시에 아프기 시작하면서 가루의 정체가 판명되었다. 삽시간에 도시 전체가 방사능 공포에 휩싸여서 10만 명이 넘는 사람이 방사능 오염 검진을 받았다. 체르노빌 사고가 일어난 지 1년밖에 되지 않았기 때문이다. 조사결과 8개 지역에서 250여 명이 방사선 피폭되었음이 밝혀졌다. 4명이 사망하였고, 20명이 입원치료를 받았다. 캡슐을 파손한 도둑은 한쪽 팔을 절단해야 했다. 해당 지역은 각종 약품과 진공청소기, 기타 장비로 수거되어 오염물질은 방사능 폐기물 처분장으로 옮겨졌다.

• 도카이 촌 방사능 누출사고(1999년 일본, 4등급)

1999년 9월 30일 일본 도카이촌(東海村)의 핵연료 재처리 회사(JCO)의 핵연료 가공시설에서 일어난 임계사고이다. 사고는 이 회사에서 통상적으로 하던 불순물 제거작업에서 비롯되었다. 이 작업은 이산화우라늄 분말을 초산에 녹여서 별도의 용기에서 잘 섞은 다음 조금씩 침전조에 넣도록 되어 있었다. 하지만 이 작업을 하던 3명의 인부들은 지시된 작업수칙을 무시하고 초산에 이산화우라늄 분말을 녹인 후 그냥 침전조에 붓는 식으로 작업을 계속했다. 마침내 우라늄의 양이 임계질량을 넘어서 원자핵 연쇄반응이 시작되었다. 작업자들은 방사선 과다노출로 쓰러졌고 이들을 구하기 위해 출동한 소방관들도 방사능 사고임을 인지하지 못해 피폭되었다. 사고발생 한 시간 후 임계사고로 보고되었으나 4시간 30분이 지난 후에야 주변 거주민들의 대피가 시작되었다. 연쇄반응을 멈추게 하려면 침전조의 냉각수를 빼내어 중성자의 감속을 막아야 했다. 하지만 방사선이 강했기 때문에 방호복을 입고도 몇 분밖에 일할 수 없었지만 마침내 해머로 파이프를 부수고 침전조에 가스를 주입하여 냉각수를 빼내고 붕산수를 주입하여 연쇄반응을 멎게 하였다. 이 사고로 2명의 인부가 사망했고 수십 명의 피폭자가 발생했다. 공장은 폐쇄되었고 회사도 문을 닫았다.

• K-431 원자력 잠수함 폭발 사고(1985년 구소련)

1985년 8월 10일 러시아의 블라디보스토크(Vladivostok) 챠즈흐마만(Chazhma Bay)에 정박중이던 원자력 잠수함 폭발사건이다. 사고를 일으킨 원자력 잠수함은 에코 Ⅱ(Echo Ⅱ)급인 K-431 원자력 잠수함으로 연료 재공급 중 폭발하여 방사능 가스구름을 대기 중으로 유출시켰다. 이 사고로 10명의 승무원이 사망하였고, 49명의 사람들이 방사능에 피폭당하였다. 구소련과 러시아의 원자력 추진 잠수함들은 동력원인 원자로의 이상으로 인해 방사선 피폭이나 화재와 같은 사고들을 수십 차례 일으켰다.

그 중에서도 특히 에코 II급 잠수함은 여러 차례 사고를 일으켜 수많은 승조원들이 희생되었다. 이 사고는 2009년 3월 〈타임〉지가 선정한 세계 최악의 원자력 사고들 중 하나다.

• 네바다 유카 평원 방사능 누출사건(1970년 미국)

1970년 12월 18일 미국 네바다 주에 있는 유카 평원(Yucca Flat) 내 바네베리(Baneberry) 지하 핵실험장에서 대기 중에 방사능이 유출된 사건이다. 유카 평원은 미국의 네바다 주 라스베이거스 북쪽 160㎞ 떨어진 곳에 있는 미국의 핵실험장이며 일반인들의 접근금지구역이다. 유카 평원은 사막에 있는 분지이며 네바다 주 안에 있는 4개의 주요 실험장(NTS: Nevada Test Site)들 중의 하나이기도 하다. 유카 평원에서는 739회의 핵실험이 이루어졌는데 NTS에서 행해진 실험의 80%가 이곳에서 이루어졌다. 바네베리 사고는 충격으로 갈라진 틈으로 방사능 연기기둥이 솟아올라 바람에 의해 3가지 다른 방향으로 흩어져 대기를 오염시킨 사건이다. 바네베리 시험 역시 2009년 3월 〈타임〉지가 선정한 세계 최악의 원자력 사고들 중 하나입니다.

• 미하마 원자력발전소 증기 누출사건(2004년 일본, 1등급)

2004년 8월 9일 일본 후쿠이(福井) 현에 있는 간사이전기 미하마 원자력발전소에서 발생한 증기 누출사고이다. 이 사고는 미하마 원자력 발전소 3호기의 냉각배관 파열로 일어났으며 원자로에서 증기가 누출되었다. 이 사고로 4명이 죽고 6명이 부상을 입었다. 여러 명의 사망자가 발생한 사고지만 인명피해의 원인이 방사능에 의한 것이 아니라 냉각계통에서 새어나온 고온고압의 냉각수가 만들어낸 증기에 의한 것이었기 때문에 가장 낮은 등급인 1등급으로 분류되었다. 이번에 사고가 난 후쿠시마 원자력 발전소에서도 2006년에 방사능 유출 사고가 발생한 바 있다.

• 후쿠시마 원자력 발전소 사고(2011년 일본, 7등급)

2011년 3월 11일 발생한 도호쿠(東北) 대지진과 쓰나미로 인해 이튿날 후쿠시마에서 일어난 원자력 사고이다. 현재 사고가 진행중이며 노심용융이 발생하여 세계의 관심과 우려를 낳고 있다. 사고 발생 당시에는 온도나 압력 등이 심각한 수준에 이르지는 않았지만 지진과 쓰나미 때문에 전력이 끊어지고 장비들이 망가져서 도쿄 전력이나 일본 정부의 계산과 달리 일이 잘 수습되지 않고 있다. 게다가 원자로의 수도 6개나 되어서 연속적으로 문제를 일으키고 있다. 사고 당일 사고등급은 4등급으로 발표되었지만, 사태가 악화되어 국제원자력기구(IAEA)에서 사고등급을 공식적으로 5등급으로 상향 조정하였다. 이후 2011년 4월 12일, 일본 원자력안전보안원은 사고등급을 최악의 단계인 7등급으로 격상할 것을 발표하였다.

국내 원자력 발전 현황*

우리나라는 1958년 공표한 원자력법을 기반으로, 에너지의 안정적 수급을 위해 원자력발전을 도입했다. 1978년 4월 고리원전 1호기가 첫 상업운전을 시작한 이후 원자력발전소를 지속적으로 건설했고, 현재 총 21기의 원자력발전소를 운영하고 있다. 설비용량은 1,872만 kW로 미국, 프랑스, 일본, 러시아, 독일에 이은 세계 6위의 규모이다. 2009년도의 국내 원자력발전량은 1,478억 kWh로 국내 총 발전량의 34.1%를 차지했으며, 이는 서울시가 약 3.5년간, 국내 전 가정이 약 3년간 사용할 수 있는 전력량에 해당한다.

현재 가동중인 21기의 원자력발전소는 4개 지역에 나뉘어 있다. 우리나라 최초로 상업운전을 시작한 고리원자력발전소(5기)는 부산시 기장군에, 국내 유일의 가압중수로형의 월성원자력발전소(4기)는 경주, 영광원자력발전소(6기)는 전남 영광군, 울진원자력발전소(6기)는 경북 울진군에 자리했으며, 모두 해안지역에 위치하고 있다. 이외에 신고리 2~4호기, 신월성 1, 2호기, 신울진 1, 2호기 등, 총 7기의 원자력발전소를 건설하고 있다.

* 원자력발전은 국내 총 발전량의 34.1% 차지하고 있다.

백두산 일대 지도

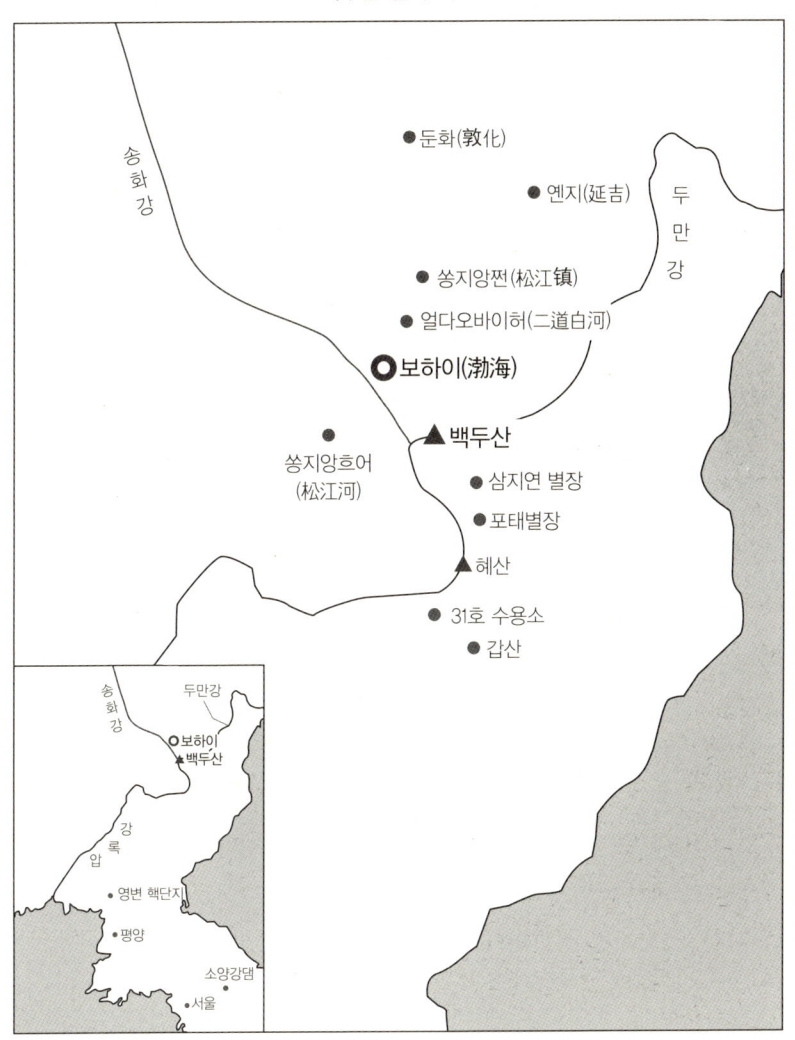

누구에게 충성을 바칠 것인가? 군왕인가, 조선인가!

왕도와 신도
신숙주, 외로운 보국(輔國)의 길

김용상 장편소설

변절자인가, 대의를 따른 지식인인가?

역사의 더께 속에 파묻혀 있던 '인간' 신숙주를 만나다!

조선 초기의 문신, 신숙주. 그에 대해 어떤 평가를 내릴 것인가. 얼마 전 인기리에 종영한 KBS 드라마〈공주의 남자〉속 뻔뻔하고 당당했던 신숙주를 떠올려보면, 지금까지는 변절자 신숙주가 더 익숙했다. 그러나 그러한 신숙주를 '진짜 신숙주'라고 말할 수 있을까? 변절자 신숙주를 만드는 데 바탕이 된 역사기록은 객관적이고 믿을 만한 자료인가? 편견 없이 그 역사기록들을 읽고 이해했는가? 이 책은 이러한 질문에 대해 '아니오'라는 대답에서 출발한 작품이다.

누구에게 충성을 바칠 것인가? 군왕인가, 조선인가?

작품 속 신숙주는 자신이 옳다고 믿는 길을 걸으면서 잃을 수밖에 없는 많은 것들을 지켜보며 고뇌, 망설임, 결단, 번민, 실망, 슬픔 등을 겪는다. 배신자이기 이전, 우리와 다를 것 없는 한 인간이었던 신숙주의 이야기. 이 책을 통해 그간 몰랐던, 잊었던, 애써 외면했던, 신숙주의 새로운 면모를 만날 수 있을 것이다. 신국판·448면·14,000원

Tel:(031)955-4601
www.nanam.net nanam 나남

경마장이 통째로 살아서 질주한다!
경마장에서 살아가는 말과 황금, 사람들의 생생한 이야기!

윤용호 전작 장편소설

마방 여자

그래서 그들은 목장으로 갔다

트라우마를 가진 인물들, 돈을 위해 도덕을 버린 인물들,
욕망을 거세당한 인물들의 외로운 질주를
경마와 사랑에 관한 생생하고 노골적인 기록들로 비추어낸 역작!

상처 입은 가슴을 끌어안고 생을 부비며 살아가는 아픈 사랑 이야기!

하나우는 아버지의 사업 실패로 경마장 마방지기 일을 하게 된다. 경마로 돈을 벌고 그 돈으로 먹고사는 조교사, 마주, 수의사들이 살아가는 방식은 우직하거나 음흉하고, 의연하거나 치졸하다. 그들과 함께 살아가던 하나우는 그랜드 체로키를 몰고 나타난 마사회이사장의 딸 엠마와 마주치고, 곧 미묘한 기류가 형성되는데…. 한편 하나우의 말은 관절수술을 딛고 최고의 경주마로 거듭날 수 있을 것인가. 과연 우리는 소설 속 다양한 인물들의 살아가는 방식을 어디까지 인정할 수 있을 것인가? 신국판 | 273면 | 값 11,500원

031) 955-4601 나남
www.nanam.net